KATHLEEN BRYAN

Die Tochter des Lichts

W0470250

Buch

Das Böse scheint besiegt, König Clodovec ist tot, doch die Rückkehr in ihr Königreich von Lys verläuft für Averil nicht so, wie sie es sich vorgestellt hatte. Statt jubelnd von ihren Untertanen empfangen zu werden, schlägt ihr nur Misstrauen und Argwohn entgegen. Entmutigt findet sie zusammen mit Gereint Unterschlupf bei dessen Mutter, die ihren Sohn seit seiner Flucht zu den Rittern der Rose nicht mehr gesehen hatte. Noch immer ist sie der Magie gegenüber skeptisch, denn es gibt ein Geheimnis, von dem sie Gereint nie erzählt hat. Doch nun ist es an der Zeit. Denn die Verbündeten der Schlange sind immer noch überall, und das Böse noch längst nicht besiegt. Averil steht noch ein harter Kampf bevor, aber sie muss ihn nicht alleine kämpfen: Ihr zur Seite stehen Gereint und der Letzte derer, die einst dem jungen Gott im Kampf gegen die Schlange beistanden. Doch nicht einmal mit vereinten Kräften können sie den Bann der Schlange brechen. Wird diese ewig in ihrem gläsernen Gefängnis bleiben können oder so nur mehr Schaden anrichten? Muss sie befreit werden, um ihre Macht endgültig vernichten zu können? Averil steht vor einer schweren Entscheidung, und sie muss schnell handeln, denn das Böse droht ihnen nicht nur von außen, es ist schon mitten unter ihnen …

Autorin

Kathleen Bryan hat bereits mehrere Romane veröffentlicht. Allerdings wählte sie für ihre Romane im Fantasy-Genre ein Pseudonym. Derzeit lebt sie in Arizona, USA, mit vielen Hunden, Katzen und Pferden.

Von Kathleen Bryan außerdem bei Goldmann lieferbar:

Der Orden der Rose. Das magische Land I (46587)
Das Amulett der Schlange. Das magische Land II (46588)

Kathleen Bryan

Die Tochter des Lichts

Das magische Land III

Roman

Aus dem Amerikanischen
von Inge Wehrmann

GOLDMANN

Die Originalausgabe erscheint 2009
unter dem Titel »The Last Paladin«
bei Tor, New York.

FSC
Mix
Produktgruppe aus vorbildlich
bewirtschafteten Wäldern und
anderen kontrollierten Herkünften

Zert.-Nr. SGS-COC-1940
www.fsc.org
© 1996 Forest Stewardship Council

Verlagsgruppe Random House FSC-DEU-0100
Das für dieses Buch verwendete FSC-zertifizierte Papier
Super Snowbright liefert Hellefoss AS, Hokksund, Norwegen.

1. Auflage
Deutsche Erstveröffentlichung November 2008
Copyright © der Originalausgabe 2008 by Kathleen Bryan
Published in agreement with the author c/o BAROR
INTERNATIONAL, INC., Armonk, New York, U.S.A.
Copyright © der deutschsprachigen Ausgabe 2008
by Wilhelm Goldmann Verlag, München,
in der Verlagsgruppe Random House GmbH
Umschlaggestaltung: Design Team München
Umschlagcollage: Tertia Ebert und Potter, J.K.
via Agentur Schlück und Kalwitz, Rainer
via Agentur Schlück GmbH
Redaktion: Kerstin von Dobschütz
NG · Herstellung: Str.
Satz: DTP Service Apel, Hannover
Druck und Bindung: GGP Media GmbH, Pößneck
Printed in Germany
ISBN: 978-3-442-46589-7

www.goldmann-verlag.de

Für meine treuen Leser –
danke und viel Vergnügen!

PRYDAIN
GWENT
Caermor
Dubris
ERIN
LYONESSE
Norden
WILDLÄNDER
Feld der
Bindung
GOTHA
INSEL DER
PRIESTERINNEN
Hafen
LYS
Rémy
Sankt Émile
Lucète
Morency
Fontevrai
QUITAINE
PROENSA
MORESCA
ROMAGNA

Kapitel 1

Der König war tot.

Die See hatte ihn verschlungen und mit ihm all seine Magie und alle verräterischen Gedanken und Pläne, die er gehegt hatte. Sein Königreich war frei.

Die junge Königin segelte auf den Schwingen eines Sturms übers Meer in die sonnendurchflutete, klirrende Kälte. Sie wurde getragen von einer Woge aus wilder Magie; Heerscharen von Wildvolkwesen flogen, schwammen und tauchten über, neben und unter dem Schiff, das sie trug. Die Luft war voll von Flügeln, Krallen und schrillen, gespenstischen Schreien, untermalt von entferntem, kaum auszumachendem Gleiten von Schuppen.

Sie ließen sie mit ihrer Eskorte an einer öden, steinigen Küste zurück, flatterten über ihr, als wollten sie ihr den Weg zeigen. Sie stand auf dem Kiesstrand, erdgebunden und bis ins Innerste erschüttert, als die Last des Königreichs sie mit voller Wucht niederdrückte.

So viel Dunkelheit. So viel Leid. So viele verlorene Leben, geraubte Seelen, gebrochene Herzen und Geister. Beim Guten Gott und all seinen Heiligen, wer war sie, um all das auf sich zu nehmen?

Sie nahm all ihre Kraft zusammen und richtete sich auf. Ihre Männer waren ihr vorausgegangen, einige um ein Gefühl für das Land zu bekommen, andere um ihre Landsleute zu begrüßen, die auf dem steinigen Strand warteten.

Es waren weder die Ritter der Rose, die sie erwartet hatte, noch stammten sie aus ihrem eigenen Herzogtum Quitaine.

Dies waren Krieger und keine Magier, und sie standen unter dem Befehl einer Frau, deren Kleidung aus feinem Wollstoff und Pelz bestand. Das Gesicht unter der Kapuze war ihr vertraut, sie hatte aber nicht damit gerechnet.

Als das Schiff, das sie übers Meer getragen hatte, beidrehte, um mit der Flut zurück nach Prydain zu segeln, fand sich Averil in einer parfumgeschwängerten Umarmung wieder. »Mathilde«, sagte sie, nachdem sie sich aus der Umarmung befreit hatte. »Gibt es Schwierigkeiten?«

Ihre alte Verbündete vom Königshof lächelte ihr zwar zu, dennoch blickten ihre Augen sorgenvoll. »Es war klug von Euch, schleunigst und in aller Stille herzukommen, Hoheit«, sagte Mathilde. »Kommt, wir bringen Euch an einen sicheren Ort, wo Ihr Euch aufwärmen könnt. Dann werden wir Euch alles berichten.«

Averil schaute den Befehlshaber ihrer Wachen an. Mauritius wirkte nicht minder besorgt als Mathilde. Genau wie alle anderen, sowohl jene, die an Land gewartet hatten, als auch jene, die mit übers Meer gekommen waren.

Sie hatte sich seit der Abfahrt in Prydain in sich selbst zurückgezogen. Der König war tot; es gab ein Königreich, auf dessen Herrschaft sie ein Anrecht hatte und dessen Heilung und Erneuerung ihr oblag. All ihr Sinnen und Streben war darauf ausgerichtet gewesen, was sie tun und wie sie es zu Wege bringen würde.

Nun öffnete sie die Augen und sah, was ihre Eskorte bereits beobachtet und erkannt hatte – seit wann schon?

Nicht allzu lange, sonst hätten sie alles darangesetzt, um sie von der Reise übers Meer abzuhalten. Sie schaute in ihr Inneres, ein glänzendes Gewebe aus Magie, das sie mit der Magie der Ritter der Rose verband, wo auch immer sie überlebt hatten.

Sie hatten sie schützen und von der Furcht abschirmen wollen. Als sie nun wahrnahm, was sie sahen, konnte sie ihre Beweggründe fast verstehen.

Fast. Sie nickte entschlossen. »Lasst uns gehen«, sagte sie.

Ein Pferd stand für sie bereit, die Zügel hielt ihr eigener Knappe aus dem Orden der Rose – sie sollte nicht so von ihm denken, aber es war die einzige Wahrheit, die sie beide kannten. Gereints graue Augen waren wachsam, beurteilten jeden Mann und behielten ihn im Gedächtnis; sie beurteilten auch Mathilde mit einer Intensität, die Averil erschauern ließ.

Er hätte sie warnen sollen, doch es war weder der richtige Zeitpunkt noch der richtige Ort, um darüber zu sprechen.

Er hob sie ohne Mühe in den Sattel. Seine Berührung dauerte nicht länger als nötig. Obwohl sie zornig auf ihn war, wünschte sie, dass sie nicht so schnell vorbei gewesen wäre. Manchmal war er einfach klüger als sie.

Sie ergriff die Zügel. »Folgt mir«, sagte sie.

Das Land war krank.

Die anderen wussten von der Seuche, die über ihm wütete, aber nicht von der tieferen Krankheit unter der Erde. Das war nichts Neues für Gereint: Seine Augen erkannten Dinge, wenn der Rest der Welt für sie blind war. Averil fühlte es, weil er es fühlte; es bedrückte ihre Seele, was wiederum seinen Mut sinken ließ.

Das Land war krank, und der Tod des Königs hatte es nicht heilen können. Selbst durch die Rückkehr der Rose ins Herz des Königreichs und die machtvolle Präsenz der Ritter an Orten, wo der Orden zerstört und niedergeschmettert worden war, wurde die Dunkelheit kaum erhellt.

Nach der Rückkehr der Königin nach Lys verbrachte ihre Eskorte die erste Nacht in einem ehemaligen Ordenshaus der Rose. Seine Wände standen noch; das Dach war zwar angesengt, aber größtenteils noch unbeschädigt. Averils Ritter schritten die Mauern ab und stellten die Schutzzauber wieder her, indem sie überall Glas und Kristallstückchen aufhängten, wo sich einst Fenster und Türen befunden hatten.

Als die Sonne unterging und den Sternen wich, die wie himmlische Schutzzauber glitzerten, versammelten sie sich um ein Feuer, das zur Hälfte von menschlicher Hand gemacht und zur Hälfte voller Magie war. Nach ihrem bescheidenen Nachtmahl hatten sich die meisten Männer entweder auf ihre Wachposten begeben oder sich eine geschützte Ecke zum Schlafen gesucht.

Averil gewährte diese Annehmlichkeit weder den Rittern noch der Gräfin. Gereint schlief nicht, während sie wachte, und zwei der anderen – der Knappe Riquier und der Novize Ademar – blieben unschlüssig stehen, bis Averils Blick sie in ihren Bann zog.

Sie ließ sie warten, während sie jeden Einzelnen studierte. Einige hielten ihren prüfenden Blicken besser stand als andere. Nur Mathilde wirkte gelassen; eingehüllt in ihren warmen Pelz nippte sie genüsslich an ihrem gewürzten Wein.

Endlich fragte Averil: »Sagt mir, Messires, verehrte Mathilde, wann hattet Ihr die Absicht, Eure Königin über die Seuche in ihrem Königreich zu informieren?«

Es war Mauritius, der antwortete. »Als Ihr bereit wart, habt Ihr das Wissen zur Kenntnis genommen, Hoheit.«

Das war ein Vorwurf, mochte er auch noch so vorsichtig formuliert sein. Averil war nicht gewillt, sich durch den Affront verunsichern zu lassen. »Ja, ich habe es zur Kenntnis genommen. Hat man mich etwas Falsches gelehrt? Auf der Insel habe ich gelernt, dass beim Tod eines bösen Zauberers all sein Hexenwerk mit ihm zu Grunde geht. Die Untoten, die er schuf, die schändlichen Ränke, die er schmiedete – all das Böse sollte ungeschehen sein. Nur das Werk der Orden besteht über den Tod hinaus, für immer eingeschlossen in Glas. Ist das eine Lüge? Oder habe ich es falsch verstanden?«

»Es ist keine Lüge, Hoheit«, sagte Mauritius.

»Tatsächlich? Aber als ich aus meinem sanften, behüteten Schlummer erwachte, stellte ich fest, dass es genauso schlecht um mein Königreich steht wie unter der Herrschaft meines Onkels.«

»Vielleicht ist es nicht ganz so schlimm wie damals«, sagte ein anderer Ritter, der große und sanftmütig wirkende Gelehrte Alain. »Der König hinterließ große Verwirrung, Armeen ohne Befehlshaber, Männer, die ihrer Seele und ihres Verstandes, aber nicht ihres Atems beraubt wurden. Es ist eine große Plage, und sie muss beseitigt werden. Aber ohne seine Führung kann das Chaos nicht weiterwachsen.«

»Wisst Ihr das genau?«, fragte sie. »Seid Ihr Euch sicher? Der König war nicht der einzige Schlangenmagier auf der Welt. Eine Gruppe von ihnen, ein Hexenzirkel, wenn Ihr so wollt, könnte Chaos und Verheerung anrichten mit den Werken, die er hinterlassen hat.«

»Das könnten sie«, sagte Alain, »aber Verschwörungen brauchen Zeit. Umso mehr, wenn es sich um eine magische Verschwörung handelt. Eure schnelle Handlungsweise, so wenig sie uns ursprünglich gefiel, wird sie überrumpelt haben.«

»Das hofft Ihr«, sagte sie.

»Hoheit«, sagte Mauritius, »wenn Ihr glaubt, dass Ihr in Gefahr seid, das Schiff ist noch nicht weit fort. Wir werden es zurückrufen; Ihr könnt nach Prydain zurückkehren. Wir bringen Euch wieder hierher, wenn das Land sicherer geworden ist.«

Sie starrte ihm in die Augen. Er erwiderte ihren Blick mit ausdruckslosem Gesicht. Abgesehen von Gereint kannte er sie am besten von allen; er musste wissen, was seine Worte bei ihr bewirken würden.

Dies war ein Spiel, und sie war nicht in Stimmung, dabei mitzumachen. »Wir wissen nicht, ob ich in Gefahr bin, oder? Wir haben nichts weiter als ein Kribbeln unter der Haut und das Gefühl von drohendem Unheil.«

»Ein bisschen mehr als das haben wir schon, Hoheit«, sagte Mathilde. »Die Männer des Königs sind überall, umherstreifende, ziellose kleine Trupps, die jedoch ein großes Ärgernis darstellen. Wir sind von Lutèce losgeritten mit den Rittern und Magiern, die versprochen hatten, Euch bei Eurer Landung zu begrüßen, aber es wurde schnell klar, dass sie den Weg nur für Euch sichern konnten, indem sie die Männer des Königs bekämpften. Also blieben sie zurück und wirkten ihre Magie, während ich mit meiner Eskorte voranritt.« Sie hielt inne. Sie schnappte kaum merklich nach Luft. »Es ist ein schmerzliches Unterfangen, die Seelenlosen aufzuspüren und zu töten, Hoheit. Es sind schließlich Brüder, Ehemänner und Söhne, und manchmal erkennt man eines der Gesichter.«

Averil konnte sich nicht gestatten, darüber Trauer zu empfinden. Sie konnte in diesem Augenblick nichts anderes fühlen als die Entschlossenheit, das zu tun, was sie tun musste. »Und haben sie ihr Ziel erreicht? Ist der Weg frei?«

Mathilde schüttelte den Kopf. Sie sah aus, als wäre sie den Tränen nah. »Es sind so viele, Majestät – und es wurden immer mehr, je näher wir der Küste kamen. Der letzte Ritter ritt heute Morgen von uns fort in Richtung Sankt Dol. Danach sind wir einigen Trupps aus dem Weg gegangen. Etwas in diesem Landesteil scheint sie anzuziehen.«

»Das Meer«, sagte Alain. »Ihr Meister liegt unter ihm begraben. Vielleicht haben wir Glück, und sie marschieren alle blindlings in die Fluten.«

»Vielleicht«, sagte Mathilde. Sie klang nicht überzeugt.

»Wir müssen es wissen«, sagte Averil. »Wenn etwas sie hierherzieht, müssen wir es finden, damit wir wissen, was es ist und warum es sie anzieht.«

»Es gibt kein ›wir‹ bei dieser Sache, Hoheit«, sagte Mauritius höflich. »Wir werden sie suchen und finden. Ihr werdet an einem möglichst sicheren Ort bleiben.«

Averil öffnete den Mund, um zu widersprechen, doch ihr

Verstand gebot ihr Einhalt. Eine ungekrönte Königin war das verwundbarste Wesen auf der Welt. Es würde keine Abenteuer für sie geben, keinen Ritt, keine Auskundschaftung des Landes. Ihre Pflicht war es, die königliche Stadt lebendig und wohlbehalten zu erreichen und ihre Krone in Empfang zu nehmen. Nichts durfte dieses Ziel gefährden.

Niemand konnte sie daran hindern, auf andere Weise auf die Suche zu gehen. Sie senkte den Blick und sagte mit gefasster Stimme: »Morgen früh werden wir losreiten, ein gutes Stück hinter unseren Spähern. Ich muss nach Lutèce, Messires, verehrte Gräfin – und zwar so schnell wie möglich.«

»Das ist unser Plan, Majestät«, sagte Mauritius. »Heute Nacht ruhen wir uns aus und sammeln unsere Kräfte. Morgen trotzen wir den Straßen.«

Alle beugten sich seinen Worten. Er hatte das Kommando übernommen, wie es ihm nach Rang und Stellung zukam.

Während er sprach, spürte Averil eine gewisse Wachsamkeit im magischen Netz, als er sich an seine Brüder wandte, um Wissen und Erkenntnis zu erlangen. Sie waren so wenige und so spärlich verbreitet; die Bürde auf ihren Schultern war ungeheuer schwer. Aber Averil konnte sich kein Mitgefühl erlauben. Sie musste alles einsetzen, was sie hatte, oder alles verlieren.

Averils Unbehagen führte dazu, dass sich Gereints Schultern verkrampften. Er hatte reichlich Kraft, die er ihr geben konnte, doch niemand konnte ihr diese Last von der Seele nehmen. Das war das, was es hieß, eine Königin zu sein: Es war an ihr, die Last zu tragen, mochte sie auch noch so schwer sein.

Er zog sich vom Feuer zurück, jedoch nicht aus ihrem Herzen. Eine kleine Schar Wildvolkwesen flatterte jenseits der Schutzzauber; ihr wehmütiges Zirpen und Zwitschern brachte Gereint in Versuchung, die Zauber zu zerbrechen und sie hereinzulassen. Allerdings wäre das nicht klug gewesen.

Gereint schlüpfte zu ihnen nach draußen, statt sie zu sich hereinkommen zu lassen. Sie scharten sich über ihm und um ihn herum und flöteten vor Freude. Ihre Berührung war so sanft wie die eines Schmetterlingsflügels, ihre Stimmen waren so hoch, dass sie fast unhörbar waren.

Auch sie spürten die Krankheit des Landes. Es war nicht schlimmer für sie als die Qualen, die sie litten, wenn Magie in strengen Schranken gehalten wurde, eingeschlossen in geschliffenem Glas. Sie ertrugen die zweifache Pein, weil Gereint da war und für sie alle Kraft aus der Erde zog und weil Averil ein Teil von ihm und er ein Teil von ihr war. Averil war ihre Königin gewesen, lange bevor sie die Königin des sterblichen Lys wurde.

Lys war sterbenskrank, vergiftet durch die Magie des verstorbenen Königs. Sie ließ die Flüsse gerinnen und versetzte das Erdreich in Aufruhr. Die Pfade der Macht waren verknotet und verschlungen; die wilde Magie war geschwächt und fast verschwunden.

Gereint kannte diese Gefahren allzu gut. Nachdem er den Wildvolkwesen so viel Hilfe gegeben hatte, wie er konnte, überließ er sie den Luftströmen des Himmels und glitt zurück durch die Schutzzauber. Die Wände aus Luft und Magie streiften ihn wie ein feuriger Windhauch, ohne ihn zu berühren oder zu versengen.

»Habe ich gerade gesehen, wonach es aussah?«

Gereint erschrak. Er dachte, er wäre unauffällig an seinen Platz neben dem Feuer zurückgekehrt. Aber Riquier hatte ihn beobachtet.

Riquier war sowohl sein Lehrer als auch sein Freund. Gereint hatte großes Vertrauen zu ihm. Doch bislang war er nicht recht dazu gekommen, seine Rosenbrüder über gewisse Dinge in Kenntnis zu setzen.

Dies gehörte zu diesen Dingen. Riquier hockte sich neben Gereint und nahm ihn im flackernden Feuerschein ins Visier. »Du hast es getan, nicht wahr? Du bist durch die starken Schutzzauber marschiert, als würden sie nicht existieren.«

Gereint hätte lügen können, aber er sagte: »Nicht direkt durch sie hindurch. Eher darum herum und dazwischen.«

»Würde ich es verstehen, wenn du es mir erklärst?«

Gereint zuckte unbehaglich mit den Schultern. »Kannst du erklären, wie du atmest?«

»So einfach ist es?«

Gereint zuckte erneut mit den Schultern. »Ich tue es einfach. Bekomme ich jetzt Schwierigkeiten? Ist es verboten?«

»Es könnte verboten werden, wenn jemand wüsste, dass es möglich ist.« Riquier schüttelte den Kopf. »Jedes Mal, wenn ich denke, wir hätten das Ausmaß deiner Magie erfasst, zeigst du uns Welten, von deren Existenz wir nichts geahnt haben. Was kannst du sonst noch, das du vergessen hast zu erwähnen?«

»Ich weiß nicht«, sagte Gereint. Das war nicht gelogen, jedenfalls nicht direkt. »Manche Dinge tue ich einfach, ohne darüber nachzudenken.« Und einige dieser Dinge spielten sich zwischen Gereint und Averil ab.

Er hielt den Atem an, aus Angst davor, welche Geheimnisse Riquier ihm entlocken würde, aber sein Knappenbruder seufzte nur und sagte: »Dem Guten Gott sei Dank, dass du unser Verbündeter bist und nicht unser Feind, sonst wärst du eine tödliche Gefahr für uns.«

»Ich bin beides«, erwiderte Gereint, »sowohl aufrichtig als auch gefährlich.«

Was auch immer Riquier darauf antworten wollte, er kam nicht dazu, da die Königin sich in diesem Moment erhob, um sich auf ihr Lager zurückzuziehen. Wegen ihrer bedrückenden Sorgen würde sie wahrscheinlich keinen Schlaf finden, aber zumindest würde sie sich hinlegen und die Augen schließen. Das war besser als nichts.

Gereints Wache begann erst kurz vor Morgengrauen. Er

blieb beim Feuer sitzen, ganz allein bis auf das Wildvolk, das noch immer über dem Lager und seinen Schutzzaubern schwebte.

Averil beobachtete ihn von ihrem Zelt aus, das Mathilde zu ihrem Schutz hatte aufbauen lassen, obwohl das Dach an dieser Stelle noch intakt war. Im Gegensatz zu Averil schlief sie tief und fest auf der anderen Seite des Zeltes. Averil hätte sich ausruhen sollen; sie brauchte alle Kräfte, die sie aufbringen konnte. Aber sie fand keinen Schlaf.

Gereint hatte ein schärferes Gespür für das Land als jeder andere, den sie kannte. Vielleicht lag es daran, dass er der Sohn einer Bäuerin war: Er war mit den Füßen in der Erde und dem Blick auf den Kreislauf der Jahreszeiten groß geworden. Obwohl sie auf der Insel der Priesterinnen aufgewachsen war und nicht viel über Lys gewusst hatte, bevor sie auf Geheiß ihres Vaters vor kaum zwei Jahren hierhergebracht worden war, fühlte auch sie das Falsche, das hier allgegenwärtig schien.

Ihre große Bürde und höchst unwillkommene Kostbarkeit, das kunstvoll gearbeitete Emailleamulett, das wie immer zwischen ihren Brüsten ruhte, war fast so warm, dass es auf der Haut brannte. Die Gefangene darin schlief, wie sie es seit zwei Jahrtausenden tat, dem Entkommen so fern wie eh und je. Dies hätte ihr Mut machen sollen.

Nichts war, wie es sein sollte. Sie verkroch sich unter ihren warmen Decken und versuchte, die Welt und ihre Kümmernisse auszusperren.

Damit bewirkte sie jedoch das genaue Gegenteil, da ihr all das Grauen umso stärker ins Bewusstsein kam. In der Dunkelheit, dem strengen Geruch neuer Wolle in der Nase, spürte sie die Präsenz leerer Körper, denen man die Seele geraubt hatte. Sie strahlten eine gewaltige Kraft aus und waren ganz in der Nähe.

Mathilde war sicher gewesen, dass die Männer des Königs ohne Willen und Absicht umherirrten und sich in Gruppen von höchstens zwölf Männern zusammenfanden. Es waren mehrmals so viele, nach den Schauern auf ihrer Haut zu urteilen, und sie wirkten keineswegs ziellos. Sie machten den Eindruck, als verfolgten sie eine ganz bestimmte Absicht.

Mathilde hatte gewiss nicht gelogen; sie wusste es einfach nicht besser. Die Seelenlosen waren gegen gewöhnliche Arten von Magie geschützt.

Jemand musste sie führen. Sie konnten nicht aus eigenem Antrieb denken oder handeln; sie existierten, um dem Willen eines Hexenmeisters zu dienen. Wer dieser Hexenmeister war oder was er beabsichtigte, konnte Averil nicht erkennen. Die Schutzzauber waren zu stark.

Averil war eine Närrin gewesen, als sie gehofft hatte, sie würde früh genug nach Lys kommen, bevor andere in Aktion traten. Sie bewegten sich alle auf einmal, und der Preis war mehr als eine Krone. Er war die ganze Welt.

Kapitel 2

Als die Morgendämmerung den Horizont grau färbte, war Averil immer noch wach und starrte auf die Gestalt, die beim heruntergebrannten Feuer saß. Nur, dass es mit einem Mal zwei waren: zwei große, breitschultrige, blonde Männer, die Seite an Seite dasaßen, während der Tag anbrach.

Sie hatte ihre Augen nicht geschlossen, dessen war sie sich ganz sicher. Aber da war er, Schulter an Schulter mit Gereint, und er sprach mit sanfter, freundlicher Stimme, die der des Knappen so ähnlich war, dass man sie kaum auseinanderhalten konnte. Bei seinem Anblick krampfte sich ihr Magen zusammen.

Peredur war sein richtiger Name, obwohl ihn die Menschen als Messire Perrin oder als Myrddin von Gwent in Prydain kannten. Er war ein Magier und ein Kräuterkundler und ein großer Meister der wilden Magie. Doch bevor er all das wurde, war er ein Paladin gewesen: der letzte und jüngste der zwölf Ritter, die an der Seite des Jungen Gottes gewandelt, gebetet und gekämpft hatten, bis die Schlange fiel.

Die anderen elf Ritter waren gestorben, wie es der natürliche und sterbliche Weg aller Dinge war, nachdem sie Kinder gezeugt hatten, von denen einige Averils Ahnen waren. Aber Peredur war weder natürlich noch sterblich.

Gereint schenkte ihm blindes und vollkommenes Vertrauen. Averil ließ sich nicht in die Irre führen. Mochte dieses Wesen auch ein Paladin gewesen sein, so war er doch aus der wilden Magie geboren. Die Angelegenheiten der Sterblichen amüsierten ihn vielleicht, aber im Grunde kümmerten sie ihn nicht, jedenfalls nicht in seinem Herzen – wenn er überhaupt eines besaß. Er gehörte zu einer anderen Welt.

Allzu gern hätte sie sich geweigert, von seiner Anwesenheit Notiz zu nehmen. Das war jedoch nicht möglich. Sie rief sich selbst, so gut sie es vermochte, zur Ordnung und war entschlossen, zumindest höflich zu sein.

Er durchschaute sie natürlich, aber er quittierte ihren Versuch mit höfischen Manieren, indem er sich erhob und Wiedersehensfreude vortäuschte. »Hoheit! Welch schöner Morgen, um im eigenen Land zu weilen.«

Es war bitterkalt, Schnee lag in der Luft, aber Averil nickte und brachte ein schwaches Lächeln zu Stande. »Und Ihr, Messire? Konnte Euch die Königin von Prydain doch noch entbehren? Oder seid Ihr auf dem Rückweg zu Eurem Heim in den Wildländern?«

Seine grauen Augen waren groß und klar und fast so unschuldig wie Gereints. »Die Königin von Lys braucht mich«, sagte er.

Sie zog die Brauen hoch. »Tatsächlich? Ihr werdet jedenfalls nicht mein Hofmagier sein.«

»Natürlich nicht, Hoheit«, sagte er. »Ihr habt den Orden der Rose.«

»Ihr glaubt, das wird ausreichen?«

»Ich glaube«, sagte er mit einem Lächeln, das Furcht erregend und gleichzeitig liebenswürdig war, »dass die Orden sich grundlegend verändern werden, bevor dieses Spiel vorüber ist. Und das gilt auch für Euch, Hoheit.«

Averil hatte sich bereits mehr verändert, als sie es sich je gewünscht hätte. Sie wandte ihm den Rücken zu und machte sich auf die Suche nach ihrem Großritter.

Mauritius hatte bereits seine Waffen angelegt und nahm sein Frühstück ein. Er verneigte sich vor ihr und bot ihr ein Stück warmes, frisches Brot an. Es war mit einem Stück würzigem Käse aus Prydain gefüllt.

Averil hatte nicht gemerkt, dass sie hungrig war, bis sie in das süßliche Brot und den geschmolzenen, kräftigen Käse biss. Es war ein Moment der Wonne, bevor sie in die Wirklichkeit des bitterkalten Morgens zurückkehrte und die Worte sprach, die sie zu sagen hatte: »Eine Armee ist auf dem Weg, Messire.«

Er zog eine Braue hoch. »Tatsächlich, Hoheit? Habt Ihr Nachrichten erhalten? Wir haben unsere Netze weit ausgeworfen, aber bis auf ein, zwei Trupps von Männern des Königs gibt es nichts, das uns Schwierigkeiten bereiten könnte.«

»Sie sind gegen die bekannteren Magiearten geschützt«, sagte sie, »aber das Land kann sie fühlen. Das Wildvolk kann sie sehen.«

Ein anderer Mann hätte sich, wenn auch höflich, über ihre Befürchtungen lustig gemacht, aber Mauritius kannte sie dafür zu gut. »Wie viele?«, fragte er.

»Ich weiß es nicht«, sagte sie bedrückt. »Viele. Mehr als hundert. Sie sind nicht ziellos. Jemand führt sie. Ich weiß nicht, wer oder was es ist oder warum. Ich fühle nur, dass es oder er oder sie da ist.«

Sie hatte Mauritius bislang weder bedrückt noch verängstigt angesichts irgendeiner Macht der Erde oder des Himmels gesehen, doch sein Gesicht wirkte plötzlich ein klein wenig abgehärmter als zuvor. Er konnte nicht fühlen, was sie fühlte; seine Magie kam aus einer anderen Quelle, vielleicht war sie höher und reiner, aber auch schutzloser gegenüber den Listen der Schlange.

Er schickte die meisten seiner Männer aus. Unter starken Schutzzaubern ritten sie in Zweier- oder Dreierreihen voran. Nur er blieb bei ihr zurück, zusammen mit Mathilde und ihrer Eskorte: Tapfere Männer ohne Zweifel, nur keiner von ihnen verfügte über einen winzigen Schimmer von Magie. Sogar Peredur ritt zu Averils unverhohlener Erleichterung allein davon.

»Ihr sollt nur suchen und auskundschaften«, wies Mauritius die Reiter an. »Wenn der Trupp klein genug ist, macht ihn nieder. Aber wenn ihr einer Armee begegnet, seid klug. Zählt sie, macht euch ein Bild von ihrer Kampfkraft und schaut, wer sie führt – dann kommt zu mir zurück.«

Die Brüder der Rose beugten sich seinem Willen. Selbst Gereint leistete widerspruchslosen Gehorsam. Er ritt mit den anderen; er konnte sich kaum weigern und wollte es auch nicht.

Selbstsüchtigerweise wollte Averil, dass er bei ihr blieb; er hatte den klarsten Blick von allen. Sie brauchte ihn zum Sehen, damit sie das, was er sah, teilen konnte.

Es war schwer zurückzubleiben, darauf zu warten, dass Mathildes Diener das Lager abbrachen, sich dann in einem angemessenen, damenhaften Tempo auf den Weg zu machen, während die Späher hurtig davonpreschten. Sie öffnete ihre inneren Augen und sah, was Gereint sah: die lange gewundene

Straße, den bleiernen Himmel, den Schatten, der die obere und untere Welt trübte.

Er zwang sich, darüber hinauszuschauen, und sie tat es ihm gleich. Gleichsam zweigeteilt – halb Knappe des Rosenordens, halb ungekrönte Königin – ließ sie sich von ihrem Pferd in Richtung Lutèce tragen.

Wie schon viele Male zuvor ritt Gereint mit Ademar, und die beiden überprüften den Weg mit all ihren mannigfaltigen Sinnen. Er nahm die Gegenwart anderer wahr, die auf Straßen, Pfaden und Nebenwegen verstreut waren, auf der Suche nach dem, was viele für einen Schatten oder ein Trugbild hielten.

Gereint wusste, dass es nichts dergleichen war. Vor ihnen war eine Armee. Wie weit entfernt oder wie viele es waren, konnte er nicht erkennen, aber er würde es herausfinden.

Der direkte Weg zur königlichen Stadt führte durch eine Reihe von Städten und Dörfern; dazwischen lagen Landgüter, Herrenhäuser und Schlösser, in denen zwei hochgestellte adlige Damen angemessene Logis finden mochten. Die erste Stadt auf ihrer Route hieß Sankt Alais. Dort, so hatte Mathilde ihnen versichert, würden sie Verbündete und Verstärkung für ihre Eskorte finden, wenn Averil es gestattete.

Gereint hegte diesbezüglich Zweifel. Obwohl er sich bemühte, so konnte er sich für die Gräfin nicht erwärmen. Sie war wie Averil auf der Insel aufgewachsen; sie war fast genauso gebildet und sehr charmant. Sie war zweifellos schön anzusehen. Dennoch jagte ihr Anblick ihm einen Schauer über den Rücken.

Er hatte keine Erklärung dafür und versuchte, sein Unbehagen zu verbergen – obgleich Averil es zwangsläufig spürte. Sie tat es als bäuerlichen Argwohn gegenüber Edelleuten ab und nichts weiter.

Er hoffte, dass nicht mehr dahintersteckte. So vieles in diesem Land war verkehrt, es brachte ihn ganz durcheinander.

Er gebot seinen Grübeleien Einhalt und konzentrierte sich aufs Auskundschaften. An diesem nasskalten Morgen, der erste Schneeflocken übers Land trieb, waren die Straßen menschenleer, und nur hier und da huschte Getier vorbei. Von den Wildvolkwesen war weit und breit nichts zu sehen.

Aber da waren Dinge, die sich bewegten und zwischen den Schatten umherglitten. Ademar schien sie nicht zu bemerken. Gereint musste seine Sinne schärfen, doch die spähenden Augen und die Gestalten, die sich um und vor ihm sammelten, waren nicht zu übersehen.

Es waren Körper ohne Seelen, Augen ohne lebendigen Geist – Augen, die einem fremden Willen dienten. Gereint blieb stehen, obwohl er wusste, dass es falsch war, aber seine Wahrnehmungen ließen ihn erstarren und machten ihn sprachlos. Er hatte es erwartet – nicht so bald zwar –, dennoch erschütterte es ihn zutiefst. Es war so vollkommen falsch.

Ademar hielt ein Stück vor ihm an und warf ihm einen fragenden Blick zu. Die leichte Ungeduld in seinen Augen war bei Gereints Anblick schnell verflogen.

»Was ist los?«, flüsterte Ademar kaum hörbar in der eisigen Stille.

»Männer des Königs«, sagte Gereint. Mit sichtlicher Anstrengung brachte er sein Pferd wieder in Bewegung. »Sie sind überall, aber hauptsächlich vor uns.«

Ademar runzelte die Stirn. »Ich kann nichts –«

Gereint packte ihn an der Schulter und ließ ihn an dem teilhaben, was er sah. Der Novize riss die Augen auf. Sein Atem zischte. »Bei den Gebeinen Gottes! Sie hatte Recht.«

»Du hast an ihren Worten gezweifelt?«

Ademar zuckte unbehaglich mit den Schultern. »Ich wollte nicht, dass es wahr ist.«

»Genauso wenig wie sie.« Gereints Pferd scheute und scharrte mit den Hufen. Der Wallach konnte riechen, was Gereint fühlte: lebendige Körper, die innerlich tot waren.

Er glitt vom Sattel und warf Ademar die Zügel zu. »Warte hier. Wenn ich nicht zurückkomme, versuch nicht, mich zu finden. Geh und gib Mauritius Bescheid.«

Ademar öffnete den Mund, um zu protestieren, aber Gereint war schon verschwunden, bevor er etwas sagen konnte. Natürlich würde der Novize versuchen, ihm zu folgen, doch darauf war Gereint vorbereitet. Der Bann würde ihn nicht lange aufhalten, aber wenn er sich daraus befreit hatte, war Gereint längst auf und davon.

Er legte ein gleichmäßiges Tempo vor, statt schnell zu rennen. Er machte keinen Versuch, sich zu verbergen: Er bewegte sich in einer offenen, hügeligen Heidelandschaft, und im frisch gefallenen Schnee waren alle Spuren deutlich zu erkennen. Stattdessen machte er sich unscheinbar, sodass er nicht stärker wahrzunehmen war als der Wind, der den Schnee vor sich hertrieb.

Die Kälte drang ihm in die Knochen. Er ließ sie ein Teil von sich werden. Er war der Wind und der Schnee; er wehte über das gefrorene Land, über niedrige Hügel, brachliegende Felder und Gehölze.

Am Waldrand erstreckte sich ein Dorf und säumte die Straße. Dort hätte es Licht und Wärme und menschliche Geräusche geben müssen.

Da war Bewegung und die Wärme von Körpern, aber kein Laut. Dunkle Gestalten gingen schweigend umher. Einige nahmen Nahrung zu sich – ohne sich darum zu kümmern, ob es Menschen- oder Tierfleisch war, was sie aßen. Andere schienen zufälligen Verhaltensmustern zu folgen, führten mehr oder weniger sinnlose Bewegungen aus, ohne Verstand und eigenen Willen.

Es gab keinen Führer, keinen Hexenmeister. Die Seelenlosen hatten sich hier versammelt, das war alles, angezogen von einer Macht, die kein Sterblicher verstehen konnte.

Gereint wollte sich nicht an das erinnern, was Mathilde gesagt hatte: dass jene einst Männer gewesen waren, mit Namen und Lebensläufen und Familien. Davon war nichts übrig in diesen grauen Gesichtern mit den ausdruckslosen Augen. Sie waren tot, obwohl sie umhergingen. Sie waren leer.

Er wäre fast in die Falle getappt. Ein Schwarm von Wildvolkwesen rettete ihn. Sie flatterten herbei, als er anfing, unachtsam zu werden. Ihr Tanz war ein wildes Getümmel wie ein Funkenwirbel im Sturm.

All die ziellosen Gestalten drehten sich mit einem Mal um. Ihre Bewegung war keineswegs zufällig gewesen. Jeder Einzelne von ihnen mochte ohne Verstand sein, aber etwas leitete sie alle, machte sie zu einer einzigen, zielgerichteten Waffe.

Das Wildvolk verstreute sich, keine Sekunde zu früh. Der magische Blitz, der sie vom Himmel gefegt hätte, versprühte im stärker werdenden Sturm. Die Schneeflocken wurden zu kochend heißen Regentropfen. Wo sie herunterfielen, begann die Erde zu brodeln und dampfen.

Gereint schreckte zurück. Sein ganzer Körper brannte und schmerzte, doch sein Verstand war noch nicht vollkommen lahmgelegt. Er suchte das Herz der Magie, den Geist, der diese leeren Körper lenkte.

Auch das war eine Falle, raffinierter und tödlicher als die letzte. Aber diesmal war er darauf vorbereitet. Er glitt hinein, darum herum und hindurch und dann hinaus in die klare Luft.

Zitternd kniete er in einer Schneewehe, gerade außer Sichtweite des Dorfes. Das Wildvolk flatterte über ihm und zwitscherte mit zunehmender Verzweiflung. Er sollte nicht bleiben, er sollte nicht zögern, er sollte gehen.

Und das würde er tun, wenn er wieder atmen konnte. Sein Anker, seine Averil hatte für einen grauenhaften Augenblick lang überhaupt nicht mehr existiert. Es gab sie nicht und konnte sie nicht geben, und es hatte sie nie gegeben. Das war eine elende, haltlose Lüge. Er rappelte sich hoch. Fast zu spät dachte er an seinen Tarnzauber. Eine schwarze Hexenwolke entlud sich krachend über ihm – aber er war unsichtbar, unhörbar und unantastbar. Er floh im Gestank der verpufften Wolke.

Ademar hatte sich von seinem Bannzauber befreit und wartete an der Wegkreuzung auf ihn. Peredur war zu ihm gestoßen. Dem Sonnenstand nach zu urteilen war nur eine knappe Stunde vergangen, aber Gereint schien es, als wäre er tagelang fort gewesen.

Der Novize begrüßte ihn mit einer Mischung aus Zorn und Erleichterung, die Gereints aufgewühlten Geist schmerzte. Peredur war so ruhig wie immer, es war die Art von Ruhe, die zweitausend Jahre brauchte, um zu wachsen.

»Der König ist tot«, sagte Gereint zu ihm, »aber der Hexenmeister des Königs – ich glaube nicht, dass er sterben kann.«

»Er kann schon«, meinte Peredur, »aber dazu braucht es mehr als einen Eisdrachen und einen weltlichen Ozean.«

Gereint konnte nicht aufhören zu zittern. »War er vorher schon so böse? Oder ist es mein Fehler?«

»Wenn es irgendjemandes Fehler ist«, sagte Peredur, »dann ist es sein eigener, indem er sich wie ein Blutsauger an Euren verstorbenen und unbetrauerten König hängte. Dies hier ist die unverfälschte Kreatur, nackt und unverbrämt. Er wird eine andere Maske finden, hinter der er sich verstecken kann.«

»Nicht Averil!«, sagte Gereint heftig.

»Nein«, erwiderte Peredur, »nicht unsere Herrin.« Obwohl er leise sprach, hatten seine Worte den Klang eines starken, verpflichtenden Eides.

Gereint schaute sich blinzelnd um. Sein Pferd war noch da, die Zügel befanden sich in seiner Hand. Er schwang sich in den Sattel. Ohne sich darum zu kümmern, ob die anderen folgten, wendete er sein Pferd und ritt den Weg zurück, den sie gekommen waren, zurück zu Averil und der Heimat seines Herzens.

Kapitel 3

Averils Eskorte bewegte sich auf ihrem langsamen Ritt in Richtung Osten und wählte ihre Route mit enervierender Vorsicht. Die Späher hatten sich in alle Richtungen ausgebreitet; zuerst war es nicht offenkundig, aber einer nach dem anderen verschwand außer Sichtweite. Ein Nebel war über allen Wegen aufgestiegen, wodurch Magie und lebende Wesen gleichermaßen verhüllt wurden.

Nicht einmal die Erde und die wilde Magie konnten ihn durchdringen. Averil war ebenso blind wie der Rest von ihnen.

Mauritius wirkte unbeirrt. Seine Macht schützte sie alle, während sie dahinritten, und umgab sie mit einer kristallenen Klarheit. Es war ein wunderschönes Werk, mühelos und dennoch wirksam.

Averil verursachte es Kopfschmerzen. Ihre Magie hatte sich verändert; wilde Magie war in sie eingedrungen. Sie war korrumpiert, würde ein strenger Magier der Orden sagen.

Vielleicht war es so. Oder vielleicht war sie auch in diese neuere Welt hineingewachsen. Sie wünschte nur, ihre Magie wäre etwas weniger wild und würde ein bisschen weniger an das Gleiten von Schuppen erinnern.

Als Gereint im Nebel verschwand, schwankte sie im Sattel hin und her und wäre beinahe vom Pferd gestürzt. Ihr Pferd, das kluge Tier, war rücksichtsvoll stehen geblieben.

Irgendwo mitten in all dem Nebel, das spürte sie, war die Eskorte mit ihr zum Stillstand gekommen. Sie starrte hinab auf ihre behandschuhten Finger, die den Sattelknauf umklammerten, und versuchte, nicht so verzweifelt nach der verlorenen Hälfte ihrer selbst zu greifen.

Er war am Leben. Sie wäre tot, wenn er es nicht wäre. Aber sie konnte nicht länger durch seine Augen sehen oder sein Herz im gleichen Takt wie ihr eigenes schlagen hören.

Um sie herum ertönten Stimmen und verklangen. Hufe klapperten; die Schutzzauber teilten sich. Späher waren zurückgekehrt, und die Kunde, die sie brachten, war so schrecklich, wie sie gefürchtet hatte.

»Männer des Königs«, berichteten sie, »auf allen Straßen und Nebenwegen zwischen hier und Lutèce. Sie schwärmen aus wie Ameisen. Wo auch immer wir suchten, waren ganze Horden von ihnen.«

Averil hob den Kopf. Mauritius runzelte die Stirn. »Was ist mit den anderen Straßen? Wie stark sind sie heimgesucht?«

»Überhaupt nicht, Messire«, antworteten jene, die diesen Straßen gefolgt waren. »Sie sind wie leer gefegt.«

Das war eine deutliche Botschaft. »Also suchen sie nicht das Meer«, sprach Mathilde Averils Gedanken aus, »sondern die Königin.«

»So sieht es aus«, sagte Mauritius. »Habt ihr den Nebel durchforscht? Habt ihr gesehen, wohin er führt? Oder wer ihn geschaffen hat?«

Ihre verneinenden Antworten rauschten an Averil vorbei. Nicht einmal die Ritter konnten den Nebel durchdringen.

Vor ihnen lag ein kleines Wäldchen, ein Ort, der ein wenig Schutz vor Wind und Schnee bot. Dort schlugen sie ihr Lager auf, wirkten noch stärkere Schutzzauber und machten ein Feuer, um sich zu wärmen.

Averil hatte keinen Appetit auf Brot oder heißen Wein, aber sie zwang sich dazu, beides hinunterzuwürgen. Alle Späher bis auf Gereint und Ademar waren zurückgekehrt; jeder hatte dieselbe Geschichte zu erzählen.

Schließlich nahm sie sich zusammen und sagte: »Ihr wisst, was das bedeutet. Sind wir verraten worden?«

»Nicht unbedingt«, sagte Mauritius. »Unsere Feinde, wer auch immer sie sein mögen, würden erwarten, dass die Königin so schnell wie möglich und auf direktem Weg nach Lutèce reiten würde.«

»Dann darf sie das auf keinen Fall tun«, sagte Mathilde.

»Im Gegenteil«, erwiderte Averil. »Jetzt müssen wir uns erst recht sputen.«

»Und eine Gefangennahme oder Schlimmeres riskieren?« Mathilde schüttelte den Kopf. »Majestät, dieser Plan ist zum Scheitern verurteilt.«

Averil zog eine Braue hoch. »Habt Ihr einen besseren?«

Bevor Mathilde antworten konnte, wurden sie durch den Ruf des Wachpostens erschreckt. Und als Averil den großen blonden Mann durch die Bäume kommen sah, tat ihr Herz einen Sprung. Aber es war nur Peredur, der so ernsthaft dreinblickte wie selten.

Am liebsten wäre sie aufgesprungen, hätte ihn gepackt und die Wahrheit aus ihm herausgeschüttelt. Stattdessen blieb sie, wie es sich für eine Königin ziemte, am Feuer sitzen und ließ die anderen Fragen an ihn richten.

Er verschwendete keine Zeit mit müßigem Geplauder. »Die Armee ist vor uns«, sagte er, als er in Averils Nähe war.

Mauritius fasste ihre Gedanken in Worte. »Der Knappe? Der Novize?«

»In Sicherheit«, entgegnete Peredur. »Sie sind geblieben, um die Lage im Auge zu behalten; der erste Feindestrupp hat sich ganz in der Nähe in einem Dorf niedergelassen, aber wenn sie sich in Marsch setzen, werden wir es wissen.«

»Werden wir das?«, fragte Averil. »Könnt Ihr durch den Nebel sehen?«

»Der Nebel wird sich lichten, Hoheit«, sagte Peredur zuversichtlich.

»Er hat sich jetzt schon überall um uns herum ausgebreitet«, sagte Averil. »Wir können uns keinen Aufschub leisten. Wir müssen nach Lutèce reiten.«

»Nein, Majestät«, sagte Mathilde. »Wenn die Straße vor uns versperrt ist, finden wir keinen anderen sichereren Weg. Noch wissen wir nicht, wie groß die Armee ist. Wenn alle Männer des Königs es ihren Kameraden gleichtun, könnte es weitere Armeen geben – mit Tausenden oder sogar Zehntausenden von Soldaten.«

»Auch das wissen wir nicht«, sagte Averil. »Schnelligkeit ist unsere Waffe. Wie weit sind wir von der Stadt entfernt? Vier Tage? Fünf?«

»Mindestens sechs bei schnellem Tempo, Hoheit«, sagte Mauritius. »Zehn oder mehr Tage, wenn wir uns und die Pferde nicht überanstrengen wollen, vorausgesetzt, der aufziehende Sturm verschlimmert sich nicht.«

»Wir haben keine Zeit, uns zu schonen. Wir müssen weiter.«

»Dafür ist es schon zu spät«, sagte Mathilde. »Wenn sich bereits Armeen sammeln und ein Hexenmeister sie anführt, werden sie Euch finden und vernichten. Ihr werdet es nie und nimmer lebend nach Lutèce schaffen.«

»Das ist richtig«, sagte Peredur. Er hatte sich so sehr im Hintergrund gehalten, dass sie fast gehofft hatte, er wäre wieder verschwunden. Aber er hatte außerhalb des Kreises gesessen und schweigend zugehört. »Es gibt in der Tat einen Hexenmeister, und zwar einen äußerst Mächtigen. Euer weitsichtiger Knappe, Herrin – er sieht den Berater des verstorbenen Königs, den falschen Priester; sein Gestank klebt an jener neuen Armee. Noch während wir hier sitzen, wird er stärker und infiziert immer größere Teile des Landes und seiner Bewohner.«

»Aber er ist tot«, wandte Averil ein.

»Er ist kein sterblicher Mensch, Herrin«, sagte Peredur. »Die Welt war einst voll von seinesgleichen. Der Fall der Schlange war auch ihr Ende. Doch es scheint, als hätte er einen Weg gefunden, in dieser veränderten Welt zu überleben und nach langen Jahren auch die Macht zu erlangen, sich zu ihrem Herrn zu erheben.«

»Wenn das der Fall ist«, sagte Mauritius, »wird er sich an jenen rächen wollen, die ihn fast vernichtet hätten.«

»Dann ist es klar, was wir zu tun haben«, meinte Mathilde.

»Ja«, pflichtete Mauritius bei. »Ich habe dem Landvogt in Lutèce eine Nachricht geschickt. Er ist über alles informiert, was wir wissen. Die Ritter dort und in den dazwischenliegenden Landesteilen werden wissen, was zu tun ist.«

»Gut«, sagte Averil. »Sie werden dafür sorgen, dass mein Weg frei ist. Wir brechen jetzt das Lager ab und reiten los und beten, dass wir dem Sturm entkommen können.«

Sie meinte nicht nur den Schnee, der zwischen den Bäumen umherstob. Sie hatten verstanden: Averil sah, wie ihre Gesichtszüge erstarrten, sah die Blicke, die sie einander zuwarfen.

»Majestät«, sagte Mathilde nach einer kurzen, aber bedeutsamen Pause. »Wenn tatsächlich der Priester Gamelin hinter all diesem Hexenwerk steckt, sind Euer Leben und Eure Seele großer Gefahr ausgesetzt. Sobald Ihr als gekrönte Königin die volle Macht über dieses Reich erlangt, werdet Ihr die stärkste und einzige Bedrohung seiner Herrschaft sein. Er wird vor nichts zurückschrecken, um Euch daran zu hindern, Eure Stadt und Euren Thron zu erreichen.«

»Es ist Gamelin«, sagte Peredur. »Der Junge hat es gesehen, und ich vertraue seiner Sehkraft.«

»Ich auch«, sagte Averil. »Umso mehr ein Grund zur Eile. Wählt einen Weg, Messire, einerlei wie weit er ist. Werdet Ihr mich nach Lutèce bringen?«

Sie hatte nicht erwartet, den sorglosesten aller Magier aus der Fassung bringen zu können. Doch er starrte sie an, als ob er sie noch nie gesehen hätte. Dann schien er wieder zur Besinnung zu kommen und fing an zu lachen.

»Hoheit«, sagte er, »meine Kräfte sind nicht größer als die Euren. Es steht Euch frei, diese Wege zu gehen. Aber«, sagte Peredur – gab es nicht immer ein Aber? –, »unsere Feinde werden genau das von Euch erwarten. Nicht nur die Straßen der Welt werden gegen Euch gewappnet sein.«

»Selbst wenn Ihr mich leitet und verbergt?«

»Ihr seid ein strahlendes Licht an jedem dunklen Ort«, sagte Peredur, »oh, goldene Rose.«

Sie wollte sich schon gegen seinen Spott zur Wehr setzen, jedoch war jegliche Heiterkeit aus seinen Augen gewichen. Sie hatte auch kein Verlangen, das Rätsel zu verstehen oder zu wissen, warum er es für nötig hielt, vor so vielen treuen Verbündeten verschlüsselte Reden zu führen.

Netze innerhalb von Netzen. Sie wählte den einfachsten Weg, und ihre Worte klangen genauso lieblos wie ihre Gefühle für ihn. »Ihr wollt mir also nicht helfen. Wer wird es dann tun?«

»Majestät«, sagte Mathilde, »es gibt eine Möglichkeit, wenn Ihr mögt: einen Ort, an dem Ihr sicher sein könnt, wo der Feind Euch nicht vermutet.«

»Nicht in Prydain«, sagte Averil, »und auch nicht auf der Insel.«

»Nein«, sagte Mathilde. »Ich habe ein kleines Schloss, Majestät, nicht weit von hier. Es unterscheidet sich durch nichts von Hunderten von anderen. Es hat keine große Bekanntheit, nichts von Bedeutung hat sich jemals dort zugetragen. Und doch war es das Heim meiner Ahnen, seit den Tagen des Jungen Gottes. Es verfügt über starken Schutz. Ihr könntet Euch dort so lange wie nötig verbergen, während Eure Diener den Hexenmeister und seine Armee beseitigen.«

»Ich danke Euch für Euer freundliches Angebot«, sagte Averil. »Aber nein, ich kann nicht herumschleichen und mich verstecken, in der Hoffnung, dass er mich nicht findet. Denn das wird er.«

»Nicht solange die Rose standhält«, sagte Mauritius. »Hoheit, ich halte das Angebot der Gräfin für weise und großzügig. Dieser Feind wird von Euch erwarten, dass Ihr nach Lutèce und zu Eurer Krönung eilt. Der direkte Weg ist versperrt. Seine Sklaven geistern auf den Nebenstraßen herum.

Er wartet auf Euch, Herrin. Und während er vergeblich nach Euch sucht, gewinnen wir Zeit, um Truppen gegen ihn zu erheben.«

Mathilde nickte. »Genau. Eure Ritter werden ihm ohne Zweifel Fallen stellen und ihn weit von Euch fortlocken. In der Zwischenzeit werdet Ihr in meinem Schloss Gemigny in Sicherheit sein. Es ist ja nur für eine Weile, Majestät. Ein paar Tage, eine Woche, höchstens einen Monat. Nur so lange, bis Euer Weg zum Thron frei ist. Notfalls können wir sogar den Erzbischof von Lutèce mit dem heiligen Öl und der Krone herbeiholen und Euch dort in Amt und Würden einsetzen, wenn wir keine andere Möglichkeit sehen.«

»In der Tat«, stimmte Mauritius zu. »Kein Gesetz fordert, dass Ihr nur in Lutèce gekrönt werden könnt. Was zählt, ist das Ritual an sich, das Euch an das Reich bindet.«

»Es wäre besser in Lutèce«, wandte Mathilde ein, bevor Averil etwas sagen konnte, »aber wenn das nicht möglich ist, sollten wir es in Erwägung ziehen. Wir werden alles tun, was wir können, Majestät. Das versprechen wir.«

Averil knirschte mit den Zähnen. Sie waren alle so weise und so wild entschlossen, sie in Sicherheit zu bringen. Wäre sie an ihrer Stelle gewesen, hätte sie dasselbe geraten.

Aber plötzlich schien es, als hätte sich der Nebel, der sie umgab, zwischen Averil und ihre Verbündeten geschoben. Selbst Mauritius war darin eingehüllt. Gereint war verschwunden – wer wusste, ob Peredur die Wahrheit gesagt hatte? Wer konnte sicher sein, dass ihr Knappe in Sicherheit war?

Wenn sie weiter darüber nachgrübelte, würde sie sich selbst in den Wahnsinn treiben. Das war Schlangenmagie, die sogar in diesen Kreis vorgedrungen war, ihren Geist und ihren Verstand benebelte, bis sie kaum noch wusste, was sie denken sollte.

In einem Punkt war sie sich jedoch sicher. Wenn sie Königin werden wollte, durfte sie sich nicht herumkommandieren lassen. Sie konnte sich führen und beraten lassen von jenen, die in höfischen Dingen bewanderter waren als sie selbst. Doch es war an ihr, die Entscheidungen zu treffen.

Selbst jene, die in Wahrheit keine waren. Sie hob das Kinn. »Also schön«, sagte sie. »Wir werden mit Dank vom direkten Weg abweichen und in Gemigny Rast machen. Aber nur für eine Weile – ein, zwei Tage. Ich muss meine Krone in Empfang nehmen, solange es noch ein Königreich zu regieren gibt.«

»Das werdet Ihr, Majestät«, sagte Mathilde. »Ich schwöre es bei der Magie in meinem Inneren.«

Averil erschauerte. Das war ein schwer wiegender Eid und eine starke Bindung. Es sollte eine Beruhigung für sie sein, dennoch fragte sie sich: Warum bedurfte es eines derart starken Eides? Was wusste Mathilde, das sie selbst nicht wusste?

Vielleicht befand sich die Antwort in Gemigny. Wenn es so war, würde Averil sie entdecken. Und wenn nicht, würde sie einen Weg finden – so oder so.

Im Laufe des Tages wurde der Sturm schwächer. Gereint war sich mittlerweile sicher, dass der Feind mindestens bis zum nächsten Morgen in dem verlassenen Dorf lagern würde – und selbst wenn er sich irrte, hatte er keine Furcht, die Armee aus den Augen zu verlieren. Anhand der Leere, die sie umgab, konnte er sie jederzeit aufspüren.

Diese Leere saugte an seiner eigenen Seele. Auch Ademar wirkte matt und krank. Um des Jungen willen verließ Gereint seinen Posten und suchte die schnell dahinschwindende Erinnerung an Licht und Wärme des Rosenordens.

Er entdeckte sie auf ihrem langsamen Weg fort von den Feinden und der Straße nach Lutèce. Als er sich ihnen näherte, erglühte Averils Präsenz in seinem Inneren mit derart strahlendem Glanz, dass er alles andere vergaß.

Es war ein Wunder, dass die Kolonne durch die Macht seiner Gefühle nicht ins Stocken geriet, aber selbst die Ritter schienen nichts davon zu merken. Vielleicht hatte Peredur etwas gesehen, doch wenn es so war, dann quittierte er es mit Schweigen.

Knappe und Novize erhielten keine Zurechtweisung; sie hatten so viel getan, wie sie konnten. Nun mussten sie möglichst schnell nach Gemigny gelangen, bevor der Feind ihren Plan durchschaute.

Mit einem Gefühl von tiefer Erleichterung nahm Gereint seinen Platz an Averils Seite ein. Unter dem Schutz ihres Umhangs ergriff sie seine Hand. Sie war dünn und kalt, dennoch kräftig. Jetzt, da er bei ihr war, war sie gegen alles gewappnet.

Wie als Reaktion auf ihre plötzliche gehobene Stimmung, wurde der Schneefall leichter und hörte schließlich ganz auf. Die Sonne kam heraus, und der Himmel wurde so strahlend blau, dass es die Augen schmerzte.

Die Ritter und die älteren Knappen schwärmten erneut aus, mit dem Auftrag, Geist und Macht des Feindes zu zerstreuen und ihm an den größeren und kleineren Straßen Fallen zu stellen. Mauritius behielt Riquier bei sich sowie Gereint und Ademar. An ihrer Stelle ritt Peredur los.

Gereint spürte seine Abwesenheit wie den Verlust eines Körpergliedes: absonderlich und beunruhigend. Es war nicht wie der Zauber, der ihn von Averil getrennt hatte, nicht ganz, aber es kam aus derselben Richtung. Alles an diesem Ort war merkwürdig und verdreht.

Sie ritten im Sonnenschein weiter und kamen gut voran. In dieser Nacht würden sie am Wegesrand lagern. Am morgigen Tag würden sie gegen Mittag in Gemigny eintreffen und in Sicherheit sein, versprach Mathilde.

Als sich am späten Nachmittag die winterliche Abenddämmerung ankündigte, verfärbte sich der Himmel im Nordwesten blauschwarz, als wäre es schon tiefe Nacht, obwohl die

Sonne noch am Himmel stand. Ohne weitere Vorwarnung raste eine Sturmwand auf sie zu.

Sie versuchten, davor zu fliehen. Es gab keinen Schutz, nicht einmal ein kleines Wäldchen: nur kahle Hügel, auf denen im Sommer Gras wuchs.

Gereint kannte diese Hügel. Einst waren sie der Rand seiner damaligen Welt gewesen.

Er umklammerte den Sattelknauf. Ein plötzlicher Schwindel ließ ihn heftiger schwanken als die immer stärkeren Windböen. *Der Kreis schließt sich*, dachte er.

Zwei Jahre zuvor, direkt nach einem ähnlichen Sturm wie diesem, war er vom Bauernhof seiner Mutter davongelaufen und vor seiner eigenen, unkontrollierbaren Magie. Damals hatte er nur einen einzigen Gedanken gehabt. Er wollte die Ritter bitten, irgendetwas wegen dieses Dings in seinem Inneren zu tun.

Das hatten sie. Nun floh er zurück zu seinem Ursprung. Diese Straße führte direkt am Hof vorbei.

Die Stadt Rémy war bei schönem Wetter schnell zu erreichen, doch der Wind nahm zu; er pfiff durch Wolle, Leder und Kettenhemd. Er trieb sie in Richtung Tor und Hof und der allzu vertrauten Nebengebäude, die von einem Wall aus Schnee verdeckt wurden, aber er spürte, dass sie da waren, jedes an seinem alten Platz.

Er, der er auf einem edlen Pferd saß, feine Kleider trug und sich in Begleitung von Rittern und einer Königin befand, war an diesem schlichten, gewöhnlichen Ort geboren. Er war seit Urzeiten im Besitz seiner Familie: an die tausend Jahre, sagten die Leute.

Es gab Edelleute mit einer kürzeren Ahnentafel. Aber an der Herkunft seiner Mutter war nichts Edles, und seine eigene war noch geringer. Er wusste nicht einmal, wer sein Vater war. Er war eine Ausnahme: ein Knappe des Rosenordens ohne Adel und Stammbaum.

Irgendwie hatte er sich an die Spitze der Kompanie vorgedrängt. Niemand sprach – nicht nur, weil eine sterbliche Stimme über dem Heulen des Windes ohnehin nicht zu hören gewesen wäre.

Es gab nichts zu sagen. Entweder sie fanden hier Unterschlupf – was auch immer sie drinnen vorfinden würden –, oder sie würden zu Grunde gehen. Sie hatten keine andere Wahl.

Das Tor tauchte so plötzlich vor Gereint auf, dass er fast dagegengeritten wäre. Als er abstieg, hätte der Wind ihn beinahe zu Boden gedrückt. Sein Pferd wieherte und stemmte sich dagegen.

Das Tor war verriegelt. Das wäre für Gereint kein Hindernis gewesen, dennoch gab es gewisse Höflichkeitsregeln, nach denen er erzogen war.

Er hob die Faust und hämmerte gegen das Tor – genauso wie es zwei Jahre zuvor ein anderer Knappe in einem anderen Sturm getan hatte. Er erwartete fast, sich dem ungeschlachten Jungen gegenüberzusehen, der er einst gewesen war, derart voll von ungeschulter Magie, dass er eine Gefahr für sich selbst und alle um ihn herum darstellte.

Jener Junge war verschwunden, fortgelaufen mit den Rittern der Rose. Die Frau, die das Tor öffnete, war älter und selbstsicherer und zeigte keine sichtbare Bestürzung angesichts einer Schar Schutz suchender Adliger.

Sie betrachtete ihren Sohn ohne ein Zeichen des Wiedererkennens: Sie nahm seine Größe wahr, seine Rüstung und das zitternde Pferd an seiner Seite; dem Gesicht unter der Kapuze schenkte sie jedoch keine Beachtung. Er hatte fast auf diese Reaktion gehofft, aber der Schmerz, den sie bei ihm auslöste, überraschte ihn.

Was hatte er schließlich erwartet? Enid wäre ihm wohl kaum weinend um den Hals gefallen. Das war nie ihre Art gewesen. Dennoch hatte er gedacht, dass er ihr zumindest vertraut erschienen wäre.

Sie gab ihm keine Zeit, nach Worten zu suchen. Ihr Blick eilte an ihm vorbei zu den Gestalten im Schnee, deren Anzahl sie ein wenig verwunderte, aber offensichtlich nicht bestürzte.

Der Argwohn in ihren Augen war nichts Neues, nur die forschende Tiefe ihres Blicks kündete von Gefahren, die undenkbar gewesen waren, bevor Gereint sie allein zurückgelassen hatte. Sie vergewisserte sich, dass sich ihre Seelen noch in ihren Körpern befanden. Das war so deutlich, als hätte sie es in Worte gefasst.

»Kommt herein«, sagte sie, »schnell, bevor der Wind Euch zu Boden fegt.«

Gereint verbeugte sich und folgte ihr durch das Tor auf den Hof, den er so gut kannte. Nichts hatte sich verändert; alles war an seinem Platz und wohl geordnet.

Sie musste jemanden als Hilfe eingestellt haben, aber wenn es so war, dann trat dieser Helfer an diesem Abend nicht in Erscheinung. Niemand kam, um sich um die Pferde zu kümmern oder um die Krieger in ihr Quartier auf dem warmen Heuboden zu führen. Auch als sie die Hochgestellten ins Haus führte, war niemand außer ihr zu sehen.

Gereints alter Umhang hing immer noch am Haken neben der Tür, darunter standen seine abgetragenen, mittlerweile viel zu klein gewordenen Stiefel. Auch alles andere war genau so, wie er es in Erinnerung hatte.

Die Damen sollten in Enids Bett in dem Kämmerchen über der Feuerstelle schlafen. Die Herren bekamen die Dachstube, die einst Gereint gehört hatte. So war es stets Brauch gewesen, wenn sie Reisenden Unterschlupf gewährten.

Während Enid die Damen in ihr Zimmer brachte und den Herren ihr Quartier zuwies, blieb Gereint unten in der großen Küche. Es erschien ihm ganz natürlich, den Knappenumhang abzulegen und über seinen alten Umhang zu hängen und sich an die Arbeit zu machen.

Er holte Feuerholz aus dem Schuppen, fand den Kessel im Schrank und hängte ihn übers Feuer, so wie er es immer getan hatte. Als er nach dem Eimer griff, um Wasser vom Brunnen zu holen, kam Enid ihm zuvor. Ihre Augen ruhten auf ihm, klar und hart wie das Glas, in das er, wie seine Lehrer es ihm gezeigt hatten, ein wenig von seiner Magie einbinden konnte.

Es gab kein Glas an diesem Ort – nicht einmal in den Fenstern, kein Weinglas, keinen Becher, nicht die kleinste Scherbe, die das Sonnenlicht reflektierte. Diese Art von Magie konnte hier nicht Fuß fassen. Seine Magie …

»So«, sagte seine Mutter. »Dort bist du also hingegangen. Konntest du keinen Brief schreiben?«

Gereint errötete bis zu den Haarwurzeln. Es spielte keine Rolle, dass er um sein Leben gerannt war, im Exil umhergeirrt war und großartige und Schrecken erregende Magie ausgeübt hatte. Hier war er nichts weiter als ein dummer Junge, der sich ohne ein Wort des Abschieds aus dem Staub gemacht hatte.

Er hatte auch jetzt nichts zu sagen und protestierte nicht, als sie ihm eine Ohrfeige gab und dann innehielt. Vielleicht hatte sie es vorher nicht gesehen, vielleicht bemerkte sie ein Aufblitzen im Feuerschein, denn nun strich sie über die silberne Rose, die über seinem Herzen aufgestickt war.

Ihr Gesicht war ausdruckslos. Gereint wartete reglos auf das Donnerwetter, das unweigerlich folgen würde. Von all den Dingen, die er hätte werden oder tun können, musste dies das Schlimmste für sie sein. Sie hasste Magie; verachtete und verabscheute sie und wollte nicht das Geringste damit zu tun haben. Sie hatte ihn in vollkommenem Unwissen der Mächte erzogen, die in ihm schlummerten. Und er war ein Magier des bedeutendsten Ordens von allen geworden.

Sie schnappte hörbar nach Luft und atmete aus. »Was hast du gemacht? Hast du wegen deines Vaters gelogen?«

»Einen Ritter kann man nicht belügen«, erwiderte Gereint.

»Sie nehmen unseresgleichen nicht bei sich auf«, sagte Enid.

»Das habe ich auch gehört«, sagte er. Er langte an ihr vorbei nach dem hölzernen Eimer.

Ihre Lippen waren angespannt. Sie war oft grimmig, aber hier ging es um mehr als einfachen Zorn. »Ich habe versucht, dich zu retten«, sagte sie.

»Wovor?« Er wollte sie nicht überragen, aber er konnte nichts dafür. »Vor mir selbst? Ich war gefährlich nah daran zu explodieren, als die Rose mich fand. Ohne sie würde ich wie ein Wahnsinniger durch die Wildländer irren – oder Schlimmeres.«

»Du nicht«, sagte sie. »Dazu bist du zu stark.«

»Niemand ist so stark«, sagte Gereint. »Wir beide wären durch mein Unwissen zerstört worden.«

Es folgte eine kurze, aber bedeutsame Pause. Dann sagte sie: »Du bist zurückgekommen.«

»Nicht aus freien Stücken.«

»Du hasst mich«, sagte sie. Es war nicht auszumachen, was sie bei diesen Worten empfand. Obwohl er ein Magier war, konnte er ihre Gefühle genauso schlecht deuten wie eh und je.

Er schüttelte den Kopf. »Wahrscheinlich sollte ich das. Aber ich tue es nicht.«

»Dann bist du ein Dummkopf.«

»Das bin ich.« Er wandte sich von ihr ab, um zum Brunnen zu gehen.

Sie machte keine Anstalten, ihn aufzuhalten. Als er zurückkam, zitternd vor Kälte und mitgenommen von Wind und Schnee, hatte sie ein großes Stück Hammelfleisch auf einem Spieß über dem Feuer und einen Topf mit Gemüse und Kräutern vorbereitet. Der würzige Duft nach Zwiebeln und Knoblauch stieg ihm in die Nase.

Ihr Streit hatte wie gewöhnlich ein stummes Ende gefunden. Es war in gewisser Weise tröstlich – ein fast friedliches Einvernehmen unter verbissenen Gegnern. Mit der Zeit würde die Feindseligkeit verschwinden und der Grund der Streitigkeiten vergessen sein, dann würden sie sich wieder gegenseitig aufreiben und das nächste Gefecht würde folgen.

Damit war es vorbei. Er würde nicht bleiben. Die vertraute Umgebung war schon lange nicht mehr sein Zuhause. Er gehörte zur Rose und zu der Frau, die gerade in den Feuerschein trat, die Ärmel aufkrempelte und sich anschickte, Brot zu backen, während der Gemüsetopf brodelte, der Fleischspieß sich drehte und die Küche mit köstlichem Duft erfüllte.

Averil hatte in der Vergangenheit schon öfter glaubhaft die Dienerin gespielt. Eigentlich fühlte sie sich in dieser Rolle wohler als in derjenigen, die ihr nach Geburt und Schicksal zufiel, während Gereint besser zum Ritter und Magier taugte als zu dem Bauernsohn, als der er geboren war.

Heute Abend arbeiteten die beiden in kameradschaftlichem Schweigen Seite an Seite mit seiner Mutter. Nach einer Weile kamen die anderen herunter, bis auf Gräfin Mathilde, die sich als unpässlich erklärt hatte.

Averil wollte sich um sie kümmern, aber die Ritter wollten nichts davon wissen. Ademar übernahm diese Aufgabe, und zwar keineswegs ungern. In seinem Alter war er besonders empfänglich für den Liebreiz eines weiblichen Gesichts.

Sie aßen reichlich und gut, wie auch die Männer in der Scheune, die ein Fass von Enids braunem Bier erhielten. Im Wohnhaus gab es Bier, Äpfel mit Honig, Kuchen mit Rahm und eine Schüssel mit in Honigwasser gekochten, getrockneten Beeren, deren Aroma Erinnerungen an den längst vergangenen Sommer weckte.

Gereint hatte am Tisch einer Königin schon weniger gut gegessen, aber es erschien ihm nicht klug, dies zu erwähnen.

Statt seiner fasste Mauritius das Lob mit seiner angeborenen Liebenswürdigkeit in Worte.

Enid war keine Frau, die lächelnd errötete, doch Gereint merkte, dass sie sich über das Lob freute. Sie zuckte nur spöttisch mit den Schultern und füllte Mauritius' Becher erneut bis zum Rand: ein großes Geschenk von einer derart sparsamen Frau.

Kapitel 4

Averil saß noch lange, nachdem der letzte der Männer ins Dachzimmer gestolpert war, am Feuer. Sie hatte Gereint beim Abwasch geholfen, der danach seinen Umhang um sich gezogen und sich bei der Feuerstelle schlafen gelegt hatte. Sie blieb mit angezogenen Knien sitzen und ließ sich von Wärme und feurigen Visionen einlullen.

Sie waren voller Drachen, geschmeidige Wesen, die größer und magischer waren als sterbliche Schlangen. Es waren Feuerdrachen, dennoch verwandt mit dem riesigen Eisdrachen, der die Flotte des Königs zerstört hatte. Sie tanzten in den Flammen und kümmerten sich nicht um die Kriege der Sterblichen, obwohl das Ergebnis des gegenwärtigen sich auch auf sie auswirken mochte, wie er sich auf alles auswirken würde.

Trotz ihrer vielen Befürchtungen, ihrer Verzweiflung, ihres Gefühls, unter einem tödlichen Druck zu stehen, fühlte sie seltsamerweise einen tiefen Frieden. Ihr war, als wäre sie aus der Welt herausgetreten – wenn auch nur für eine Nacht.

Keiner ihrer Begleiter hatte Averil gesagt, wer ihre Gastgeberin war, aber selbst wenn sie es nicht wegen Gereints innerlicher Anspannung und Verwirrung geahnt hätte, so offenbarte sich die Wahrheit in allem, was Enid und ihr Sohn taten.

Es konnte kein Zufall sein, dass sie hier waren. Der Wind

hatte sie direkt auf das Tor zugetrieben. Es war ein Omen, dachte Averil: ein Hoffnungsschimmer. Wenn Gereint seinen Weg nach Hause finden konnte, dann konnte sie es ebenso.

Auch Enid wachte. Sie saß auf einem Holzstuhl und nähte an einem Kittel, wobei ihre Finger weder Licht noch ihre Aufmerksamkeit brauchten.

Sie hatte wenig Ähnlichkeit mit Gereint. Sie hatten zwar den gleichen robusten Körperbau, und Enids ausgeprägter Kiefer und die geraden Augenbrauen erinnerten an seine Gesichtszüge, aber der Rest musste von dem Vater stammen, von dem niemand sprach.

Wer er auch gewesen war, er musste Magie im Überfluss besessen haben. Enid hatte keine Spur davon. Sie war eine Rarität auf dieser Welt, ein menschliches Wesen, das nicht die geringste Spur von Macht in sich trug.

Das machte sie keineswegs zu einem geringeren Menschen. Sie war so stark wie die Knochen der Erde und fest darin verwurzelt, wusste mit felsenfester Gewissheit, wer sie war und was ihre Bestimmung war.

Averil konnte von ihr lernen. In dieser Nacht, während draußen der Wind heulte und der Schnee in dichten Flocken fiel, studierte sie die machtvolle Stille und versuchte, in ihrem Inneren etwas davon aufzuspüren.

Das Feuer war heruntergebrannt. Averil legte ein weiteres Stück Holz auf die Glut. Die Flammen erhoben sich von Neuem und schenkten wohltuende Wärme.

»Sagt mir eines«, unterbrach Enid die Stille. Ihre Stimme schien sich aus dem Knistern des Feuers zu erheben.

Averil zog sich vom Feuer zurück und drehte sich um. Enid fixierte sie mit durchdringendem Blick. »Ihr seid keine Dienerin, nicht wahr?«

»Genauso wenig, wie Euer Sohn einer ist«, sagte Averil.

Enid schüttelte verärgert den Kopf. »Keine Spiele. Nicht in meinem Hause. Ihr alle wahrt Geheimnisse – schön und gut. Ich möchte nichts wissen, das Euch oder mich in Gefahr bringt. Aber ich bekomme mit, auf welche Weise Ihr den Jungen anseht. Wenn Ihr ihm das Herz brecht, Herrin, müsst Ihr Euch mir gegenüber verantworten.«

»Und wenn er meines bricht?«

»Ihr werdet darüber hinwegkommen«, sagte Enid. »Vielleicht lasst Ihr nie wieder einen Mann in Eure Nähe, aber Ihr werdet stark sein. So sind die Frauen. Wenn das Herz eines Mannes gebrochen wird, heilt es nie.«

Averil bezweifelte dies, doch sie war Gast in diesem Haus und behielt es für sich. »Was auch immer zwischen uns ist, es wird nichts daraus werden. Ritter heiraten nicht.«

»Ist er denn schon ein Ritter?«

»Nein, aber er wird einer werden.«

»Wird er das?«

»Dessen bin ich mir ganz sicher«, sagte Averil.

»Dazu habe ich ihn nicht erzogen.«

»Ich wurde auch nicht zu dem erzogen, was ich bin«, sagte Averil.

»So geht es auf der Welt«, sagte Enid. »Nehmt Euch in Acht, Herrin. Vor ihm und vor Euch selbst.«

Dafür war es zu spät. Averil schüttelte seufzend den Kopf. »Ich kann Euch nichts versprechen, außer dass ich ihn lieben werde. Ich könnte ihn vernichten. Wenn das so sein muss, wird es so sein.«

»Dann komme ich Euch holen«, sagte Enid ruhig.

Averil hatte keinen Zweifel daran, dass sie ihre Worte in die Tat umsetzen würde. In gewisser Weise war es beruhigend. Hätte sie eine lebende Mutter gehabt, hätte sie sich genauso eine gewünscht – selbst wenn sie so grimmig und eigen wäre wie Enid.

Der Sturm tobte drei Tage lang. Es war kein Wetter zum Reisen; es war schwierig genug, sich durch mannshohe Schneewehen über den Hof zu kämpfen, um die Tiere und die Männer zu versorgen, die den Heuboden in eine Wachstube verwandelt hatten. Von der Haustür bis zum Stall spannten sie ein Seil, das sie durch die Schneemassen führte.

Aber wenn sie sich nicht hinaus auf die Straßen wagen konnten, dachte Gereint, dann konnten es die Sklaven des Hexenmeisters auch nicht. Trotzdem hätte er es gerne versucht.

Es war nicht so, dass ihm das Gefühl gegeben wurde, nicht willkommen zu sein, oder dass er sich fehl am Platze vorkam. Es war etwas Tiefgründigeres, eine gewisse Traurigkeit, weil der Hof, auf dem er so lange gelebt hatte, nicht mehr sein Zuhause war.

Während dieser Zeit des Wartens blieb Gräfin Mathilde in ihrem Zimmer. Es war durch starke Schutzzauber gesichert; manchmal spürte Gereint das Summen von Magie in seinen Knochen.

Niemand anders schien deswegen beunruhigt zu sein. Er sagte sich, dass er übertrieben argwöhnisch war.

Dasselbe meinte auch Mauritius, als Gereint seinen Mut zusammennahm und sich dem Ritter anvertraute. »Sie ist sehr großmütig«, sagte Mauritius, »und sorgt sich um die Königin und das Königreich. Sie schützt uns alle hier, wie sie es in ihrem Schloss tun wollte, und bewahrt uns vor dem Feind. Sie sorgt dafür, dass wir uns ausruhen können und wieder zu Kräften kommen.«

»Gewiss, Messire«, sagte Gereint, »aber irgendetwas scheint nicht richtig zu sein. Was ist, wenn sie nicht die ist, die sie zu sein vorgibt? Was ist, wenn –«

»Nichts in diesem Königreich scheint richtig«, unterbrach ihn Mauritius, »und dies hier ist für dich sicher belastender als für den Rest von uns. Wir werden die Augen offen halten, Messire; wenn irgendeine Verschwörung im Gange sein sollte, werden wir uns nicht davon überrumpeln lassen.«

Gereints Zweifel waren nicht beseitigt, dennoch hatte er

keine vernünftigen Argumente zu bieten – nur dieses Kribbeln unter der Haut. Er neigte den Kopf, hielt den Mund geschlossen und bemühte sich nach Kräften, ein gehorsamer Knappe zu sein.

Es gab mehr als genug, worüber er sich den Kopf zerbrechen konnte. Die Brüder der Rose waren in Sicherheit, wo immer sie auch Schutz fanden. Die vier hier ruhten wie Krieger während einer Kampfpause und vertrieben sich die Zeit mit Lehrstunden und Waffenübungen.

Gereint hatte besonders das Letztere bitter nötig. Was seine Magie anging, hatte er zwar große Fortschritte gemacht, aber seine Waffenkunst ließ arg zu wünschen übrig. Er war sehr spät in ihre Gemeinschaft aufgenommen worden und hatte noch viel zu lernen, bevor er an die Fähigkeiten dieser Edelmänner heranreichen würde, die zum Reiten und Kämpfen geboren waren.

Allerdings wurde er mit der Zeit besser. Selbst Riquier räumte das ein, und Riquier hatte sich am längsten und heftigsten dagegen gesträubt, Gereint zu einem Schwertkämpfer zu machen.

Es war äußerst merkwürdig, diese Kunst hier zu üben, wo er ohne jede Kenntnis dieser Dinge aufgewachsen war. Seine Mutter sagte nichts dazu, weder Gutes noch Schlechtes, dennoch war ihm klar, was sie davon hielt.

Er war eine Enttäuschung für sie mit all seinen feinen Kleidern und seinem vornehmen Gehabe. Er machte seinen Vorfahren keine Ehre, allesamt arbeitsame Bauersleute ohne einen Tropfen adeligen Blutes in den Adern.

Sie hatten auch nicht den geringsten Hauch von Magie besessen. Er wurde nicht gebeten, sie auszuüben, aber ein Schatten davon war in allem, was er tat. Der Orden der Rose war ein Orden von Magiern, und er war stark – wie stark, das wusste keiner.

Davon wurde an diesem Ort nicht gesprochen. Es gab bedeutungsvolle Gesprächspausen und unbehagliche Augenblicke. Da sie jedoch nichts anderes tun konnten als warten, verhielten sich alle einigermaßen friedlich.

Am Morgen des dritten Tages heulte der Wind stärker als je zuvor. Die Schneedecke war mittlerweile bis zum Dachsparren gewachsen; der Pfad zum Stall war ein weißer Tunnel. Die Pferde wurden rastlos, und die Männer übten sich grimmig in Geduld.

Gereint kümmerte sich um die Pferde. Dies war seine zugewiesene Aufgabe gewesen, als er noch lediglich ein Mitläufer war. Obwohl er inzwischen ein Knappe war, sah er keinen Grund, damit aufzuhören.

Es war eine friedvolle Arbeit zwischen den warmen Körpern der großen Tiere. Manchmal kamen ein, zwei von Mathildes Männern, um ihm zur Hand zu gehen, aber an diesem Morgen waren sie anderweitig beschäftigt.

Erst in diesem Moment merkte er, dass der Wind nachgelassen hatte. Dazu war es seit Beginn des Sturms ein paar Mal gekommen, aber es hatte nie lange angehalten. In der ungewohnten Stille hörte er das Klappern einer Tür und Stimmen.

Eine war neu hier, aber er kannte sie gut. Er warf den letzten Arm voll Heu in die Krippe und eilte an den Boxen entlang.

Ademar hatte Peredur hereingelassen. Als der Novize die Tür wieder zugeschoben hatte, erhob sich der Wind mit neuen Kräften, sodass der ganze Stall erbebte.

Peredurs Umhang zeigte Spuren von Schnee, doch er sah nicht danach aus, als wäre er durch den seit Tagen andauernden Höllensturm geritten. Sein helles Haar war kaum zerzaust, und seine Stiefel waren so gut wie trocken.

Averil hätte sicher eine Bemerkung darüber gemacht. Gereint erwischte sich bei dem sehnlichen Wunsch, Peredurs Anwesenheit so lange wie möglich vor ihr geheim zu halten.

Das war natürlich töricht. Sie wusste es, weil Gereint es wusste. Bald würden es alle wissen.

»Gibt es Neuigkeiten, Messire?«, fragte Gereint.

Peredur nickte. Sein Gesichtsausdruck verriet nicht, ob es sich um gute oder schlechte Nachrichten handelte, und er würde sie auch nicht verkünden, bevor sie alle zusammen waren.

Mauritius und Riquier waren mit Averil im Haus. Gereint führte Peredur hin – ein ziemlich schwieriges Unterfangen, diese paar Ellen zurückzulegen, aber mittlerweile war er nur allzu gut daran gewöhnt.

Drinnen war es wunderbar warm und hell vom Feuerschein und Lampenlicht. Mauritius und Riquier kneteten Brotteig auf dem Tisch neben der Feuerstelle. Enid und Averil spannen Wolle, Enids hellbrauner Schopf Seite an Seite mit Averils rotgoldener Mähne.

Gereint trat zur Seite, um Peredur, dicht gefolgt von Ademar, hereinzulassen. Averils plötzliche Kühle hatte er erwartet, nicht jedoch Enids Reaktion. Das Gesicht seiner Mutter war vollkommen ausdruckslos.

Noch überraschender war, dass Peredurs Miene genauso ausdruckslos war. Er war oft schwer zu durchschauen, aber das hier war anders. Es war dieselbe Erstarrung, die Enid befallen hatte.

Als sie sprach, klang ihre Stimme genauso nichts sagend wie ihr Gesichtsausdruck. »Ich will so etwas nicht in meinem Haus haben.«

»Mutter«, sagte Gereint, »das ist –«

»Ich weiß, was es ist«, unterbrach sie ihn. »Es hat keinen Platz hier.«

»Mutter –«

»Es ist schon gut«, sagte Peredur bemerkenswert sanft. »Ich sage, was ich zu sagen habe, dann gehe ich wieder.«

»In diesem Sturm?« Gereint verlor nicht oft die Fassung, aber dies war ihm völlig unverständlich und machte ihn wütend. Es spielte keine Rolle, dass Peredur offensichtlich auf anderen Wegen als auf denen der Sterblichen hierhergekommen war und sich auf denselben Wegen wieder entfernen konnte. Es gab gewisse Gesetze der Höflichkeit. Nicht einmal Enid war davon ausgenommen.

»Ihr werdet bleiben«, sagte Gereint. »Versprecht, keine Magie auszuüben, das ist alles, worum wir Euch bitten.«

Gereint wappnete sich für den Zornesausbruch seiner Mutter, doch der blieb aus. Sie warf die Hände in die Luft, als wollte sie sie alle verscheuchen, riss ihren Umhang vom Haken und marschierte zur Tür.

Gereint stand mit offenem Mund da wie ein Irrer. Mauritius, der näher bei der Tür stand, versperrte ihr den Weg. »Madame«, sagte er mit ruhiger Stimme. »Für wie schlecht Ihr diesen Mann und das, was er ist, auch halten mögt, so denkt beim Guten Gott an Eure eigene Sicherheit.«

»In meiner eigenen Scheune werde ich genauso sicher sein wie hier«, sagte Enid. »Jetzt lasst mich gehen, Messire.«

Mauritius runzelte die Stirn und zuckte mit den Schultern. Aber als er zur Seite treten wollte, meldete Peredur sich zu Wort. »Nein. Ich werde gehen. Das hier ist ihr Haus. Ich gehöre nicht hierher.«

»Wenn das so ist«, sagte Gereint, »gehört keiner von uns hierher. Ich werde auch gehen. Wir werden alle gehen.«

»Tut das nicht«, sagte Peredur sanft, dennoch klangen seine Worte wie ein Befehl.

Gereint sollte sich an einer solchen Magie ein Beispiel nehmen. Seine eigene hatte herzlich wenig Raffinesse, obwohl er nach und nach lernte, sie in ihre Schranken zu weisen.

Dies waren sonderbare kalte Gedanken, die irgendwie zur Verwirrung dieses Ortes und dieser Menschen passten. Gereints Zorn legte sich. »Ihr habt Neuigkeiten«, sagte er zu Peredur.

»Eher Beweise«, erwiderte Peredur, »für das, was wir bereits wussten. Der Hexenmeister des Königs lebt. Die Armee, die wir gesehen haben, gehört tatsächlich ihm – und sie ist nur ein Bruchteil der Streitkräfte, die er gegen uns erhoben hat.«

Mauritius' Gesichtszüge wiesen weder Schrecken noch Verzweiflung auf. »Zeigt es uns«, sagte er.

Ohne Zögern und ohne Entschuldigung zog Peredur Magie aus Erde und Luft, rund und schimmernd wie ein Glas, das er mit seinen Händen hochhob. Durch das Glas sahen sie einen Raum, einen verschwommenen Wandteppich, ein langes, blasses Männergesicht, das von der Tonsur eines Priesters gekrönt wurde. Vielleicht war es die Magie, vielleicht war es Gereints Hass auf diesen Mann, aber es schien, als trüge die bleiche Haut einen leichten Schimmer von Schuppen.

Da waren andere in seiner Nähe, Schatten, die nicht einmal durch Gereints klaren Blick auszumachen waren. Er strengte sich an, es war wichtig, sie zu erkennen, doch sie flackerten und wichen einer anderen Vision: überranntes Land, Armeen, die sich auf allen Straßen und Hügeln sammelten, und alles wurde von einem undurchdringlichen, magischen Nebel eingehüllt.

Ein winziger Teil von Gereint fragte sich, ob Peredur einer der Schatten gewesen war, die den Hexenmeister umgaben. Aber das war absurd. Peredur war ein Paladin, beziehungsweise war er einer gewesen. Er würde sich nie und nimmer der Schlange zuwenden.

Kapitel 5

Nachdem sich sein magisches Werk in Luft aufgelöst hatte, sagte Peredur: »Ich werde jetzt gehen.«

»Geht nicht.«

Alle Blicke richteten sich auf Enid. Ihre Miene war so ausdruckslos wie zuvor. »Bleibt, bis der Sturm vorüber ist.«

»Es ist nicht nötig –«

»Bleibt«, befahl sie.

Ob mit oder ohne Magie – offenbar verfügte sie über dieselbe Gabe, Befehle auszusprechen wie Peredur.

»Seid Ihr sicher?«, fragte er sie.

»Nein«, erwiderte sie, »aber Ihr werdet bleiben.«

Er verbeugte sich vor ihr ohne jede Spur von Spott.

Gereints Verwirrung richtete sich plötzlich auf etwas anderes. Er war nicht sicher, ob ihm der Gedanke gefiel oder ob er ihn für möglich hielt. Es war zu unwahrscheinlich.

Und doch, war es wirklich unmöglich? Die Spannung zwischen seiner Mutter und dem Paladin war grundlegend anders als Averils unbeirrbares, tiefes Misstrauen.

Es sah eher so aus, als würden sie einander gut kennen. Wie gut, mochte er sich nicht ausmalen. Denn wenn er Recht hatte – wenn sie wirklich das waren, was er vermutete –, dann …

Niemand achtete auf Gereint. Selbst Averil nahm ihn kaum wahr, abgelenkt durch die Anwesenheit Mathildes, die nach Tagen der Zurückgezogenheit heruntergekommen war.

Sie bot einen weiteren Grund für Verwirrung, aber darüber dachte er in diesem Moment nicht nach. Während die anderen um sie herumschwirrten und sie nach ihren Wünschen fragten, betrachtete Gereint seine Hand.

Es war eine kräftige Hand, wie alles an ihm, und sie war stark. Sie gewöhnte sich langsam an ritterliche Waffenkünste, und sie war geschickt im Umgang mit Pflug und Hacke. Einige ihrer Schwielen waren kleiner geworden, andere hatten sich neu gebildet, während seiner Entwicklung vom Bauernsohn zum Ritter der Rose.

Peredurs Hand, die an seiner Seite ruhte, während er die Aufregung um die Gräfin beobachtete, ähnelte Gereints in Form und Größe. Sie hatte dieselbe quadratische Handfläche und dieselben langen Finger, selbst der kleine Finger wies dieselbe Krümmung auf.

Am liebsten hätte Gereint beide Hände hinter dem Rücken versteckt. Alles konnte er nicht verbergen, die Ähnlichkeit, die jeder sehen konnte, wenn er sich die Mühe machte hinzuschauen.

Er ging nach draußen. Dort tobte der Sturm, doch es kümmerte ihn nicht. Er passierte einfach die Schutzzauber, schlüpfte um sie herum oder zwischen ihnen hindurch.

Leider konnte er keinen Riesenschritt bis nach Lutèce machen. So stark war er nicht.

Der Stall war der beste Zufluchtsort, der ihm auf die Schnelle einfiel. Oben auf dem Heuboden wurden Mathildes Männer vor Langeweile fast verrückt. Den Pferden erging es unten in den Ställen nicht viel anders.

Das Maultier, in dessen Box er schlüpfte, nahm das Ganze gelassener. Es hatte nichts einzuwenden gegen eine arbeitsfreie Auszeit im Warmen mit einer Krippe voll Heu. Bei Gereints plötzlichem Eintreten legte es eines seiner langen Ohren zurück, ließ sich jedoch nicht weiter stören.

Das Maultier hatte seine Nähe immer ertragen. Er setzte sich in eine Ecke ins saubere, trockene Stroh, umschlang seine Knie und versuchte, alle Gedanken auszuschalten.

Kein Mensch war in der Lage, ein solches Stadium der Leere zu erreichen. Er stand unter Schock und bot seine ganzen magischen Kräfte auf, aber ein Teil von ihm kam nicht zur Ruhe und hörte nicht auf zu schwatzen.

Er hatte niemals damit gerechnet, seinem Vater zu begegnen. Als Kind hatte er es gehofft, doch es hatte so viel anderes gegeben, über das er nachdenken musste, so viel Magie, mit der er kämpfen musste, dass seine Hoffnung zu einem schattenhaften Traum geworden war.

Er war sicher gewesen, dass seine Mutter sich bei diesem einzigen Fehltritt ihres Lebens mit einem gewöhnlichen Sterblichen eingelassen hatte – vielleicht mit einem Adligen oder einem Priester oder am wahrscheinlichsten mit einem ehrlichen Bauern, der aus irgendeinem Grund nicht erfahren sollte, dass er einen Sohn hatte. Dass er über magische Kräfte verfügte, war eine logische Vermutung in dieser Welt, in der Magie nichts Außergewöhnliches war.

Dass er tatsächlich gottgeboren war, war Gereint nie in den Sinn gekommen. Solche Dinge passierten nicht mehr in diesen Zeiten. Die Götter waren fort, geflohen vor der Kirche des Jungen Gottes und den Orden der Magier.

Er hatte nicht an die geringeren Mächte gedacht, die geblieben waren, die Halbgötter und Dämonen und die wilden Magier, die von ihrer eigenen Magie verschlungen wurden. Er hatte sich an die Wirklichkeit gehalten, dachte er, wie seine Mutter es ihn gelehrt hatte. Der einzige Traum, den er sich gestattet hatte, war auf eine Herzogin gerichtet, die bald Königin sein würde.

Was sein neues Wissen für diesen Traum bedeuten könnte, mochte er sich nicht ausmalen.

Es war mehr, als er auf Anhieb mit seinem Geist erfassen konnte. Es erklärte so vieles – doch nichts wurde dadurch einfacher.

Besser sein Vater wäre ein einfacher Bauer mit Frau und Kindern gewesen, der einen Skandal fürchtete. Für das hier war er nicht erzogen worden.

Er war auch nicht dafür erzogen, ein Ritter zu sein, und dennoch stand er hier mit der silbernen Rose über seinem Herzen. Die Magie in seinem Blut hatte ihn dorthin getrieben. Nun kannte er die Gründe dafür.

»Habt Ihr es gewusst?«

Peredur konnte ihn hören, wie weit entfernt sie auch voneinander sein mochten. Er stand bei der Stalltür und schaute hinein. Ob er dort nur einen Augenblick oder eine Stunde gestanden hatte, hätte Gereint nicht sagen können. »Dass sie ein Kind bekommen hat? Nicht, bevor ich dich gesehen habe.«

»Zum ersten Mal?«

»Du hältst den Kopf wie sie«, sagte Peredur.

Das war sonderbar, aber nicht sonderbarer als der Mann, der es gesagt hatte. »Ich kann mir vorstellen«, meinte Gereint, »dass Ihr versprochen habt zurückzukommen. Aber die Zeit vergeht anders, wenn Eure Welt sich in Äonen dreht, statt in Tagen. Ihr habt sie vergessen. Oder Ihr habt nie gewusst, wie schnell diese Tage für Sterbliche dahingehen. Ich kann verstehen, warum sie sich gegen alles Magische gewandt hat, da sie von einem wie Euch geliebt und verlassen wurde. Aber eines ist mir ganz und gar nicht klar. Warum Enid? Gibt es Hunderte von weiteren Nachkommen? Tausende? Ist die Welt übersät mit meinen Brüdern und Schwestern?«

»Soweit ich weiß, gibt es nur dich«, erwiderte Peredur.

Gereint lehnte sich gegen die Wand. »Ach, kommt schon. Ich mag zwar ein Bauerntrottel sein, aber ich bin kein Dummkopf.«

»Es ist die Wahrheit«, sagte Peredur. »Es gab andere Frauen, ja – so einige in all den Jahren. Aber keine hat je ein Kind empfangen. Ich nahm an, ich wäre wie euer Maultier. Die meisten von uns sind das.«

Gereint unterdrückte einen Ausbruch schmerzlichen Gelächters. Wenn er damit anfing, würde er nicht wieder aufhören können. Er richtete seine Konzentration auf die Frage, die er gestellt hatte und deren Antwort Peredur ihm noch schuldig war. »Warum Enid? Von all den Frauen, die Eure Blicke auf sich zogen, warum wähltet Ihr sie?«

»Wer sagt, dass ich die Wahl traf?«

Statt einer Antwort fixierte Gereint ihn mit einem prüfenden Blick.

Peredur hob die Hände. Es war jedoch keine Geste der Kapitulation, jedenfalls nicht direkt. »Du kannst es natürlich nicht sehen; du bist ihr Kind, und sie ist in den letzten Jahren ziemlich verbittert geworden. Sie war wundervoll, als sie jung war.

Ich traf sie auf dem Pferdemarkt in Sévigny. Sie wollte zwei Stuten verkaufen, und einige der Pferdehändler dachten, sie könnten ein einfaches Bauernmädchen übervorteilen.«

»Und Ihr kamt zu ihrer Rettung«, sagte Gereint.

Peredur brach in Gelächter aus. »Oh, nein! Sie hat sie gründlich zusammengestaucht, bekam einen guten Preis für die Stuten und ließ die Händler stehen, die nicht wussten, wie ihnen geschehen war. Ich war bezaubert. Sie hatte keinerlei Magie, aber in ihr war eine solche Kraft, wie sie nur wenige Wesen besitzen, seien sie sterblich oder unsterblich.«

Gereint nickte widerwillig. »Sie hat einen starken Willen, meine Mutter.«

»Den hat sie. Sie schaute mich an und schien Gefallen an mir zu finden, obwohl sie den Harnisch, den ich verkaufen wollte, für maßlos überteuert hielt. Sie zeigte mir noch, wie ich eine aufgeplatzte Naht ausbessern konnte. Eines führte zum anderen, und ein Tag folgte auf den nächsten, und ehe wir uns versahen, war es nicht mehr Sommer, sondern Herbst, und dann erhielt sie eine Nachricht: Ihr Vater war gestorben, ihre Mutter schon lange Zeit vor ihm, und es gab niemanden, der den Bauernhof weiterführte.

Ich drängte sie, ihn zu verkaufen. Sie hätte bei mir bleiben können, ich hätte mich niedergelassen, es gab genug Städte, die einen Kräuterheiler brauchten. Aber die Erde dieses Ortes ist in ihren Knochen.«

»Ihr hättet mit ihr gehen können. In Rémy hat es seit Urzeiten keinen Kräuterheiler mehr gegeben.«

»Das hat sie mir auch erzählt«, sagte Peredur. »Wir waren schon reisefertig. Unsere Habe war gepackt, der Karren stand bereit. Aber in dieser Nacht starb der alte König. Ich war und bin noch an dieses Königreich gebunden, so wie ich an Prydain gebunden bin, durch Schwüre, die so alt sind wie ich und sehr bindend. Ich musste fort, für ein, zwei Tage, dachte ich, um der Krönung des neuen Königs beizuwohnen.«

»Clodovec«, warf Gereint ein und verschluckte sich fast an dem Namen.

»Clodovec«, bestätigte Peredur.

»Und die paar Tage wurden ein Monat, dann ein Jahr«, sagte Gereint, »und Clodovec war Clodovec, was Euch mehr als genug Ablenkung brachte. Dann gab es noch Prydain und die Wildländer und wahrscheinlich noch ein Dutzend weitere Länder und Eide und Bindungen, von denen ich nichts weiß, und Ihr seid nie dazu gekommen, Eure Geliebte wiederzufinden. Sie kehrte allein nach Hause zurück, wies jeden Mann ab, der um sie warb, gebar mich, zog mich auf und lehrte mich, dass Magie nichts für unseresgleichen ist. Obwohl es offensichtlich war, dass ich mehr davon in mir hatte, als ein sterbliches Wesen jemals besitzen sollte.«

Gereint war nicht verbittert. Alles, was er sagte, war die Wahrheit. Wenn sie Peredur schmerzte, dann konnte er es nicht ändern. Enid hatte seit ihrer Rückkehr die meiste Zeit mit Schmerz und Schande gelebt. Es war nur gerecht, ihren Geliebten daran teilhaben zu lassen.

Ihr Geliebter. Peredur, der Letzte der Paladine. Gereint war noch nicht in der Lage, ihn als *Vater* zu sehen. Es würde lange dauern, bis er das konnte.

Gereint rappelte sich auf. »Ich kann jetzt nicht darüber nachdenken«, sagte er. »Dieses Königreich ertrinkt in Hexerei, die Schlange ist näher daran zu erwachen, als es sich irgendjemand außer Euch vorstellen kann. Und jeder von uns braucht jeden Fetzen Kraft.«

»Gibt es dir denn keine Kraft?«, fragte Peredur. »Wenn du weißt, was du bist, kannst du es schaffen.«

»Habe ich Zeit dafür? Gibt es Zeit für irgendetwas anderes, als nach Lutèce zu jagen und zu beten, dass wir nicht zu spät kommen?«

»Diese Zeit könnte uns alle retten.«

Gereint schüttelte heftig den Kopf. »Ich bin nicht Euer Junger Gott, dazu geboren, um die Welt neu zu erschaffen. Wenn das jemandem bestimmt ist, dann unserer Herrin. Ich bin kaum in der Lage, ein Knappe zu sein.«

»Niemand ist der Junge Gott«, sagte Peredur. »Selbst er war es nicht, jedenfalls nicht die meiste Zeit – nur wenn er es sein musste.«

»Nein«, sagte Gereint. »Nein, ich kann nicht sein, was er war. Versucht nicht, es mir aufzuzwingen. Ich weiß, was ich bin und zu was ich nutze bin, und das ist es, was ich sein werde. Ich gehöre zu meiner Königin, und ich werde sie mit all meiner Macht beschützen. Das ist alles, was ich hoffen kann zu tun.«

Peredur neigte den Kopf. »Keiner kann sich mehr wünschen.«

In diesem Augenblick verstand Gereint plötzlich ganz genau Averils Empfindungen gegenüber diesem – Mann, Dämon, was immer er auch war. Sein eigenes sofortiges, vollkommenes Vertrauen zu ihm war nichts weiter als die Stimme des Blutes gewesen. Der Sohn sehnte sich danach, seinem Vater zu vertrauen; es war angeboren.

Aber was war, wenn er Peredur nicht vertrauen konnte? Was war, wenn er kein Verbündeter, sondern der schlimmste aller Feinde war? Wer wusste, wer er wirklich war oder welche Ziele er verfolgte, oder für wen? Wer hatte es je gewusst?

Gereint bemühte sich nicht um Höflichkeit. Er eilte zurück zur Rose, zu dem Leben, das er am besten kannte, und zu den Aufgaben und Pflichten, die seine überschüssige Magie, so gut es ging, in Schach hielten.

Kapitel 6

Mathilde wirkte nach ihrer dreitägigen Klausur sehr erholt und bereit, sich allem zu stellen, was vor ihnen lag. »Der Sturm wird bald aufhören«, sagte sie. »Dann –«

»Wird er das?«, fragte Averil. »Was ist, wenn er durch Hexerei geschaffen wurde? Dann könnten wir hier für immer in der Falle sitzen.«

»Es ist ein irdischer Sturm«, sagte Mathilde. »Ich habe alle Wege der Macht erforscht, und er wird uns in der Nacht verlassen.«

»Wie lange wird es danach dauern, bis die Straßen passierbar sind?« Averil wusste nicht, warum sie so argwöhnisch war. Es war, als hätte ihre Zunge ihren eigenen Willen. Natürlich sagte Mathilde die Wahrheit, und es wäre ein Segen, wenn sie alle verschwänden, bevor sie ihrer Gastgeberin die letzten Wintervorräte wegaßen.

»Wir können unseren Weg fortsetzen, wenn es aufhört zu schneien«, sagte Mauritius, und als hätte er Averils Gedanken gelesen, fügte er hinzu: »Wir werden einen Wagen mit Vorräten vom nächsten Markt schicken lassen, sobald die Straße wieder befahrbar ist.«

»Nicht nötig.«

Sie hatten vergessen, dass Enid mit ihnen im Zimmer anwesend war. Sie stand an der Tür und hielt ihren Umhang in der Hand. Ihr Gesicht war so ausdruckslos wie stets. »Ich brauche keine Bezahlung«, erklärte sie, »und Ihr braucht nicht zu gehen, wenn es für Euch sicherer ist zu bleiben.«

»Das ist äußerst großzügig«, sagte Mathilde, »und wir sind Euch sehr dankbar. Aber ich habe nicht weit von hier ein Schloss mit Vorräten für eine ganze Truppe. Dort werden wir hingehen, wie wir es geplant hatten, bevor der Sturm uns vor Eure Tür wehte, damit Ihr wieder Eure Ruhe habt.«

Enid machte ein finsteres Gesicht. Averil dachte, sie würde Einwände erheben, aber sie zuckte nur mit den Schultern. »Tut, was Euch beliebt«, sagte sie. »Und jetzt entschuldigt mich bitte. Ich habe zu arbeiten.«

Die anderen hatten sie bereits vergessen. Mathildes Schloss war nur einen knappen Tagesritt entfernt, bei gutem Wetter. Nach den Verwüstungen des Sturms würden sie vielleicht länger brauchen. Mauritius und Riquier hatten die Köpfe zusammengesteckt und besprachen das Wann und Wie, da das Wohin längst beschlossene Sache war.

Averil versuchte nicht, sie umzustimmen. Sie hatten vollkommen Recht: Sie beanspruchten die Gastfreundschaft der guten Frau schon zu lange. Und dies war schließlich ein Bauernhof und keine Festung. Averil würde in Gemigny besser aufgehoben und sicherer sein.

Sie hatte keine Erklärung für ihr Unbehagen, abgesehen davon, dass Gereint und Peredur das Haus verlassen hatten und sie nicht wusste, wo beide abgeblieben waren.

Seit ihrer ersten Begegnung mit Gereint war sie sich seiner bewusst gewesen, wo er war, was er tat, als wäre er ein Teil ihrer selbst. Nur der Nebel des Hexenmeisters hatte dieses Bewusstsein unterbrechen können.

Hier gab es keine Hexerei. Angstvoll suchte sie danach, aber die Werke des falschen Priesters waren noch weit entfernt. Hier ging es um etwas anderes.

Gereint war noch da. Er war ein Zucken unter der Haut, ein Strudel von Verwirrung in ihrem Herzen. Nur, das war alles, was sie spürte. Seine Gedanken und Gefühle, die so klar gewesen waren wie ihre eigenen, waren verschwunden.

Es war nicht auf einen Schlag passiert. Während sie durch Mathilde und Peredur und die Vision Gamelins abgelenkt war, hatte sich Gereint sanft und still zurückgezogen. Eine Mauer erhob sich zwischen ihnen, eine Barriere, die so stark und hoch war, dass sie sie weder überwinden noch einreißen konnte.

Es gab so viel Falsches auf der Welt, so vieles, das verdreht und von der Wahrheit abgekehrt war. Gereint hätte der einzige verlässliche Punkt in all dem Chaos sein sollen.

Er war es noch. Er musste es sein.

Ihre Verbündeten waren mit ihren verschiedenen Aufgaben beschäftigt. Sie konnte sie eine Weile sich selbst überlassen. Sie nahm ihren Umhang und begab sich dorthin, wo sie Gereint vermutete.

Das Ganze glich einem Theaterstück: Gereint hatte seinen verloren geglaubten Vater zur Rede gestellt, nun erschien seine Mutter mit schneebedecktem Umhang und einem Gesichtsausdruck, der keinem von beiden etwas Gutes verhieß.

»Morgen werdet ihr alle fortgehen«, sagte sie, »und das ist gut so.«

»Für dich bestimmt«, sagte Peredur. »Es tut mir leid.«

»Tatsächlich? Bist du überhaupt fähig, etwas zu bedauern?«

Gereint fragte sich dasselbe.

Peredur entgegnete: »Meine Mutter war eine Sterbliche. Manchmal erinnere ich mich daran, wie es ist, einer von euch zu sein.« In seinen Worten schwang Ironie mit und ein Hauch von Traurigkeit.

Enid kräuselte die Lippen. »Dein Vater hat also auch eine Frau geliebt und sie verlassen, nicht wahr?«

»Nein«, erwiderte Peredur. »Das ist einzig und allein meine Sünde.«

»Ich wünschte, ihr würdet nicht nach Gemigny gehen«, sagte sie plötzlich grimmig und unvermittelt. »Ich traue dieser Frau nicht. Sie wirkt falsch.«

»Sie ist eine Adlige«, sagte Peredur. »Die wirken alle ein bisschen hohl.«

»Mag sein«, erwiderte Enid, »aber es wäre klüger, wenn ihr euch ein anderes Schloss als Versteck aussuchen würdet.«

Peredur schüttelte den Kopf. »Es gibt keines in der Nähe

und auch keinen Burgherrn, dem wir mehr trauen könnten als dieser Herrin. Wir werden auf der Hut sein.«

»Das will ich dir auch raten«, sagte sie. »Wenn meinem Sohn irgendetwas zustößt, dann bringe ich dich zur Strecke. Hast du das verstanden?«

»Klar und deutlich«, sagte Peredur.

»Ihr solltet mit uns kommen«, sagte Gereint. »Wenn die Männer des Königs herkommen –«

»Dann tut euer Bestes, um sie aufzuhalten«, sagte sie.

Jede andere Frau wäre in Tränen ausgebrochen, hätte den Mann, der sie verlassen hatte, beschimpft oder sich ihm weinend an den Hals geworfen – nicht jedoch Enid. Sie war so stark wie die Rüstung, die Gereint hatte lernen müssen zu tragen, und sie kannte kein Pardon.

Sie drückte jedem von beiden eine Mistgabel in die Hand. »Pferde hören nicht auf, was fallen zu lassen, nur weil das Ende der Welt droht.«

Peredur und Gereint zogen die Brauen hoch. Sie drei waren eine Familie, bedeutete die Geste.

Es war keine Akzeptanz, und schon gar nicht Vergebung. Dennoch wärmte es Gereints Herz.

Averil lehnte sich gegen die Wand. Keiner von ihnen bemerkte ihre Anwesenheit – nicht einmal Gereint. Kein Wunder.

Sie hätte es sehen müssen. Es war so offensichtlich, wenn man es wusste. Offensichtlich und niederschmetternd.

Er war mehr ein Kind der Paladine als jeder lebende Adlige auf der Welt. Sein Blut war stark und wahrhaftig, es kam direkt aus der Quelle.

Und das bedeutete …

Nein. Er konnte dennoch nicht heiraten. Und sie musste. Ihre Liebe stand wie eh und je unter einem schlechten Stern.

Mittlerweile verstand sie, woher seine Magie stammte und warum sie so war, wie sie war – und warum und wie er versucht hatte, dies vor ihr zu verbergen. Wilde Magie hatte ihn gezeugt. Die Magie der Orden hatte noch gar nicht existiert, als sein Vater geboren wurde.

Gereint war seiner Verwirrung Herr geworden. Averils Verwirrung fing gerade erst an.

Sie hatte Entscheidungen zu treffen, aber es schien, als sei ihr alle Entscheidungsgewalt genommen worden. Wenn sie davonlief, wohin sollte sie sich wenden? Wie konnte sie der Welt allein gegenübertreten, ohne Verbündete, ohne Beschützer?

Die Rose gehörte zu ihr. Mathilde nicht, doch sie kam von der Insel. Die Insel und die Rose waren von Anfang an Verbündete gewesen.

In Averils Innerem, an den Strömen der Macht entlang, schimmerte das Netz der Rose, als die Botschaft von Ritter zu Ritter und Knappe zu Knappe weitergegeben wurde. Sie erkannte den Funken, der Mauritius war, und jenen, der ihr ältester und ergebenster Verbündeter war, Landvogt ihres Herzogtums, Großritter der Rose, Bernardin.

Bernardin wusste, was Mauritius wusste: dass Lys sich in übler Bedrängnis befand. Er hatte die sterbliche Armee unter seinem Befehl, den Hof und die Gemeinen der königlichen Stadt und zumindest einen Teil der Orden – jene, die der verstorbene König nicht korrumpiert hatte.

Diese edlen Krieger und Magier waren mit Mathilde einer Meinung, dass die Königin am besten aufgehoben war, wenn sie sich weiterhin versteckt hielt. Sie würden den Hexenmeister aufspüren und vernichten. Ihre Pflicht war es, zu warten und erst dann hervorzukommen, wenn der Sieg errungen war. Dann würden sie sie krönen.

In der Tat, sie meinten es alle gut. Sie verehrten und liebten sie sogar. Sie legten ihr ihr Leben und ihre Magie zu Füßen.

Es schien, als hätten sie alles, was sie über sie, über Averil, wussten, vergessen: nicht die Herzogin, nicht die Königin mit dem Banner für das Zusammenrufen von Armeen, sondern die Averil, die sich in einer Bibliothek wohler fühlte als im Verhandlungssaal, die einen schlichten Dienerinnenkittel den Seidengewändern und Juwelen einer Königin vorzog und die ziemlich gut reiten und schießen konnte. Sicher dachten sie auch nicht an das, was sie sonst noch war, an die Magie, die sie mit Gereint teilte und verband – die Ritter hatten sie nie verstanden oder einen Nutzen darin gesehen.

Die Blindheit der Ritter hatte Lys in diese Lage gebracht, und ihr Versagen hatte dem König zu seinen größten Siegen verholfen. Nun wollte der Hexenmeister des Königs an dessen Stelle weitermachen.

Die Rose hatte den König nicht zerstört. Gereint hatte das getan, mithilfe von Averils Macht, die die seine unterstützt hatte. Niemand hatte ihn dafür gefeiert; sie schienen kaum zu verstehen, was er getan hatte. Nach dem, was die meisten wussten oder erinnerten, hatte das Meer Clodovec und seine schwarze Flotte verschlungen.

Das kam Gereint zupass – er hasste es, sich mit etwas zu brüsten. Aber er hätte es tun sollen. Er war die beste Waffe, die sie hatten.

Die Ritter befehligten noch immer ihre Truppen, wie sie es mit ihrer getrübten, engstirnigen Sichtweise für das Beste hielten. Averil bereitete sich darauf vor zu sprechen, aber als sie die Worte gesammelt hatte, ließ sie sie ungesagt. Sie brauchte starke Argumente. Sie mussten so klar und zwingend sein, dass jeder ihr zuhörte.

Dazu brauchte sie Gereint, seine Macht und das Wissen, von dessen Existenz er kaum etwas ahnte, und seine Abstammung, die er noch nicht recht anerkennen mochte. Er hielt sich noch immer von ihr fern und richtete seine Aufmerksamkeit auf seine Mutter und den Vater, den er niemals zu finden erwartet hatte.

Sie würde ihm ein wenig Zeit lassen – einen Tag. Bis sie Gemigny erreichten.

Wer wusste, was bis dahin sein würde? Vielleicht hatten die Ritter ja Recht, und die ganze Welt würde ohne sie wieder in die richtigen Bahnen gelenkt. Dann würde sie ihren Thron in Anspruch nehmen und unangefochten regieren, und Lys würde seine Seele wiederfinden.

Kapitel 7

Zerstreuung ist eine wunderschöne Sache«, sagte Gamelin. Sein Verbündeter rekelte sich wie eine große geschmeidige Katze und ließ sich anmutig zurück auf das Kanapee fallen, von dem der Hexenmeister ihn aufgeschreckt hatte. »In der Tat? Was soll schön daran sein, mich vom Schlaf abzuhalten?«

»Ihr schlaft ohnehin schon viel zu viel«, sagte Gamelin.

Prinz Esteban gähnte ausgiebig und anmaßend. »Ich sammle Kraft für die Schlacht.«

»Wir brauchen Euch wach«, sagte Gamelin. »Kommt, steht auf. Die Feinde haben nun doch die Augen geöffnet und gesehen, was sie erwartet. Der Krieg hat begonnen.«

»So früh?«

»Einige würden sagen, es wäre eher zu spät.«

»Er ist also wirklich tot«, sagte Esteban. »Clodovec.«

»So tot, wie man nur sein kann, und aus seinen leeren Augenhöhlen wächst Seetang.« Gamelin zischte leise. »Mit seinen hochtrabenden Plänen hat er uns alle verraten.«

»Hat er das? Die Rose ist nach Lys zurückgekehrt. Wollen wir wetten, dass sie das großartige Werk ihres Gottes – was auch immer es sein mag – zurück in sein Heimatland gebracht haben?«

»Das haben sie«, sagte Gamelin, »in ihrem Hochmut und ihrer heiligen Torheit.«

Die feinen Härchen an Estebans Armen stellten sich auf. »Wirklich? Das Mysterium ist hier? Das Gefängnis der Erhabenen ist endlich zu uns zurückgekehrt?«

Gamelin deutete ein Nicken an.

»Dann ist es Zeit«, rief Esteban aus. »Wo ist es? Sagt es mir!«

»Bald«, sagte Gamelin.

Der Mann war eine Schlange – wahrlich. Esteban fauchte ihn an, aber er ließ sich nicht erweichen. Er würde sein Wissen für sich behalten, bis es ihm beliebte, es zu offenbaren.

Das würde nicht lange dauern. Alle himmlischen und irdischen Kräfte bewegten sich auf dieses große Finale zu.

Fürs Erste würde er sich in Geduld üben. Er würde das Spielchen des falschen Priesters mitmachen und tun, wie ihm geheißen wurde. Aber wenn die Zeit reif war, dann würde Esteban sich nach niemandes Geheiß mehr richten.

Die Stille war ohrenbetäubend. Nach dem tagelangen Heulen des Windes dämmerte ein bleicher, ruhiger Morgen. Die aufgehende Sonne schien so warm wie vor Beginn des Winters.

Es war eine unnatürliche Wärme: Noch mehrere Wintermonate lagen vor ihnen. Für den Augenblick war es jedoch ein Geschenk.

Averils Eskorte hatte bei Sonnenaufgang alles gepackt und war marschbereit. Ihre eigenen Sachen waren schnell verstaut. Bei Mathilde dauerte es länger, da ihre Reiseausstattung umfangreicher war, wie man es bei einer höfischen Dame erwartete. Als die Sonne sich in den strahlend blauen Himmel erhob, waren alle fertig, die Pferde gesattelt, die Männer bereit zum Aufsitzen.

Enid hatte sich davongeschlichen. Averil spürte Gereints Schmerz und sein Verständnis. Was Peredur dachte, war nicht zu erraten.

Die drei hatten viel zu besprechen, doch das würde warten müssen. Heute hatten sie anderes zu bedenken.

In dem tiefen Schnee würden Pferde und Männer Magie brauchen, um weiterzukommen, aber so viele voranzutreiben, erforderte mehr Macht, als sie riskieren durften. Jeder Magier, der die Augen offen hielt, würde sie wie eine Fackel leuchten sehen.

Das geringere Werk, den Schnee in einen Pfad zu verwandeln, auf dem sie alle sicher gehen konnten, konnte mithilfe von Schutzzaubern verborgen werden und, wie Mauritius und Mathilde hofften, unentdeckt bleiben. Einige Männer der Rose, die die Gruppe schon vorher verlassen hatten, ritten voran, in der Hoffnung, den Feind in die Irre locken zu können. Die Truppe, die auf Enids Hof Unterschlupf gefunden hatte, würde weiter nach Gemigny ziehen.

Alles war klug und sorgfältig geplant, wie man es von Rittern erwartete. Averil hatte keine vernünftigen Einwände, besonders als sich herausstellte, dass Peredur sich an dem Ablenkungsmanöver beteiligen wollte. Er würde versuchen, nach Lutèce zu gelangen und die dortige Verteidigung zu stärken – denn sie gingen alle davon aus, dass der Feind zur königlichen Stadt ziehen würde, wenn es ihm nicht gelang, die Königin auf der Straße zu finden.

Averil war sich dessen nicht so sicher wie die anderen, aber sie hielt den Kopf gesenkt und ihre Zunge im Zaum. Sie ging ihren eigenen Gedanken nach, und in der blauweißen Kälte, den frischen, sauberen Geruch des Schnees in der Nase, hatte sie genügend Zeit zum Nachdenken. Sie hüllte sich in die warme Wolle und den geliehenen Pelz und fügte sich unauffällig in die Reisegruppe.

Mathildes Wachen hatten geschworen, die Königin zu schützen. Sie schienen ehrliche Männer zu sein, und ihre Seelen wohnten sicher in ihren Körpern. Sie waren keine Magier, was Averil recht war.

Als sie von dem Gehöft fortritten, gestattete sie sich einen Blick zurück. Alles in allem war es ein überraschend angenehmer Ort gewesen. Es tat ihr fast leid, ihn zu verlassen.

Gereint hielt den Blick auf den vor ihnen liegenden Weg gerichtet, den geraden, schimmernden Pfad, der über Hügel und tief verschneite Täler führte. Die Landschaft, in der er aufgewachsen war, wirkte völlig verändert und war kaum wiederzuerkennen.

Das passte zu seiner Stimmung. Er hatte sich weder von Peredur verabschiedet, noch hatte dieser nach ihm gesucht. Es gab so viel zu sagen, dass es fürs Erste am besten war zu schweigen.

Als sie einen halben Tagesritt von dem Gehöft entfernt waren, lange nachdem Peredur in östlicher Richtung verschwunden war, wurde der Schnee plötzlich deutlich weniger und gab den Blick frei auf eine vertrautere Winterlandschaft, in der Grau-, Braun- und dunkle Grüntöne vorherrschten. Der Schneesturm hatte hier lediglich die Bergspitzen gestreift; nach einer weiteren Stunde sah Gereint überhaupt keinen Schnee mehr. Obwohl die Kälte noch immer bis auf die Knochen ging, war die Straße frei.

Sie machten eine Pause und ließen die Pferde an einem Bach trinken, der schnell genug floss, um nicht zuzufrieren. Während sie rasteten, pulsierte das Netz in ihrem Inneren, versetzte Ritter und Knappen in Alarmbereitschaft.

»Alain«, sagte Riquier. Er hatte die Gabe, die Magie eines Mannes wiederzuerkennen, mochte er auch weit entfernt und von Zaubernebel eingehüllt sein.

Alains Ruf war dringlich, aber nicht verzweifelt. Er hatte den Hexenmeister aufgespürt – Gereint nahm deutlich das Zischen von Schlangen wahr. Er legte eine Falle aus, doch seine Kraft reichte nicht aus.

»Ich werde gehen«, sagte Riquier.

»Nein«, sagte Mauritius. »Hierfür braucht man die Magie eines Meisters. Bleibt bei der Königin, alle beide.«

»Messire«, sagte Averil. Nicht einmal Gereint hatte geahnt, dass sie sich in ihrer Nähe aufhielt und zuhörte. »Was ist, wenn es nicht Alains Falle ist, sondern die des Hexenmeisters? Wir können nicht riskieren, Euch zu verlieren.«

»Es ist Alains Falle«, sagte Mauritius, »und die Nachricht, die er schickt, entspricht der Wahrheit. Wir können nicht riskieren, dass sein Vorhaben fehlschlägt.«

Gereint biss sich so fest auf die Unterlippe, dass er Blut schmeckte. Riquier sprach für sie beide und auch für Averil. »Unsere Herrin kann nicht riskieren, noch mehr von uns zu verlieren.«

»Ihr zwei werdet auf sie aufpassen«, sagte Mauritius, als würde sie nicht neben ihm stehen und ihn zornig anschauen. »Bleibt an ihrer Seite. Lasst euch durch nichts und niemanden davon abbringen, sie zu schützen.«

»Tut nichts Übereiltes«, sagte Averil.

Mauritius schaute zu ihr herab. »Ich werde zu Euch zurückkommen, Hoheit. Ich verspreche es.«

»Tut das.«

Mauritius nahm die Tasche mit Vorräten, die Gereint ihm brachte, entgegen und wendete sein Pferd nach Nordosten – in Richtung Lutèce.

Gereint schaute zu Averil hinüber. Ihre Gesichtszüge waren angespannt. Aber sie befahl Mauritius, nicht zu bleiben. Nicht einmal die Königin hatte eine solche Macht, nicht über einen Großritter der Rose.

Sie sahen Mauritius nach, bis er den Hügel überquert hatte und außer Sichtweite war. Dann setzte sich die Eskorte in Bewegung, saß auf, scharte sich um die Königin, um sie auf dem Weg nach Gemigny zu begleiten.

Die Schutzzauber waren nicht schwächer geworden, obwohl Mauritius' Unterstützung fehlte. Er hatte das Herz seines

Schutzwerkes bei Mathilde zurückgelassen, und sie war eine mächtige Magierin. Dennoch war Mauritius' Abwesenheit Gereint schmerzlich bewusst. Der Ritter war fast sein ständiger Begleiter gewesen, seit er zum Rosenorden gestoßen war.

Er würde bald zurückkehren oder sie würden ihm folgen. In der Zwischenzeit war es Gereints und Riquiers Aufgabe, auf die Königin aufzupassen. Das war ein großer Vertrauensbeweis, und sie schworen sich gegenseitig, sich dessen als würdig zu erweisen.

Sie ritten weiter in Richtung Gemigny, immer auf der Hut vor den umherziehenden Horden von Männern des Königs, aber anscheinend hielten sie sich von diesem Teil des Landes fern. Die wenigen Reisenden auf den Straßen waren gewöhnliche Bauern und Händler, und ab und an ein Priester oder eine Gruppe von Mönchen, auf dem Weg zu einer Kirche oder Abtei.

Mathildes Wachmänner vertrieben die Leute von der Straße. Das war ein durchaus übliches Verhalten bei Adligen, aber Gereint dachte unwillkürlich daran, dass Ritter unterwegs auch geringeren Menschen Platz auf der Straße ließen.

Je mehr die Gruppe sich Gemigny näherte, desto aufdringlicher wurde Mathilde. Zuerst respektierte sie Averils offenkundigen Wunsch, in Ruhe gelassen zu werden, doch als die Stunden dahingingen und die Straße immer länger wurde, sah sie anscheinend keine Notwendigkeit mehr, ihre volle Aufmerksamkeit auf die Erhaltung der Schutzzauber zu richten.

Averil war nicht sehr bewandert in der Kunst der höfischen Konversation. Sie hatte dies nie als Mangel empfunden: Ihrer Erfahrung nach musste man kaum etwas sagen und nur ein halbwegs freundliches Gesicht machen, und der Gesprächspartner tat sein Bestes, um die Stille zu überbrücken.

Mathilde ging freudig auf das Spiel ein. »Gemigny wird Euch sicher gefallen«, sagte sie. »Es ist ein ausnehmend hübsches Städtchen und berühmt für seine schönen Gärten. Leider werdet Ihr in dieser Jahreszeit nicht allzu viel davon sehen. Die Kirche des Ortes heißt Sankt Genevieve und besitzt eine heilende Quelle und einen Turm, der so hoch ist, dass man die ganze Grafschaft überblicken kann. Mein Schloss befindet sich vor der Stadt zwischen Feldern und Weinbergen – unser Wein ist der beste, den ich kenne. Selbst der Kardinal in Romagna lässt sich jeden Herbst ein Fass davon schicken. Als Gegengabe schickt er uns einen Krug Öl von seinen eigenen Oliven, so golden und köstlich … ah! Ihr müsst es probieren, Hoheit, wenn Ihr in mein Haus kommt.«

Averil wollte nicht auf ihr Geschwätz hören, aber es war seltsam verführerisch. Es lenkte sie von ihren Gedanken ab und zerstreute sie.

»Dem Guten Gott und meinen eigenen Fähigkeiten sei Dank«, sagte Mathilde, »blieben wir von den Schwierigkeiten der letzten Jahre verschont. Unsere jungen Männer haben noch ihre Seelen im Leib, und unseren Leuten geht es gut. Unsere Lagerhäuser und Kornkammern sind voll. Ihr werdet gut essen an meinem Tisch und ohne schlechtes Gewissen: Es gibt keinen Hunger in meiner Grafschaft, und so wenig Kummer, wie es geben kann, wo Menschen leben.«

Ihre Gastgeberin war sehr stolz auf das, was sie erreicht hatte. Das hätte Averil beruhigen müssen, doch es machte sie nur noch argwöhnischer. Ihr Herzogtum Quitaine gedieh ebenfalls, aber dieser Wohlstand war hart erarbeitet. Mathildes Erfolgsmeldungen klangen falsch und spiegelten Enids Eindruck von der Herrin von Gemigny wider.

Immer wieder glitt Averils Hand unbewusst zu dem Talisman, den sie um den Hals trug. Er schien schwerer zu werden mit jeder Stunde, die verging, und zog sie mit dem Gewicht seines Geheimnisses hinunter.

Um sich selbst sorgte sie sich wenig. Wenn sie starb oder gefangen genommen wurde, konnte Lys eine andere Königin finden. Aber wenn das Ding, das sie bewahrte, in feindliche Hände fiel, dann würde das nicht nur über Lys großes Leid bringen.

Mehr als einmal hielt das Gewicht dieses winzigen, schrecklichen Kleinods sie davon ab davonzustürmen. Ihre eigene Sicherheit kümmerte sie wenig, aber das Gefängnis der Schlange durfte weder jetzt noch sonst irgendwann in die Nähe des Schlangenmagiers geraten.

Während sie den Hügel hinauf zum Tor des Schlosses ritt, schaute sie in den Himmel und in die vermeintliche Freiheit, die er ihr vorgaukelte. Die blaue Kuppel war leer, kein einziger Vogel flog umher. Kein einziges Wildvolkwesen flatterte über diesem streng geordneten Land.

Das war nicht unbedingt von Nachteil. Wenn die wilde Magie hier nicht eindringen konnte, dann würde die Schlangenmagie vielleicht auch keinen Einlass finden.

Gemignys Schloss war sehr alt. Sein Herz diente einem adligen Gutsherrn als Heim, als Romagna noch diesen Teil der Welt regierte. Da das Romagnareich nicht mehr existierte und in ein Dutzend verfeindeter Königreiche zerfallen war, hatte das auf einem Hügel stehende Gebäude eine Schutzmauer und vier Wehrtürme erhalten. Im Inneren wirkte es nicht wie ein Schloss, sondern noch immer wie eine Villa mit auf einen Innenhof gehenden Räumen und Sälen und einer Vielzahl von Nebengebäuden.

Zu einem anderen Zeitpunkt und in anderer Begleitung hätte Averil es entzückend gefunden. Im Hof befand sich ein Garten mit einer kleinen Obstwiese und einem zugefrorenen Teich; die Fußböden der Zimmer, in die sie von stillen, freundlichen Dienerinnen geführt wurde, waren angenehm warm. Offenbar tat hier noch ein Hypokaustum seine segensreichen Dienste und wärmte das Gebäude von unten her.

Dies würde ein angenehmer Zufluchtsort sein, während ihre

Diener ihr Königreich zurückeroberten. Wenn der Krieg vorüber war, würde sie vielleicht zurückkehren, um die Schönheit des Schlosses zu würdigen. Heute Abend gestattete sie sich, das vorbereitete Bad zu genießen und die sauberen, frisch duftenden Kleidungsstücke anzunehmen, die Mathildes Zofen ihr bereitgelegt hatten.

Der ganze Ort war erfüllt von Magie, eingebunden in die Fußbodenmosaike, aber es war alte Magie, die im Laufe der Zeit schwächer geworden war. Die Fenster waren klar und hatten keine Macht; es gab keine Werke, abgesehen von den Mosaiken, keine Zeichen, dass dieser Ort einem Magier gehörte. Wo auch immer Mathilde die Insignien ihrer Kunst aufbewahrte, hier waren sie nicht.

Es gab starke Schutzzauber, so stark, dass Averil davon der Kopf schmerzte. Sie waren draußen an der Mauer gewoben, die das Schloss umgab. Das Gebäude selbst war offen, leer und ungeschützt.

Sie glaubte, dass sie dazu da waren, sie zu beruhigen. Hätte sie die reine Magie der Orden gehabt, wäre sie froh über den Frieden im Inneren gewesen und hätte die Kraft der Schutzzauber, die sie vor der Hexerei des Feindes schützte, kaum wahrgenommen. Als Riquier durch das Tor ritt, konnte sie sehen, wie sich sein Körper entspannte und sein Gesicht jenen abgehärmten Ausdruck verlor, den es seit ihrer Ankunft in Lys gezeigt hatte.

Für ihn war dies hier ein Ort der Ruhe, der Stille und des wohl geordneten Friedens. Für Averil – mit ihrem Makel der wilden Magie – war es fast unerträglich, hier zu verweilen.

Gereint musste es mindestens genauso schrecklich finden wie sie. Sie wusste es nicht. Er war in einem anderen Teil des Schlosses: Er war mit den übrigen Männern in eine Art Wachstube gegangen. Aber das Summen der Schutzzauber und die wachsende Trennung zwischen ihnen verhinderten, dass sie mehr fühlte als das.

Das Netz der Rose war aus ihrem Inneren verschwunden. Die Schutzzauber hielten es fern wie jede andere Magie. Als sie danach greifen wollte, erhob sich das Summen der Schutzzauber zu einem Kreischen. Halb blind vor Schmerzen wich sie zurück.

Noch mehr Falsches. Es durchdrang alles hier, wohin sie auch schaute. Es war nicht exakt derselbe Zauber wie der Nebel, der die Werke des Hexenmeisters verhüllt hatte; es musste ein Zufall sein, eine unbeabsichtigte Folge der vermischten Magieformen an diesem Ort. Und dennoch wirkte es genauso negativ und zerstörerisch auf ihren Geist und ihre Magie wie der Nebel.

Sie war noch nie einsamer gewesen als in diesem Moment. Dienerinnen umhegten sie, lächelten freundlich, schienen ihre Aufgabe mit Freuden zu erfüllen, aber sie waren Fremde. All ihre Männer der Rose waren fort bis auf zwei, und selbst diese waren von ihr getrennt.

Wenn sie Gereint rief, würde er kommen. Selbst von der Schwelle des Todes würde er ihrem Ruf folgen.

Doch sie hielt sich zurück. An diesem Ort, in der Einsamkeit ihres Geistes, stellte sie sich einer kalten Wahrheit.

Dieses Band zwischen ihnen, diese eine Seele in zwei Körpern schien sie immer stärker gemacht zu haben. Aber stärkte es sie wirklich? Oder machte es sie beide verwundbarer?

Sie kämpfte darum, ohne ihn zu leben, sie selbst zu sein, außerhalb seiner Gedanken, seines Geistes und seines Herzens. Ihre Magie war nur noch ein Schatten ihrer selbst. Immer wieder suchte sie die Stelle in ihrem Inneren ab, wo er sein sollte, wo sich die Mauer befand, die er errichtet hatte – und nun trieben die Schutzzauber dieses Hauses sie noch weiter auseinander.

Sie konnte die Mauer bezwingen. Es war genauso einfach, wie sich vor ihn hinzustellen und ihm zu sagen, dass er nichts verbergen musste, weil sie längst wusste, was er war.

Aber sollte sie das tun? Oder sollte sie das Band zwischen ihnen verkümmern lassen, um ihrer beider willen?

Sie konnte diese Entscheidung nicht an diesem Abend treffen. Stattdessen spielte sie den höflichen, zuvorkommenden Gast. Sie speiste in der Halle mit den schimmernden Mosaiken und verblichenen Wandteppichen, unterhielt sich mit Mathilde und behielt das andere Ende des Tisches im Auge, wo die beiden Knappen saßen.

Sie wirkten entspannt. Eine Hand voll von Mathildes jungen Männern saß bei ihnen und erfreute sich an Wein und Heiterkeit.

Riquier leerte Becher um Becher mit ihnen. Gereint rührte seinen nicht an, dennoch lächelte er und scherzte mit den anderen.

Er litt nicht unter Schmerzen, war auch nicht in Gefahr, so schien es jedenfalls. Dies ließ Averil trotz all ihrer anderen Gefühle ein wenig leichter atmen. Trotzdem blieb sie wachsam.

Die Nacht war zu still.

Bei all den anderen Besorgnis erregenden Umständen war ihm die Abwesenheit von Wildvolkwesen und Vögeln unbedeutend erschienen. Aber als die lange Winternacht sich gegen eine späte, frostige Morgendämmerung neigte, warf Gereint sich noch immer auf seinem Lager hin und her.

Es mangelte nicht an menschlichen Geräuschen: Schnarchen, Husten, und aus einer entfernteren Ecke das rhythmische Seufzen eines Wachmanns und einer Magd, die sich miteinander die Zeit vertrieben. Doch die Welt draußen war vollkommen still. Nicht der leiseste Windhauch war zu hören.

Gereint hatte erlebt, wie sich eine Welle auf dem Meer sammelte, wie das Wasser vom glitzernden Sand fortströmte, immer weiter zurückwich, bis es aussah, als würde alles Wasser aus der Welt abfließen – und dann kam die Flutwelle, eine Wasserwand, so hoch wie ein Schiffsmast, die über das trockene Land brauste und alles zerstörte, was ihr in die Quere kam.

Diese Nacht fühlte sich so an: wie der leere Strand mit den verstreuten Muscheln, Seetang und Wrackteilen, hilflos herumzappelnden Fischen, die ohne ihr natürliches Element verloren waren.

Die Welle kam.

Leise erhob er sich von seinem Lager. Riquier, der neben ihm schlief, murmelte vor sich hin und rollte sich in seine Decke ein. Wenn er fühlte, was Gereint fühlte, ließ er sich davon nicht den Schlaf rauben.

Gereint zog die Stiefel an und hüllte sich in seinen Umhang. Tief in seinem Inneren verborgen, so tief, dass er sie kaum spüren konnte, lag Averil da und schlief wie alle anderen.

Er hielt inne, krümmte sich in einer Art Schmerz. Er hatte das Band zwischen ihnen nicht durchtrennen wollen. Er brauchte nur etwas Zeit für sich, um sich mit dem vertraut zu machen, was er war; zu verstehen, dass er, zur Hälfte der Sohn einer Bäuerin, ein gottgeborenes Kind, und zur Hälfte ein Paladin war.

Averil musste glauben, dass er sich von ihr abgewandt hatte. Sie hatte nichts gesagt, aber auch das war eine Botschaft. Ihr Schweigen drückte mehr aus als tausend Worte ihrer edlen Gastgeberin.

Am Morgen würde er ihr seinen Geist und seine Magie öffnen, und sie beide würden wieder ein Ganzes sein. Heute Nacht gab es etwas, das er tun musste.

Sie war hier in Sicherheit. Gereint würde nicht lange fort sein. Nur so lange, bis er das Herz der Stille gefunden hatte.

Die Schutzzauber des Schlosses waren schwieriger zu durchdringen als viele andere, denen er begegnet war. Wie alle Dinge hier waren sie aus dem Lot und rissen an ihm wie Dornen.

Aber seine Magie war wie eine Rüstung. Sie fand einen Weg durch das Dickicht und hinaus ins Licht der Sterne.

Die Stille wurde durchbrochen. Die Welle stürzte herab.

Kapitel 8

Beim Aufwachen hörte Gereint das Brausen des Meeres. Sein Kopf hämmerte, und sein Magen krampfte sich zusammen. Er kam taumelnd hoch und warf sich zur Seite, um sich nicht auf sein Hemd zu erbrechen.

Mit leerem Magen, aber immer noch würgend, rappelte er sich auf. Er wappnete sich für das Schwanken eines Schiffsdecks, aber die See war fort, wenn sie jemals außerhalb seines Kopfes existiert hatte. Silbrig weiße Säulen erhoben sich über ihm wie Bäume aus Stein, deren Kronen hoch in ein riesiges Gewölbe ragten.

Er stand auf festem Boden voller bearbeiteter Steine, an einem Ort, der nach Geruch und Gefühl sowohl uralt als auch heilig war. Streng geordnete Magie band ihn ein, doch darunter wogte wilde Magie, heftig und wunderbar lebendig.

Magie umgab ihn. Nur langsam gewöhnten seine Augen sich an das Dämmerlicht und nahmen die Gestalten wahr, von denen die Magie ausstrahlte. Es waren alles Frauen, alle in Weiß oder Grau gekleidet, Frauen mit großer Macht, die in der Erde verwurzelt war und zugleich in den Himmel ragte.

Er hatte schon eine Priesterin der Insel gesehen: Die Königin von Prydain gehörte zu diesem Orden, und sowohl Averil als auch Mathilde waren Akolythinnen gewesen. Die Frauen hier waren wie sie. Sie waren alt oder jung oder im mittleren Alter, und alle hatten sie dieselbe Magie.

Er schaute sich um, nahm sich Zeit, studierte jedes Gesicht und das Licht der Macht, das wie eine Maske darüber lag. Als er wieder bei der Ersten angelangt war, deren Gesicht am ältesten wirkte, hielt er inne.

»Ihr habt keine Angst vor uns.« Das war die Frau neben der Ältesten. Sie war weder jung noch alt. Sie wirkte eher verwirrt als überrascht.

»Sollte ich welche haben?«, fragte er.

»Die meisten Männer hätten Angst«, sagte die Älteste. Sie lächelte, aber ihr Blick war intensiv, tief und beängstigend kühn, wie er eingestehen musste.

Er konnte sehen, warum sie von ihm erwartete, dass er vor ihr zurückschreckte. »Wenn Ihr mir den Tod oder Schlimmeres wünschtet«, sagte er, »wäre ich nicht wach oder in der Lage, Eure Gesichter zu sehen.«

»Dazu solltet Ihr auch nicht in der Lage sein«, sagte eine andere Dame. Anders als die ersten beiden wirkte sie beunruhigt und sogar erzürnt. »Was seid Ihr? Sagt es uns!«

Gereint strich über die silberne Rose über seinem Herzen. »Ihr seht, was ich bin. Ich bin ein Knappe der Rose. Bin ich auf der Insel? Sollte ich in Eure Falle tappen?«

»Wir haben sie für einen Ritter ausgelegt«, sagte die zornige Frau. Die anderen zischten ihr etwas zu, aber sie brachte sie mit einem finsteren Blick zum Schweigen. »Warum sollen wir unsere Zeit mit ihm verschwenden? Er ist nicht das, wofür wir unser Netz ausgeworfen haben. Lasst uns einen Zauber wirken, seine Erinnerung auslöschen, ihn zurückschicken und uns den anderen holen, solange noch Zeit ist.«

»Ich glaube, das sollten wir nicht tun«, sagte die Älteste.

Gereint zitterte ein wenig. Seine Übelkeit war verflogen, doch sein Unbehagen war gewachsen. Selbst er war sein Leben lang angehalten worden, die Priesterinnen und die Insel zu ehren. Sie verteidigten die hohe Magie, sie schützten die Kinder des Jungen Gottes, sie bewachten ihre Geheimnisse, während die Brüder der Rose die Kriege der Welt ausfochten.

Der Rosenorden war die Hand, die Insel das Herz. So wurde es zumindest gelehrt.

Gereint fand keine Wärme hier und schon gar keine schwesterlichen Gefühle.

»Sagt uns«, sprach die Älteste ihn an. »Was wisst Ihr über die Mysterien?«

Gereints Herz setzte aus. »Weitaus weniger als Ihr, ehrwürdige Mutter«, sagte er.

»Mag sein«, erwiderte sie. »Aber nach den harten Prüfungen, die der Rosenorden erdulden musste und bei denen so viele Männer starben, gingen auch Wissen, Kunstfertigkeit und die Werke vieler Jahre verloren. Sagt uns, was Ihr wisst, Messire.«

»Ehrwürdige Mutter«, sagte Gereint, »ich bin nur ein Knappe. Die Großritter und der Landvogt bewahren alle Geheimnisse, die es noch zu bewahren gibt.«

»Es ist nichts übrig geblieben«, sagte die Frau, die neben der Ältesten stand. »Die Mysterien sind fort – keine von uns weiß, ob sie gestohlen oder zerstört wurden.«

Einige der Frauen zischten sie an, als hätte sie Geheimnisse preisgegeben, aber sie nahm keine Notiz davon. Ihre Augen, die auf Gereint gerichtet waren, wirkten weise und gütig.

Er wollte ihr vertrauen, aber auch das konnte eine Falle sein. Er konnte sich keinen vernünftigen Grund vorstellen, warum eine Gruppe von heiligen Schwestern eine Falle auslegen sollte, um einen Ritter zu fangen. Warum konnten sie nicht einfach zu Mauritius oder zu Bernardin oder einem anderen gehen und ihn fragen?

Wenn sie das getan und keine Antwort erhalten hatten, war es nicht an Gereint, ihnen eine zu geben. Er setzte sein ahnungslosestes Gesicht auf und spielte ihnen den trotteligen Bauernjungen vor, der er in Wahrheit niemals gewesen war – doch dies waren Adlige. Sie wussten es nicht besser. »Die Mysterien«, sagte er, »das sind doch das Leichentuch und der Speer des Jungen Gottes, nicht wahr? Knappen lernen darüber nicht viel. Aber ich habe gehört, sie sind jetzt verschwunden. Beim Fall der Rose gingen sie verloren.«

»Das hörten wir auch«, sagte die Frau. »Und dennoch seid Ihr hier. Die Magie war präzise, sie hätte jemanden einfangen sollen, der Bescheid weiß.«

Gereint hatte kein Verlangen, eine Schuld vorzutäuschen oder zu lügen. »Das ist mein Fehler, ehrwürdige Schwester. Ich konnte nicht schlafen, versteht Ihr? Ich bin draußen umhergewandert. Ich muss in das Zauberwerk hineingefallen sein. Es tut mir leid. Ich hoffe, ich habe keinen Schaden angerichtet.«

»Nicht mehr als irgendjemand anderes«, sagte die älteste Frau müde. »Ja, die Welt ist seltsam, und die Magie ist nicht mehr jene klare, wohl geordnete Sache, die sie einmal war. Geht zurück in Euer Bett, Messire.«

In ihren Worten war Magie, ein Zauber, der versuchte, seinen Geist zu verwirren – und das wäre vielleicht gelungen, wenn seine Magie klar und wohl geordnet gewesen wäre. Er war klug genug, den Unterkiefer hängen zu lassen und weiche Knie vorzutäuschen, und als das Netz ihn umhüllte, versuchte er nicht, es abzuwehren.

Er ließ einen Teil von sich selbst außerhalb des Netzes zurück, einen winzigen, flatternden Zauberfalter, der nur aus Ohren und hauchdünnen Flügeln bestand und hörte, was zu hören war.

»Aberwitz«, sagte die zornige Frau. »Aberwitz und Narretei. Es kann nicht möglich sein, dass kein Mann der Rose weiß, wo das Mysterium sich befindet. Einer von ihnen weiß es. Einer von ihnen muss es wissen.«

»Es sei denn, es ist auf den Grund des Meeres gesunken«, sagte eine Stimme, die Gereint noch nicht gehört hatte. »Wenn Clodovec es bei sich hatte, als er die Insel angreifen wollte –«

»Er wollte Prydain angreifen«, unterbrach sie die Frau mit der gütigen Stimme. »Nicht die Insel. Was gibt es in Prydain, das er hätte suchen wollen?«

»Die Überreste der Rose«, sagte die zornige Dame. »Die das Mysterium bewahren müssen, wenn –«

»Es sei denn, es gibt mehr in Prydain, als wir wissen«, warf die gütige Dame ein.

Vielleicht lag sie richtiger, als sie ahnte. Gereint bemühte sich, zu bleiben und mehr zu erfahren, aber die Magie wurde zu schwach. Frauen und Halle wirbelten davon und mit ihnen sein Bewusstsein.

Gereint kannte weder das Bett, in dem er erwachte, noch die Zimmerdecke darüber oder die Wände darum herum. Das Gesicht über ihm dagegen kannte er: Es war Ademar, der ihn stirnrunzelnd anstarrte, als wäre er ein kniffliges Rätsel, mit dessen Lösung der Novize betraut worden war.

Er fuhr hoch. »Gott im Himmel! Das hier ist nicht Gemigny.«

»Nicht einmal in der Nähe«, sagte Ademar. »Was machst du in Lutèce?«

»Dasselbe könnte ich dich fragen«, erwiderte Gereint.

»Der Myrddin«, sagte Ademar.

Natürlich war es Peredur, der Myrddin von Prydain, der den Novizen statt in fünf Tagesreisen in einer Nacht hergebracht hatte. »Du bist doch nicht allein, oder?«

»Mauritius ist auch hier«, sagte Ademar.

»Und Alain?«

Das Gesicht des Novizen wurde traurig. Er schüttelte den Kopf. »Du hattest Recht, hat Mauritius gesagt. Es war eine falsche Fährte. Sie führte mitten ins Nest der Sklaven des Hexenmeisters, und Alain geriet hinein. Er wurde – ihm wurde –«

Selbst der kühne, unbekümmerte Ademar konnte das Geschehene nicht aussprechen. Gereint ersparte ihm die Worte. »Wie viele andere?«

»Nur Alain«, sagte Ademar. Er holte tief Luft. »Der Landvogt hat die anderen hergerufen. Es ist zu gefährlich, wenn sie allein oder zu zweit unterwegs sind. Er stellt Armeen auf, so viele wie möglich, und sendet sie gegen die Männer des Königs aus.«

»Sind in Lys Männer übrig, die noch im Besitz ihrer Seelen sind und die körperlichen Kräfte haben, um zu kämpfen?«, fragte Gereint.

»Ein paar gibt es schon«, antwortete Ademar. »Jetzt komm, du wirst erwartet. Von Mauritius.«

Mauritius wartete tatsächlich auf ihn, Peredur jedoch keineswegs. Er stand mit dem Landvogt in einer erstaunlich überfüllten Garnison und inspizierte eine bewaffnete Truppe.

Nur wenige sahen aus wie Männer aus Lys. Die Mehrzahl musste aus Gotha oder Moresca gekommen sein, gut aussehende, dunkle Männer, deren Gesichter anders geschnitten waren als Gesichter in Gereints Heimat oder in Prydain.

Sie sahen auch nicht wie Landsknechte aus, soweit Gereint das beurteilen konnte. Dies mussten freie Verbündete sein, tapfere Männer, bereit, gegen die Sklaven der Schlange zu kämpfen.

Gereint grüßte die Ritter mit einer Verbeugung und blieb in Habachtstellung stehen, während Bernardin ihnen ihre Befehle erteilte. Sie sollten südwärts reiten, ein Nest von Seelenlosen bei einer Stadt namens Charteret ausfindig machen und es zerstören. »Und wenn sie sich in Nebel und Schatten auflösen, wie es häufiger geschah, dann lasst sie von dem Knappen, der mit euch reitet, bis zu ihrem Lager verfolgen.«

Gereint konnte den Mann mit der blauen Cotte, der mit den Übrigen wartete, nicht wiedererkennen. Er war älter, als Knappen zu sein pflegten, und seine Magie war fast so beachtlich wie die eines Ritters. Er nahm den Ehrenplatz neben dem Mann aus Gotha ein, der den Wappenrock eines Feldherrn trug, und sein Aussehen ließ auf Klugheit und gesunden Menschenverstand schließen.

Er war ein beachtenswerter Mann. Beim Verlassen der Kaserne schaute er Gereint in die Augen und taxierte ihn. Angesichts seiner Jugend und Stärke zog er die Brauen hoch. Sie trennten sich in gegenseitigem Respekt, ohne dass ein Wort gesprochen oder ein Name genannt wurde.

In der Stille und plötzlichen Leere der Kaserne trat Gereint seinem Großritter gegenüber, wie es sich geziemte, und sprach ihn an. »Messire«, sagte er.

»Messire«, erwiderte Mauritius. »Ihr habt gewiss viel zu erzählen.«

Gereint konnte etwas Besseres tun, als es zu erzählen. Er zeigte es, indem er einen Spiegel aus Luft schuf, der alles reflektierte, was er getan und gesehen hatte, seit er von seinem Lager in Gemigny aufgestanden war.

Nachdem er sein Werk begonnen hatte, sah er ein süffisantes Blitzen in Bernardins Augen.

Gereints Verhalten war unverfroren – wieder einmal. Er hätte um einen Spiegel bitten und einen der Ritter auffordern sollen, die Magie zu wirken.

Keiner von ihnen verschwendete seine Zeit, um ihn zurechtzuweisen. Sie konzentrierten sich auf die Bilder, die sich vor ihren Augen abspielten, lasen mehr aus jedem Wort und jeder Geste, als Gereint es in seiner Ignoranz vermocht hatte.

Nachdem die Vision im Lampenlicht zerschmolz, wollte Gereint sich mit einer Verbeugung zurückziehen, aber Mauritius hob die Hand. »Bleib.«

Gereint musste Gehorsam leisten. Ihm wurde kein Platz angeboten, sodass er stehen bleiben musste, während die Ritter schweigend auf der Bank saßen und nachdachten. Es war gewissermaßen eine Strafe.

Er übte sich in Geduld. Jeden Moment, den er hier verbrachte, war er nicht in Gemigny, um über Averil zu wachen.

Dic Frauen von der Insel hatten einen Fehler gemacht, und dies war ihm dienlich gewesen. Aber die Zeit raste dahin.

Die Ritter ließen sich nicht zur Eile antreiben. Das Netz, das die Rose zusammenhielt, summte. Die Insel hatte sich endlich in Bewegung gesetzt, und nicht gegen ihre Feinde.

Während dieses Krieges hatten die Priesterinnen sich selbst geschützt, ohne Rücksicht auf ihre Brüder zu nehmen. Als die Rose in Lys gestürzt wurde, hatte die Insel nichts unternommen. Es war Prydain gewesen, das den Überlebenden Zuflucht gewährt hatte, während die Insel Mauern aus Luft errichtet hatte gegen jeden, der in ihre Nähe kam.

»Welches Spiel treiben sie?«, fragte Mauritius.

Er erwartete keine Antwort, und Gereint wusste auch keine.

Bernardin saß reglos da, das Kinn auf der Brust, aber seine Haltung hatte nichts Schläfriges an sich. Er war der älteste noch lebende Ritter, und er war allein in Lys geblieben, als die Überlebenden der Rose geflohen waren. Als Landvogt von Quitaine hatte er das Herzogtum seiner Herrin verteidigt, während sie im Exil lebte; nun schützte er ihren Thron in Lutèce, bis sie kommen und ihn beanspruchen konnte.

Als er sprach, nahm sogar Mauritius Haltung an. »Es war nicht die Insel, auf die unser Knappe geholt wurde. Es war die Kapelle der Priesterinnen, hier in unserer eigenen Kathedrale. Daran besteht kein Zweifel. Und jene, die wir für Priesterinnen hielten …«

»Es waren Priesterinnen«, sagte Gereint, obwohl er nicht gefragt worden war. »Nicht alle, die meisten wohl nicht, aber die Älteste und diejenige neben ihr und eine Hand voll andere hatten die volle Macht. Die Übrigen waren zum großen Teil Akolythinnen.«

»Ja«, sagte Bernardin. »Sie schicken Akolythinnen von der Insel, um sich mit Söhnen der Adelshäuser zu vermählen oder um Anspruch auf Herrschaftsgebiete zu erheben, wie meine

Herrin es tat. Aber die Priesterinnen selbst verlassen die Insel nur aus schwer wiegenden Gründen.«

»Zum Beispiel wegen eines Königs, der versucht, die Schlange zu erwecken, und wegen der Zerstörung eines Königreichs und wegen des Falls der Rose?« Gereints Unverfrorenheit kannte keine Grenzen. Er senkte den Kopf, biss die Zähne zusammen und schwor sich, fortan den Mund zu halten.

»All das wären Gründe gewesen«, sagte Mauritius. »Es gibt kein Vertrauen mehr auf der Welt, scheint es.«

»Noch hat es jemals welches gegeben, soweit ich mich erinnern kann«, sagte Bernardin. »Lange vor Clodovecs Geburt waren die Rose und die Insel auseinandergedriftet. Sie teilten keine Geheimnisse mehr. Die Insel wandte ihre Aufmerksamkeit nach innen, und die Rose konzentrierte sich auf ihre Kriege und Winkelzüge. Jetzt, da sie am meisten von ihrem alten Bündnis profitieren würden, existiert es nicht mehr.«

Gereint biss sich auf die Zunge. Jemand anders würde es sagen. Mauritius würde es sicher ansprechen, doch es folgte nichts als Schweigen.

»Aber es muss noch etwas davon übrig sein«, rief er in einem Ausbruch von Verzweiflung aus. »Sollten wir nicht die Hand ausstrecken? Ihnen sagen, was sie unbedingt wissen wollen?«

»Du hattest diese Möglichkeit«, sagte Mauritius. »Du hast die Auskunft verweigert.«

»Es war nicht an mir, das zu entscheiden.«

»Das kommt dir jetzt in den Sinn?«, fragte Mauritius. Er wirkte nicht erzürnt – das war er nie. »Nein, nein, du hast richtig gehandelt. Was die Priesterinnen auch von uns wollen oder brauchen, so ist es besser, wenn sie uns offen danach fragen, und nicht versuchen, uns durch Zaubereien und magische Schliche Geheimnisse zu entlocken.«

»Wir wissen, was sie wollen, Messire«, sagte Gereint. »Sie legten ihre Falle für jemanden aus, der weiß, wo sich das große

Mysterium befindet. Sollte nicht eine von ihnen auch über dieses Wissen verfügen?«

»Eine von ihnen weiß es«, sagte Bernardin, »obwohl sie nur eine Akolythin ist – so wie du nur ein Knappe bist.«

Gereints Zähne schlugen aufeinander. Auch ihm war dieser Gedanke schon gekommen, aber als der Landvogt ihn aussprach, wirkte er irgendwie beängstigender. »Erscheint Euch das nicht falsch, Messire? Die alte Ordnung der Dinge ist zerbrochen. Was ist, wenn es keinen Weg gibt, sie wiederherzustellen?«

»Wir müssen beten, dass es einen gibt«, sagte Mauritius, »oder wir sind alle verloren.«

»Werdet Ihr die Priesterinnen ansprechen?«, fragte Gereint.

»Meinst du, wir sollten das tun?«

Das brachte Gereint aus der Fassung. »Ich, Messire? Spielt es eine Rolle, was ich denke?«

»Ich glaube schon«, sagte sein Großritter. »Glaubst du es auch?«

»Ich weiß es nicht«, sagte Gereint. »Ich weiß so wenig über all diese Kriege und Staatsgeschäfte. Prinzen und Höflinge sind mir vollkommen fremd.«

»Dein Herz weiß es«, sagte Bernardin. »Was sagt es dir?«

»Es sagt mir …« Gereint verstummte. »Ich weiß nicht, was es mir sagt. Alles, was ich weiß, ist, dass ich nicht hier sein sollte. Ich sollte – ich muss – in Gemigny sein.«

Der Landvogt hielt die Hände in einer Geste aufrichtigen Bedauerns hoch. »Das ist leider nicht möglich, Messire. Die Magie, die Euch herbrachte, ist nicht die unsere. Und die Magie, die Mauritius und den Rest herbrachte, funktioniert nicht mehr. Es wird Krieg geben; der Feind kommt näher. Wir können niemanden entbehren. Unsere Herrin ist so gut geschützt wie möglich. Damit müssen wir uns zufriedengeben.«

Gereints Kiefermuskeln spannten sich an. Zufriedenheit war das Letzte, das er in diesem Moment fühlte. »Ihr habt sie allein gelassen mit einem einzigen Knappen und ohne weiteren Schutz. Seid Ihr es, gegen die ich kämpfen sollte? Seid auch Ihr ihre Feinde?«

»Sie hat eine Akolythin der Insel und eine kleine Armee zu ihrer Verteidigung«, sagte Bernardin, »und ihre eigenen beachtlichen Fähigkeiten und ihre Magie. Sie steht keineswegs allein da.«

Gereint schüttelte den Kopf. »Nein, nein und nochmals nein. Ihr versteht mich nicht. Sie hat große Fähigkeiten und Kraft – aber niemals so viel, wie wenn sie mit mir zusammen ist. Ich mache sie stark, Messire. Wenn ich nicht bei ihr bin –«

Beide Ritter waren gegen ihn, ihr Geist war verschlossen, ihre Augen blind. »Die Gräfin und der Knappe werden ihr Kraft geben«, sagte Bernardin. »Du kannst hier von Nutzen sein. Jetzt geh und ruh dich aus. Morgen Früh wird man dir deine Pflichten zuteilen.«

Gereint öffnete den Mund, um zu protestieren, aber Mauritius ließ ihn nicht zu Wort kommen. »Ihr werdet sie früh genug wiedersehen, Messire. Sobald es sicher ist, werden wir sie herbringen. Das versprechen wir.«

Er war ein weiser Mann, und gütig auf seine Weise. Aber er konnte nicht sehen. Keiner von ihnen konnte es. Diese ganze Welt war blind und sah nichts als sich selbst.

Weise Narren – sie dachten, sie hätten ihn durch Gehorsam in seine Schranken gezwungen, durch die Eide, die er geschworen hatte. Doch der erste und wichtigste Eid von allen war, die Welt gegen die Diener der Schlange zu verteidigen.

Averil war die größte Hoffnung, die sie hatten. Er senkte den Kopf, schloss den Mund und ließ sich fortschicken.

Aber als er in den Raum trat, in dem er aufgewacht war, hatte er all seine Magie gesammelt und seinen Geist bereitgemacht. Er erinnerte sich an den Weg zu ihr, es war wie das Durchdringen von Schutzzaubern: darum herum und hindurch. Es war eine einfache Sache wie alle großartigen Werke.

Er musste nur die Hand ausstrecken, wünschen, dort zu sein – in ihre gesegnete Gegenwart zurückkehren.

Nebel umschloss ihn. Leere gähnte vor ihm. Wo sie hätte sein sollen, war eine Mauer aus Nichts.

Es war nur seine Vorstellungskraft, dass er Gelächter in der leeren Höhle hörte. Die Priesterinnen hatten ihn aus ihren eigenen blinden und selbstsüchtigen Beweggründen hierhergebracht – ohne zu ahnen, was sie damit heraufbeschworen. Aber der Feind wusste es. Sie hatten ihm direkt in die Hände gespielt.

Es gab keinen Weg zurück nach Gemigny. Die Wege aller Welten waren versperrt.

Zum ersten Mal in seinem Leben hieß Gereint den Ausbruch von Magie in seinem Inneren willkommen. Er war fast schon ein Magier: Er konnte die Magie nicht aufhalten, aber er konnte sie in eine bestimmte Richtung lenken. Er schleuderte ihre ganze Gewalt gegen die Mauer des Hexenmeisters.

Der Angriff prallte ab, wie alles andere abgeprallt war. Gereint stand allein im Raum, frierend und zitternd und zum ersten Mal ohne jede Magie.

Er konnte in Tränen ausbrechen oder sich hinlegen, an die Decke starren und über die Ironie seiner Lage nachsinnen.

Er würde seinen Weg zu ihr zurück finden. Er wusste noch nicht wie oder wann, doch er würde es schaffen. Diesen Eid schwor er sich selbst und hielt ihn so heilig wie seinen Bund mit der Rose.

Kapitel 9

Gereint war fort. Der Nebel des Hexenmeisters hatte sich wieder zwischen ihnen erhoben, überlagert von einem seltsamen Geruch, der ein wenig an geblasenes Glas und ein wenig an das Meer erinnerte. Hätte sie es benennen sollen, hätte sie gesagt, dass der Geruch sie an die Insel erinnerte.

Er war nirgends in Gemigny, weder im Schloss noch in der Stadt. Sie hatte überhaupt keine Ahnung, wo er sich befand.

Sie hielt ihre Panik unter Kontrolle. Er war am Leben. Dessen, doch nur dessen war sie sich gewiss. Sie musste beten, dass er in Sicherheit war.

Gleichzeitig musste sie sich zusammenreißen. Wenn dies ein Angriff war, durfte sie sich davon nicht überrumpeln lassen. Sie musste stark sein.

Die Morgendämmerung hatte kaum begonnen, als sie sich erhob und ankleidete. Die meisten Menschen im Schloss schliefen noch; die Köche waren schon aufgestanden und buken Brot. Sie hatte nicht übel Lust, ihnen ein, zwei Laibe abzuschwatzen, aber zuerst wollte sie Riquier suchen.

Es war Zeit, das Schloss zu verlassen. Ohne Gereint konnte sie nicht darauf vertrauen, in Sicherheit zu sein. Der ältere Knappe war deshalb kein Schwächling, denn auch er verfügte über eine starke Magie und konnte es, was Kunstfertigkeit und Geschick anging, fast mit ihr aufnehmen.

Vor ihrer Tür standen Wächter, nicht um sie gefangen zu halten, wie sie höflich betonten, sondern um sie vor Bösem zu bewahren. Es gab auch Schutzzauber, die Mathilde und weitere äußerst höfliche Männer auf den Plan riefen, als Averil ihre Magie zusammennahm, um sie zu passieren.

Sie waren alle zuvorkommend, lächelten und verbeugten sich und sprachen ihre Besorgnis über ihre Sicherheit aus. Averil widerstand dem Drang, sie hinfortzufegen. So weit war sie nicht, noch nicht.

Gast oder Gefangene, sie ging an diesem Morgen nur dorthin, wohin ihre ergebenen Diener sie gehen ließen. Das war zum Frühstück, dann in den Salon, wo Mathilde ihr eine Handarbeit anbot, einen Lautenspieler und ein erbauliches Buch, aus dem ein schrecklich schüchterner Schreiber vorlas.

Leider gab es keine Bibliothek, in die Averil hätte flüchten können, denn abgesehen von den unsagbar langweiligen Lebensgeschichten einiger Heiliger fanden sich hier nur die Geschäftsbücher des Schlosses und die Schriftrollen der Vasallen.

Das war ein Mangel, aber ein nützlicher. Er erlaubte ihr, einen wachsenden Verdacht zu überprüfen.

»Gibt es hier in der Nähe einen Konvent?«, fragte sie, als der Morgen kein Ende nehmen wollte. »Oder ein Kloster mit einer Bibliothek und einem verständigen Abt? Ich lese sehr gern, versteht Ihr, und ich mag nicht herumsitzen und warten und mich bedienen lassen.«

Mathilde erschrak ein wenig. Sie war ganz vertieft in ihre Stickerei oder in das Leben und Wirken einer weiteren jungfräulichen Heiligen: Averil hatte nicht zugehört und wusste nicht, von welcher Heiligen die Rede war. »Oh! Oh, ja. Einen Konvent gibt es in der Nähe nicht. Aber eine Abtei schon, aber ich weiß nicht –«

»Sollen wir sie besuchen?«, sagte Averil. Es war ihr einerlei, dass ihre Worte ein wenig übereifrig klangen.

»Es ist nicht sicher«, sagte Mathilde. »Hoheit, Ihr wisst, wie es auf den Straßen aussieht. Wir können nicht riskieren –«

»Es ist nicht weit, sagtet Ihr doch«, unterbrach Averil ihre Gastgeberin. »Ich glaube, ich habe den Turm gesehen, als wir durch die Stadt ritten. Mit Euren Männern als Wachen werde ich sicher nicht in Gefahr sein.«

»Es ist zu gefährlich«, sagte Mathilde. »Es tut mir leid, Hoheit, aber ich habe versprochen, Euch zu beschützen. Lys braucht seine Königin.«

»Und die Königin von Lys braucht einen gesunden Geist«, sagte Averil. »Eure Gastfreundschaft ist sehr großzügig, und ich bin Euch sehr dankbar dafür, aber ich tauge nicht für ein Leben im Käfig, nicht einmal, wenn er so hübsch ist wie dieser. Wenn ich nicht in meine Stadt reisen kann, lasst mich wenigstens Zerstreuung für meinen rastlosen Geist suchen – und ein wenig für meinen Körper. Ich weiß, dass Eure Grafschaft sicher ist; nichts Böses ist hier eingedrungen. Oder bin ich am Ende doch eine Gefangene?«

»Nein!«, sagte Mathilde ein wenig zu hastig. »Nein, Hoheit. Bitte, es wäre nicht klug. Ich lasse jemanden zur Abtei schicken, wenn Ihr wollt und mir sagt, was Ihr gern lesen würdet. Sie werden Euren Wünschen mit Freuden nachkommen.«

Averil rüstete sich für eine Fortsetzung des Streits, doch nach kurzem Überlegen fügte sie sich, wenn auch unwillig und nur fürs Erste. Hier war Raffinesse gefragt.

»Das ist sehr gütig von Euch, Gräfin«, sagte sie nach einer Pause. »Ich würde mich über alles freuen, was die Brüder entbehren können.«

»Gut, so soll es geschehen«, sagte Mathilde.

Es gab keine Fluchtmöglichkeit aus der Halle und kein Entkommen aus dem langweiligen Morgen mit einer adligen Dame. Aber als Averil sich in die Küche begab, machte Mathilde keine Anstalten, ihr zu folgen oder sie aufzuhalten. Die allgegenwärtigen Wächter verfolgten ihre Schritte, anscheinend durfte sie jedoch ein wenig umherwandern, wenn auch nur für eine kleine Weile und an einer kurzen Leine.

Schon als Kind auf der Insel hatte sich Averil in einer Küche wohler gefühlt als im Salon einer Dame. Auch jetzt fand sie dort so etwas wie Zufriedenheit, während sie Brotteig knetete, Töpfe scheuerte und den Bratspieß drehte. Bei dieser schlichten Arbeit hatte sie Zeit zum Nachdenken und zum Schmieden von Plänen.

Zuerst wollte sie von diesem Ort fliehen. Dann Gereint finden. Zusammen mit seiner Stärke hatte sie Hoffnung, diesen Krieg zu gewinnen.

Sie beobachtete und hielt innerlich Rat. Und sie lauschte auf das Geschwätz der Diener.

Sie erwarteten einen Gast. Ihre Herrin hatte ihnen verboten, ein Festmahl vorzubereiten, aber es war mehr Brot zu backen als gewöhnlich und mehr Geflügel auf dem Bratspieß über dem Feuer. Ein paar Tiere wurden vom Boten des Gastes beigesteuert. Er hatte sie auf dem Weg hierher fürs Abendessen gejagt.

Die Diener konnten oder wollten Averil nicht erzählen, wer es war. Es war ein Magier, so viel hatte sie herausgefunden, und sein Kommen wurde nicht nur erwartet, sondern war lang ersehnt.

Es war nicht Gamelin. Sie hatte den Hilfskoch direkt danach gefragt. »Sag es mir. Ist es der Priester des verstorbenen Königs?«

Der Mann starrte sie an, als hätte sie den Verstand verloren. »Ich sagte Euch doch, dass ich es nicht weiß, Eure Hoheit.«

»Ist es jemand, den ich kenne, Sire? Soll ich mich darauf vorbereiten, einen Freund zu begrüßen?«

Der Koch machte eine Geste des Bedauerns. »Diese Angelegenheiten entziehen sich meiner Kenntnis, Eure Hoheit. Ich weiß nur, dass Brot gebacken und ein Schaugericht zubereitet werden muss.«

Das war eine höfliche Entlassung, wie sie sie bereits am Königshof beobachtet hatte. Aber sie war klug genug, keine weiteren Fragen zu stellen.

Die Ruhe, die sie für kurze Zeit genossen hatte, war dahin. Sie knetete das letzte Brot, formte es zu einem runden Laib und schob es mit den anderen in den Ofen. Sie wusch ihre

Hände in dem Eimer neben der Kochstelle, wo das Wasser fast warm war, band die Schürze ab und schlüpfte aus der Küche.

Riquier war weder in der Wachstube noch im Stall. Keiner der Wachen gab an, ihn gesehen zu haben.

Averil sträubten sich die Nackenhaare. Dass ein Knappe des Rosenordens vor der Ankunft eines illustren Gastes in Gemigny verschwand, mochte vielleicht noch zu erklären sein – aber zwei?

Ohne Gereint war sie nicht stark genug, die Schutzzauber zu umgehen oder durch die Wand zwischen den Welten hindurchzuschlüpfen. Die wilde Magie konnte weder hier eindringen, noch konnte Averil sie durch all die Verteidigungsmittel der Burg herbeirufen.

Bei ihrer Ankunft hatte sie dies eher als Vorteil gesehen; wilde Magie ließ sie einerseits erschauern. Andererseits war sie ihre größte Stärke und ihr bester Schutz.

Gereint wäre stolz gewesen, dass sie das endlich zugab. Die Magie der Orden war nur der kleinste Teil dessen, was sie in sich barg. Sie war all das, was sie ihrer Erziehung nach fürchten, verachten und meiden sollte – all das und mehr.

Der Stall bot keine Zuflucht. Mathildes Wachen blieben stets in ihrer Nähe. Wenn sie auch nur einen winzigen Schritt in Richtung Pferd oder Sattel machte, versperrte ihr ein bewaffneter Mann den Weg, meist lächelnd, aber nicht bereit, zur Seite zu treten, auch nicht auf ihren direkten Befehl.

An dieser Sache war mehr als die erklärte Entschlossenheit, für die Sicherheit der Königin zu sorgen. Sie würde nicht direkt sagen, dass das Ganze nach Schlangenmagie roch, dennoch wirkte es ein wenig übertrieben.

Sie verließ den Stall und zog sich in die Kapelle zurück. Die Kirche umfasste alles, was die Orden so tödlich für die wilde Magie machte: strenge Beschränkungen, engstirnige Rituale, absolute Blindheit für jede Macht außer ihrer eigenen. Und doch, als Averil vor dem mit einem weißen Tuch bedeckten Altar niederkniete, wärmte das Licht, das durch die klaren und unmagischen Fenster fiel, ihr Gesicht.

Es war reines Licht, unberührt von jeglichen Zaubern. Es gab keine Magie an diesem Ort. Es hätte ineinanderverschlungene Stränge davon geben sollen, vielschichtige Zauber, errichtet in all den Jahrhunderten, seit der Herr dieses Schlosses dem Herrscher von Romagna Treuepflicht schuldete.

Jemand hatte diesen Ort rein gescheuert und ihn den Mächten von Erde und Luft geöffnet. Er bot weder Schutz, noch öffnete er ihr einen Fluchtweg, aber er befreite ihre Magie, um ihre eigenen starken Schutzmauern zu errichten.

Ein Schatten verschleierte die Sonne. Averil schwankte, überrascht beim Ausführen ihres Werkes. Ein Atemzug zischte an ihrem Ohr vorbei; sie glaubte das Gleiten von Schuppen zu hören. Schimmernde Wände aus Magie erhoben sich um sie herum.

Sie verneigte sich vor dem Altar und drehte sich langsam um. Mathilde stand da und beobachtete sie, an ihrer Seite eine Hand voll Zofen und Wachmänner und ein Mann, dessen Gesicht Averil nur allzu vertraut war.

Prinz Esteban von Moresca hatte um ihre Hand angehalten, als sie in Lutèce das Spiel der Höfe und Paläste mitgemacht hatte. Sie war damals gefährlich nah daran gewesen, ihn zu erhören, obwohl er ein Diener der Schlange und ein Meistermagier war, der schon längst von dieser Welt verschwunden sein sollte.

Er war ein Prinz, ein Sohn der Paladine, und ein äußerst charmanter und verführerischer Gesellschafter. Sein Lächeln war so warm, wie sie es in Erinnerung hatte, mit einer leicht gefährlichen Note, die ihren Leib erbeben ließ. Er schien aufrichtig froh, sie wiederzusehen.

Das war auch kein Wunder: Sie saß unentrinnbar in der Falle. Sie schaute zurück und sah jeden Schritt, der sie hierher in diese Kapelle geführt hatte, jeden Schritt des Verrats, ausgedrückt in jedem Ritter und Knappen und Novizen der Rose, der von ihr getrennt worden war, bis sie in diese Falle gelangt war, allein an diesem Ort.

Inzwischen war es keine Überraschung mehr, dennoch versetzte ihr die Erkenntnis einen Schock. Wie eine Närrin hatte sie bis zuletzt gehofft, dass ihre instinktiven Befürchtungen unbegründet waren.

»Edler Prinz«, sagte sie zu Esteban.

Während sie sich erhob, kniete er nieder, verbeugte sich ehrerbietig und ohne Anzeichen von Spott. »Majestät«, sagte er.

Er ergriff ihre Hand und küsste sie. Sie erstarrte, hatte jedoch die Geistesgegenwart, ihre Hand nicht wegzuziehen. Er lächelte zu ihr auf. Seine dunklen Augen funkelten, das kühn geschnittene Gesicht mit dem gepflegten Bart bot einen schönen Anblick.

Es war ein Zauber, und zwar ein sehr raffinierter: Verführung und Tarnzauber in einem. Sie sollte sich so etwas auch aneignen, wenn sie Zeit fand. Für eine Königin könnte ein solches Werk von großem Nutzen sein.

»Also gut, mein Prinz«, sagte sie. »Seid Ihr gekommen, um mir meine Seele zu nehmen?«

»Ich werde Euer Herz stehlen, Hoheit«, sagte Esteban, »aber Eure Seele dürft Ihr behalten.«

»Oh, ich verstehe«, sagte sie, »Ihr nehmt ja nur junge Männer und nur die kräftigsten, um Eure Armeen aufzustellen.«

Er schüttelte den Kopf und erschauerte ein wenig. »Das ist nicht meine Art von Magie, Majestät.«

»Aber sie dient Euren Absichten.«

Sie erinnerte sich gut an das leichte Achselzucken, das Anheben einer Schulter und das Hochziehen einer Braue. »Im Krieg nehmen wir alle Waffen, die wir kriegen können.«

»Und jetzt habt Ihr die Königin«, sagte sie.

»Ich hoffe, sie wird sich willig mit uns vereinen«, sagte Esteban.

»Tatsächlich? Warum sollte ich das tun?«

»Um Euer Volk zu retten«, sagte er. »Um die Regierung über Euer Königreich zu übernehmen und zu behalten, wie es Euch durch Eure Geburt bestimmt ist. Die alten Sitten versagen – gewiss seht Ihr das genauso klar wie ich. Es ist Zeit, dass sich eine neue Ordnung in der Welt erhebt.«

»Eine neue Ordnung? Oder eine, die so alt ist, dass sie wieder neu erscheint?«

»Spielt das eine Rolle?«

»Wahrscheinlich nicht«, sagte sie. »Was ist, wenn ich mich weigere?«

Mit einer geschmeidigen Bewegung erhob er sich. Sie hatte vergessen, wie groß er war. Nicht ganz so groß wie Gereint, aber groß genug, mit schmalem Körperbau und stark wie eine stählerne Klinge. »Ich glaube, dass Ihr Euch unserer Denkweise anschließen werdet, Majestät.« Er streckte ihr die Hand entgegen und verbeugte sich erneut, diesmal nicht ganz so tief, aber immer noch lächelnd. »Werdet Ihr kommen?«

Averil stand still. Die Kapelle war ein Zufluchtsort, aber sie bot wenig Schutz, weder Nahrung noch Wasser und keine sterbliche Hilfe. Der Himmel draußen war leer und ohne Wildvolkwesen. Es würde eine kalte und einsame Nachtwache werden, wenn sie darauf beharrte hierzubleiben.

Sie ignorierte seine Hand und wartete erhobenen Hauptes, dass er sie dorthin führte, wohin auch immer er gehen wollte.

Er wirkte unverzagt und alles andere als geknickt. Er senkte die Hand. Als sie sich weigerte, sich wie ein Schaf treiben zu lassen, tat er einen leisen Seufzer und ging voran, wie sie es ihm gebot.

Mathilde war sichtlich unglücklich, wie Averil mit Genugtuung feststellte. Averil würdigte sie keines Blickes.

Esteban war ein ehrlicher Feind. Mathilde gehörte zu einer viel niedrigeren Spezies: die Verräterin, die sich als Freundin ausgab.

Noch fühlte Averil nichts – weder Zorn noch Furcht. Sie hatte eine scharfe Wahrnehmung von allem und jedem, was und wer sich um sie herum befand. Mehr als einmal hätte sie fast gefragt, wo ihre Knappen waren, doch falls sie davongekommen waren, wollte sie sie auf keinen Fall verraten.

Stattdessen betete sie, dass zumindest einer der beiden es nach Lutèce schaffen würde. Je eher die Ritter erfuhren, was hier soeben geschehen war, desto besser war es für sie alle.

Kapitel 10

Die Schlange war nicht dicker als Estebans kleiner Finger und nicht länger als sein Unterarm. Sie war mattbraun wie verwelkte Blätter, aber mit einem Schimmer auf ihren Schuppen, den jede Schlange hatte – ein Tribut an die Große Schlange, von der sie alle abstammten.

Bei bestimmtem Licht hatten Gamelins Wangen, Stirn und Schädel denselben subtilen Schimmer. Zu dem Schluss, dass er nicht menschlich war, zumindest nicht ganz, war Esteban schon vor langer Zeit gekommen.

Das kleine und tödliche Reptil schlang sich friedlich um das schmale Handgelenk des Priesters. Der Kopf ruhte in seiner Handfläche, die Zunge schnellte hin und her, als wollte sie die Luft schmecken.

Der Mann auf dem Stuhl beobachtete sie mit Augen, die die Furcht hinter sich gelassen hatten. Wenn sie überhaupt einen Ausdruck zeigten, dann war es Hoffnung – auf einen sauberen Tod, wie qualvoll er auch sein würde.

Er war fast noch ein Junge, ein anmutiger junger Mann mit

glatter brauner Haut und lockigem schwarzem Haar. Lys war voll von seinesgleichen; der Adel schien sie wie Würfe junger Hunde hervorzubringen. Aber selbst die Söhne der Paladine verfügten oft nicht über eine derart starke Magie wie die seine.

Sein Körper war unversehrt. Gamelin ließ sich niemals dazu herab, Knochen zu brechen. Stattdessen brach er den Geist und löste die Magie auf, Zauber um Zauber, bis er am Ende die Seele aus der leeren Hülle rupfte und zermalmte, bis nichts davon übrig war.

Dieser junge Mann war noch im Besitz seiner Seele und weitgehend auch seines Verstandes. Seine Magie war eine verlöschende Glut.

Gamelin wiegte die Schlange, streichelte abwesend ihren Kopf, ohne jede Angst vor ihrem Gift. »Also schön, Messire«, sagte er. »Erzählt uns noch einmal, was sich in Prydain befindet, das seine Königin so heldenhaft verteidigt.«

Der Gefangene presste die Lippen zusammen, doch der Zauber des Priesters wand sich durch seinen Geist. Bewusstseinssplitter blitzten durch die Kristallkugel, die vor seinen Augen hing.

Zu Beginn hatte sich die Kugel langsam gedreht, und nur wenig war darin zu sehen gewesen, abgesehen von ein paar Lichtfunken und gelegentlich aufblitzenden Erinnerungsfetzen: ein Tanz mit Schwertern, ein Frauengesicht, ein Garten mit blutroten Rosen. Während Gamelins Zauber seine Wirkung entfaltete, drehte sich die Kugel allmählich schneller.

Inzwischen war sie eine Schwindel erregende Lichtsphäre. Erinnerungen wurden herausgeschleudert, schossen vorbei wie Feuerfunken.

Nicht alles waren Erinnerungen des Jungen. Ein Netz aus Licht verband ihn mit einer Welt aus Wissen, eine magische Struktur, die den gesamten Orden umschloss. Es konnte sogar sein, dass ihm sein Wissen gar nicht bewusst war – aber Gamelin würde es herausfinden. Er würde forschen und graben und bis ins Herz aller Mysterien vordringen, das dieser Ritter geschworen hatte zu schützen.

Als Gamelin sprach, sammelten sich die Funken zu Gestalten, die Esteban manchmal erkennen konnte. Oft zerstreuten sie sich wieder und lösten sich auf.

Das lag daran, dass der Gefangene sich gegen den Zauber wehrte. Er war stark und kämpfte tapfer. Aber er verlor den Kampf. Aus den verworrenen Visionen pickte Esteban ein paar heraus, die eine Antwort bergen mochten.

Ein Wald aus Bäumen mit Blättern, die seltsam raschelten wie Schuppen. Eine runde Kammer mit Nischen in den Wänden, und in jeder Nische ein Haufen Staub und zerbröselnde Knochen. Wieder das Rasseln von Schuppen, die herabregneten auf ein Feld von Toten und Sterbenden. Schiffe auf dem Meer und eine weit entfernte grüne Küste und eine Frau mit einer Krone aus Licht.

»Gewiss«, sagte Gamelin mit einem langen leisen Zischen. »Gewisssss …«

Der Gefangene begann sich zu winden, wehrte sich gegen seine Fesseln.

Gamelin hielt die Schlange dicht vor das Gesicht des Gefangenen. »Dies wird Euch zuteilwerden, Messire, wenn Ihr es uns sagt. Wo ist er? Wo ist der Schlüssel?«

Die dunklen Augen starrten auf diese Hoffnung auf Erlösung. Das Gewirr von Erinnerungen verlangsamte sich. Rosen erblühten wie verspritztes Blut.

Er warf sich nach vorn gegen Gamelin. Die Schlange biss blitzschnell zu, schlug ihre Giftzähne in seine Wange.

Sein Körper krümmte sich in Krämpfen, und dennoch lächelte er. Seine Augen lachten, als er in den Tod sank. Er besaß noch seine Seele und das Geheimnis seines Ordens, trotz allem, was seine Feinde ihm angetan hatten.

Mit steifen Gliedern arbeitete sich Gamelin unter dem schlaffen Körper hervor und erhob sich. Auch er lächelte. Er hielt einen Faden in der Hand, so hauchdünn wie ein Spinnenfaden. Er wand sich durch die Augen des toten Mannes und verband sich mit dem Netz im Inneren, dem Werk, das zu komplex war, um von einem menschlichen Geist erfasst zu werden.

Es schwand schnell dahin. Gamelins Faden zog daran, kurz bevor es sich auflöste und verlosch.

Der Hexenmeister schwankte. Einen Moment lang wirkte er noch weniger menschlich als für gewöhnlich. Seine Wangen hatten einen blassgrünen Ton angenommen.

Dennoch schimmerten seine Augen triumphierend. »Das war ein tapferer Junge, aber kein Sterblicher kann die Wahrheit vor mir verbergen. Sie ist im Netz enthalten, in dem Wissen seines Ordens. Die Frau bewahrt das Mysterium.«

Estebans Herzschlag beschleunigte sich. »Die Frau? Die Königin?«

»Eure Jagdbeute, mein Prinz«, sagte Gamelin.

Esteban machte eine schwungvolle Verbeugung. Sein Verbündeter hatte keinen Humor und auch keinen Sinn für Bravour. »Beseitige das hier«, sagte er zu dem hünenhaften Soldaten, der neben der Tür stand.

Die Kreatur folgte schweigend seinem Befehl, wie alle Seelenlosen es taten. Er hob die Leiche auf und schleppte sie weg – was damit geschehen würde, mochte Esteban sich nicht ausmalen.

Einige Notwendigkeiten waren unangenehmer als andere. Esteban würde froh sein, wenn er so etwas nicht mehr brauchte. Aber fürs Erste benötigte er sowohl den Hexenmeister als auch dessen Armeen. Wenn die Zeit der Befreiung gekommen und die Welt umgeformt worden war, würde auch das sich ändern.

Nachdem sie zur Gefangenen geworden war, fand Averil den Salon, der nun als ihr Gefängnis diente, noch unerträglicher als zuvor, aber einen Vorteil hatte ihre Lage: Sie langweilte sich nicht mehr. Sie saß mit im Schoß gefalteten Händen am Feuer, ignorierte die Zofe, die aus einem unsäglich geistlosen Buch vorlas, und die Diener, die ihr Wein aufnötigen wollten. Als sie etwas zu essen anboten, nahm sie ein wenig davon, aber mit äußerster Vorsicht, für den Fall, dass es vergiftet war.

Soweit sie es beurteilen konnte, war es das nicht. Esteban hatte sie in den Salon geleitet und war dann in einer dringenden Angelegenheit davongeeilt. Sie wollte ihm einen magischen Faden hinterherschicken, aber es fand sich keiner.

Ihre Sinne waren übernatürlich geschärft, doch ihre Magie war trübe und zu weit von ihr entfernt, um danach zu greifen.

Kluge Geiselnehmer, sie zuerst von ihren Knappen zu trennen und dann von ihrer Magie. Es war ein subtiler Zauber; er machte sie leer, wie er die Kapelle ausgeleert hatte, und ließ ihre Magie langsam, aber unaufhaltsam in die Schutzzauber, die das Schloss umgaben, fließen.

Selbst in diesem Moment verspürte sie kaum Furcht. Sie hatte noch ihren Verstand, und ihre Seele ruhte sicher in ihrem Körper. Mit diesen beiden Kräften würde sie tun, was sie konnte.

Das Amulett hing schwer an ihrer Brust. Sie vermied es schon seit Langem, es zu berühren, um keine Aufmerksamkeit darauf zu lenken. Abgesehen von ihr selbst und Gereint gab es auf der Welt nur drei Menschen, die davon wussten: Peredur, die Königin von Prydain und Mauritius, ihr Großritter der Rose. Keiner von ihnen war hier oder würde sie verraten.

Sie zwang sich, langsam und tief zu atmen und Schultern und Rücken zu entspannen. Alte Übungen von der Insel kamen ihr dabei zugute, körperliche und geistige Fähigkeiten, die ihr erlaubten, sich auszuruhen und dennoch auf alles vorbereitet zu sein, was kommen mochte.

Trotz all ihrer Fähigkeiten wäre sie fast in die Dunkelheit geschleudert worden, als der Schlag niederging. Ein Seufzer entwich ihr, ein geflüsterter Name: »Riquier!«

Sie spürte, wie er starb. Sie fühlte seine Freude, seine Sicherheit, dass er den Kampf gewonnen hatte. Und sie fühlte die Hexerei, die im Augenblick seines Todes das Netz der Rose durchbohrte.

Für einen gleißenden Augenblick hatte sie es wieder, alles, frei von Nebel und summenden Schutzzaubern – sogar Gereint, sogar die andere Hälfte ihrer selbst. Dann riss alles entzwei. Werke zerschellten; Seelen krümmten sich oder zerbrachen.

Mit der letzten Kraft, die sie noch übrig hatte, tauchte Averil in den Nebel. Es war verrückt, es war hoffnungslos, aber weitaus schlimmer wäre gewesen, in den Ruinen des Netzes unterzugehen.

Dröhnende Stille umgab sie, und sie war wahrhaftig und vollkommen allein. Agonie drohte sie zu überwältigen. Mit grimmiger Entschlossenheit unterdrückte sie ihre Qual.

Sie konnte um Riquier trauern, weil die Trauer ihren Geist und ihr Herz mit etwas erfüllte. Alles war besser als diese Leere. Sie weinte ohne Scham oder Zurückhaltung. Er war ein Freund gewesen, ein Verbündeter, ein Lehrer. Sie hatte ihn wie einen Bruder geliebt.

Schließlich stach die Furcht zu, mitten ins Herz. Gereint – gütiger Gott, wenn sie auch ihn in ihren Fängen hatten!

Sie fand Trost in der Überzeugung ihres Herzens, dass er in Sicherheit war, wenn auch getrennt von ihr. Er war innerhalb des Netzes unversehrt und stark und er selbst geblieben.

Wo auch immer er sich befand, der Feind hatte ihn nicht in seinen Fängen. Sie musste daran glauben, sonst würde sie das letzte bisschen Mut verlieren, das ihr noch geblieben war.

»*Riquier*!«

Gereints Herz fühlte sich an, als würde es ihm aus dem Leib gerissen. Als das Netz zu reißen begann, schlug er blind und mit aller Macht zu.

Der Feind wich zurück. Das Netz löste sich auf. Gereint fiel um wie ein gepfählter Ochse.

Zum ersten Mal war er bei Bewusstsein geblieben, als seine Magie außer Kontrolle geriet. Sein Geist war vollkommen klar.

Riquier war tot. Averil war … Averil war …

»Nein«, sagte er laut. »Nein, dann würde auch ich tot sein.«

Er rappelte sich auf. Er hatte die ihm zugewiesene Pflicht erfüllt und sich wie immer um die Pferde gekümmert. Mauritius' Schlachtross, in dessen Stall er zu Boden gestürzt war, stand erschrocken an der Wand. Es rollte mit den Augen, als Gereint sich am Türriegel zu schaffen machte.

Die Rose war nicht zerstört. Diesmal nicht. Aber Ritter hatten ihr Leben verloren. Ein Knappe war tot, ausgelöscht wegen eines Geheimnisses, das er nicht geteilt hatte.

Dies hätte Gereints Tod sein sollen, seine Qual. Weil er Bescheid wusste – nicht über alles, aber über genügend, um gefährlich zu sein.

Er wusste, wo die Schlange war und wer ihr Gefängnis bewachte.

»Ich hätte es behalten sollen«, sagte er. »Ich hätte –«

Mauritius brachte ihn zum Schweigen, indem er ihm die Hand auf den Mund legte. Der Ritter sah so abgehärmt aus, wie Gereint sich fühlte, seine Augen lagen tief in ihren Höhlen. »Sie haben sie«, sagte der Ritter. »Sie haben die Königin in ihrer Gewalt.«

Gereint biss sich so fest auf die Zunge, dass sie blutete.

Mauritius sprach seine Gedanken aus. »Wir hätten auf dich hören sollen. Jetzt müssen wir alle büßen.«

»Sie wird nicht zusammenbrechen«, sagte Gereint. »Sie wird ihnen nicht sagen, was sie hat.«

»Sie wissen es vielleicht schon.« Mauritius schien unverzagt, obwohl alles vorbei sein würde, wenn er Recht hatte, und dann gab es keine Hoffnung. »Komm mit mir.«

Gereint regte sich nicht. »Ich reite los. Heute. Ich darf keine Zeit verlieren.«

»Eile wird dich in den sicheren Tod treiben«, sagte Mauritius. »Kommt, Messire. Wir werden unsere große Rettungsaktion beginnen. Aber fürs Erste hab Geduld. Folge mir.«

Gereints Kiefermuskeln spannten sich. Er wollte die Vernunft in Mauritius' Worten nicht sehen – aber zur Hölle mit dem Mann, er hatte Recht. Dies war ein Krieg. Wenn er in die Schlacht reiten wollte, musste er gut darauf vorbereitet sein.

Kapitel 11

Mauritius führte Gereint in den Salon des Ordenshauses. Bernardin saß auf einem der großen geschnitzten Stühle – seit er durch die Magie der Priesterinnen von Gemigny hierhergeschleppt worden war, hatte Gereint den Landvogt nur im Wachraum oder auf dem Trainingshof gesehen, wo er sich unermüdlich um das Aufstellen der Truppen gekümmert hatte.

Ademar war bei dem Ritter und spielte den Diener mit einem Tablett mit Wein und Kuchen. Beim Anblick des Gastes, der Bernardin gegenübersaß, stockte Gereint der Atem, und er wäre am liebsten zurück zu den Stallungen gerannt.

Mauritius versperrte die Tür mit mehr als nur seinem Körper. Gereint blieb nichts anderes übrig, als der Frau aus der Kapelle gegenüberzutreten: Es war diejenige, die weder jung noch alt war und die neben der Ältesten gesessen hatte. Sie wirkte gütig, das musste er ihr zugestehen. Aber sie war, was sie war.

»Messire«, sagte Bernardin, »dies ist Herzogin Darienne. Sie hat Euch etwas zu sagen.«

Gereint blieb stocksteif stehen. Er brachte es nicht über sich, sich zu verbeugen. »Herzogin«, sagte er schmallippig.

Ihr Lächeln war schwach, aber warmherzig, und ihre Augen waren noch wärmer und spiegelten eine Anteilnahme wider, die er nicht sehen wollte. »Messire, ich verstehe Euren Kummer, und ein bisschen von Eurem Zorn. Ihr wurdet von der Obhut eines teuren Schützlings fortgerissen. Aber wenn Ihr bei ihr geblieben wärt, dann wärt Ihr jetzt tot oder Schlimmeres, und sie wäre keineswegs besser dran.«

Gereints Hände ballten sich zu Fäusten. Die brausende Woge von Magie in seinem Inneren, die sie hinweggefegt hätte, hielt er in Zaum. Sie würde niemals ahnen, wie kurz sie davor gestanden hatte, ausgelöscht zu werden. Noch ein Jahr zuvor hätte es keine Rettung für sie gegeben.

Er empfand keinen Stolz auf seine Leistungen. Er ordnete seine Worte und sprach sie so ruhig aus, wie er es vermochte. »Ehrwürdige Schwester, bei allem Respekt, Ihr habt nicht die leiseste Ahnung, was Ihr angerichtet habt. Nur meine Herrin weiß es, und sie haben wir vielleicht verloren.«

»Das sind starke Worte, Messire«, sagte Bernardin. »Ihr solltet besser –«

»Mein Gebieter«, sagte Gereint, »wir alle haben Geheimnisse bewahrt oder geschwiegen, und dafür bitte ich Euch um Verzeihung. Vielleicht bin ich verrückt, in diesem Moment etwas zu sagen; Ihr seid alle so blind, eingeschlossen in der Welt, so wie Ihr sie zu sehen gelernt habt. Was Euch angeht, ehrwürdige Schwester, ich kenne und traue Euch nicht, und ich sollte wahrscheinlich diese Dinge nicht in Eurem Beisein aussprechen. Aber Ihr müsst wissen, dass es mich nicht länger kümmert.«

»Messire –«, meldete Bernardin sich zu Wort.

Zu Gereints Erstaunen war es Mauritius, der sagte: »Nein, mein Gebieter. Hört zu.«

Die Herzogin war bereits ganz Ohr. Gereint hätte fast die Nerven verloren. Lange Reden und viele Worte waren nicht seine Art; er war in sich gekehrt und sagte meist so wenig wie möglich. Doch das musste jetzt anders werden.

»Meine Herren«, sagte er. »Ehrwürdige Schwester. Der Zauber hat mich eingefangen, wie es beabsichtigt war. Er war schlecht gewirkt und erfolgte zu einem äußerst ungünstigen Zeitpunkt. Er trennte meine Herrin von ihrer größten Kraft. Longinus und Melusine, Herzogin. Das ist es, was wir sind. Wir sind zwei, denen es bestimmt ist, eins zu sein – genau wie sie.«

»Das ist eine Legende«, sagte Darienne.

»Es ist wahr«, sagte Gereint. »Seht mich an, Herzogin. Seht richtig hin. Versucht nicht, etwas Vertrautes in mir zu sehen. Seht einfach hin.«

Es war eines der schwersten Dinge, die er in seinem Leben je getan hatte, offen dazustehen, abwehrbereit, aber vollkommen defensiv. Zweifellos berührte sie ihn so leicht, wie sie es vermochte, dennoch war ihm, als würden ihm Drachenklauen durchs Gesicht fahren.

Ihre Berührung war kurz. Mit einem langen Seufzer zog sie ihre Hand zurück. Ihr Gesicht war blass; ihre Augen fixierten ihn wie gebannt. »Kind«, sagte sie, »weißt du, wer du bist? Was du bist?«

»Ich habe gerade damit angefangen, es zu begreifen«, sagte er. »Versteht Ihr es jetzt, Schwester? Seht Ihr, was sie besitzt und warum man mich niemals von ihr hätte fortholen sollen?«

»Ich verstehe«, sagte sie. »Wir taten Schlimmeres, als wir ahnten.«

»Es darf keine Geheimnisse mehr geben«, sagte Gereint, »und keine Intrigen zwischen der Insel und der Rose. Es darf kein Misstrauen mehr geben. Wir müssen zusammen kämpfen, sonst werden wir untergehen.«

»Einige Geheimnisse sollten niemals ans Licht kommen«, entgegnete Darienne.

»Wir sollten dafür beten, dass dies nicht geschieht«, sagte er, »und unser Bestes tun, um sie zu bewahren.«

»Schwierig«, sagte sie, »wo das Schrecklichste von allem sich in den Händen des Feindes befindet.«

»Nur wenn er weiß, was er hat. Sie wird es nicht verraten, ehrwürdige Schwester. Lasst uns zu Gott beten, dass wir sie zurückholen können, bevor es sich selbst verrät.« Gereint schaute die Ritter an. »Darf ich gehen?«

Mauritius wirkte fast wie immer. Bernardin sah aus, als hätte er einen Schlag in die Magengrube bekommen. Blindheit war ein bitteres Gebrechen, aber ihre Heilung konnte noch schmerzhafter sein.

Gereint konnte ihre Gefühle ein wenig nachvollziehen. Averil hatte genug darunter gelitten, hin und her gerissen zwischen allem, was sie bislang zu wissen geglaubt hatte, und allem, was sie erlebt und gesehen hatte. Es war eine schreckliche und schmerzvolle Erfahrung.

Er selbst hatte nie gelernt, zwischen verschiedenen Arten und Graden von Magie zu unterscheiden. Für seine Mutter waren sie alle gleich gewesen: nichts als Lug und Trug. Sie hätte ihn fast zerstört durch ihre strikte Ablehnung, aber am Ende hatte sie ihm dennoch einen großen Dienst erwiesen. Es gab keine Schranken zwischen Gereint und seinen Kräften. Was auch immer sie waren, spielte für ihn keine Rolle.

»Mein Gebieter«, sagte er zu Bernardin, »jeder weitere Aufschub bringt uns unserem Untergang näher. Ich frage Euch ein letztes Mal. Darf ich gehen?«

»Wir werden beide gehen«, sagte Mauritius, »doch zuerst müssen wir sicher sein, welchen Weg wir nehmen. Ich bezweifle, dass sie sie in Gemigny lassen.«

»Das werden sie auch nicht«, sagte Bernardin. »Wenn sie sie haben, dann werden sie nicht nur das wollen, was sie hat, sondern auch das, was sie ist: was sie zu ihrer Königin macht. Sie werden sie ins Herz des Königreichs bringen und ihm durch sie seine Seele nehmen.«

Gereint schüttelte den Kopf. »Das mag stimmen, Messire. Ich bin nur ein Knappe, noch dazu ein Ungebildeter. Aber ich glaube, dass sie etwas noch Einfacheres wollen. Sie wollen die Schlange erwecken. Entweder wissen sie, dass sie das Mysterium bei sich trägt, oder sie glauben, sie weiß, wo es sich befindet. So oder so, ich muss sie finden, bevor sie sie zerbrechen. Ich muss sie aufhalten.« Er tat einen schaudernden Atemzug. »Ich bitte Euch vor Gott. Wir vergeuden wertvolle Zeit.«

Er fing an, Funken zu sprühen. Darienne hielt die Hand über ihn und beruhigte ihn, als wäre er ein fauchendes Kätzchen.

Er starrte sie an. Es gehörte viel Kraft dazu, sich nach all den schockierenden Offenbarungen zusammenzureißen. Es schien, als würde sie ihn durchschauen – oder es zumindest glauben. »Da ist noch mehr als das, nicht wahr?«, fragte sie.

Gereint wollte den Kopf schütteln, hielt jedoch inne. Ein Erinnerungsfetzen erfasste ihn und hielt ihn fest. Er hatte ihn im Netz gesehen, wie er so schnell vorbeihuschte, dass man ihn kaum fangen konnte. »Die Kapelle«, sagte er, »in Caermor in Prydain. Die ersten Ritter. Und …« Zuvor war es leicht gewesen, ihren Namen auszusprechen, aber jetzt war es irgendwie fast unmöglich. »Melusine. Sie wachen über sie, im Tode wie im Leben. Und sie bewachen noch etwas, eine gefahrvolle Sache. Den Schlüssel.«

Darienne war ganz ruhig geworden. »Wie habt Ihr davon erfahren?«

»Mein Vater hat es mir gesagt«, erwiderte Gereint.

»Euer –« Sie verstummte.

»Mein Vater ist der Myrddin von Prydain«, sagte Gereint.

Bernardins Brauen waren in die Höhe gewandert. Mauritius nickte. Er wusste es schon: Schließlich hatte er Augen im Kopf.

»Und sie?«, fragte Darienne. »Sie weiß Bescheid?«

»Sie war bei uns«, antwortete Gereint. »Wir alle haben es gesehen.«

Gereint wusste bereits, dass diese Dame nicht leicht verzweifelte, diese letzte Eröffnung jedoch drückte sie sichtlich nieder.

Mit purer Willenskraft fasste sie sich wieder. »Also gut. Das Ganze ist noch nicht zu Ende, sonst würde keiner von uns hier sein. Wir können sicher sein, dass der Feind von den Mysterien weiß – als die Rose fiel, nahm der König die beiden Geringeren an sich. Ob er sich dessen bewusst ist oder nicht, so hat der Zauberer des Königs jetzt das große Mysterium in seiner Gewalt. Aber der Schlüssel … das ist das größte Geheimnis von allen.«

»Und doch kennt Ihr es«, sagte Gereint. »Seid Ihr also eine der neun Priesterinnen? Oder eine alterslose Zauberin?«

»Ich bin eine von den neun«, sagte Darienne. »Meine Urahnin war Madeleine.«

Gereint musste sich davor verneigen. Madeleine hatte die Kinder von Melusine, der Verräterin, zu sich genommen und sie wie ihre eigenen aufgezogen, sie geschützt gegen die langlebige Lüge des Hochverrats ihrer Mutter. Eines dieser Kinder war Averils Urahn gewesen.

Das war sonderbar und noch sonderbarer war es, diese hochgestellten Herrschaften als Verwandte zu betrachten. Und doch war Gereint der Sohn eines Paladins – näher am Ursprung als sie alle. Sein Vater war der Jüngste von allen, derjenige, der weder menschlich noch sterblich war, Peredur, der Liebling des Jungen Gottes.

Dieses Geheimnis wollte er nicht preisgeben. Alles andere war schon schwer genug gewesen. Er konnte es ertragen, der Sohn eines großen Magiers zu sein; er selbst war auch ein Magier. Er mochte sich jedoch noch nicht den ungläubigen Blicken stellen, denen er ausgesetzt wäre, wenn er die ganze Wahrheit sagte.

Vielleicht wusste Darienne es schon. Sie musterte ihn mit scharfem Blick, meinte aber nichts außer: »Wie Ihr sagt, die Zeit drängt. Ich glaube, ich weiß, wohin sie gehen werden und wie wir vor ihnen dorthin gelangen. Gestattet Ihr mir, Euch zu führen?«

Gereint bezweifelte, dass sie schneller vorankommen konnten als die Diener der Schlange. Sie hatten schon zu viel Zeit mit belanglosen Streitereien vergeudet. Aber selbst wenn sie zu spät kamen, würden sie es zumindest versucht haben.

Er nickte ihr zu. »Tut, wie es Euch beliebt, ehrwürdige Schwester.«

Es begann mit einem Zauber, mit Wahrsagen und Hellsehen. Gereint wurde nicht gebeten, daran teilzuhaben. Seine Aufgabe war es, sich auszuruhen und geduldig zu sein – beides eine schreckliche Qual für ihn.

Er beendete die Versorgung der Pferde, mit der er beschäftigt gewesen war, als Riquier starb. Dann suchte er einen der Trainingshöfe auf, aber dort war niemand, mit dem er sich messen konnte. So suchte er Zuflucht hinter der Küche und hackte Holz, bis nichts mehr da war, das er zu Feuerholz machen konnte.

Seine Arme schmerzten; sein Körper war trotz der Kälte schweißnass. Er schlug die Axt bis zum Heft in den Hackklotz und ließ sich daneben auf den Boden fallen.

Er hatte keine Tränen für Riquier. Eines Tages würde er welche haben. Jetzt spürte er nur einen tiefen übermächtigen Zorn.

Was Averil anging, wusste er nicht, was er fühlte. Angst. Verzweiflung. Ein nagendes Gefühl von Verlust, von Leere, wo ihre Gegenwart hätte sein sollen.

Er presste die Augen zusammen. Erinnerungen – die hatte er. Die Wärme ihrer Hand in der seinen. Das Strahlen in ihren Augen, wenn sie ihn anschaute. Ihr sauberer, schlichter Geruch; der Geschmack ihrer Lippen, als er ein einziges Mal in der wachen Welt und unzählige Male im Traum die Kühnheit besessen hatte, ihr einen Kuss zu stehlen.

Eine lebhaftere Erinnerung hätte er sich nicht wünschen können. Sie schmeckte wie Honig und ein bisschen nach Wein. Ihr Atem vermischte sich mit seinem. Ihre Stimme war kaum mehr als ein Flüstern. »Gold«, sagte sie. »Ein goldener Wald. Weißt du noch?«

Er schreckte aus seinem Traum. Sie war so real gewesen, so nah – ihr Kuss brannte noch auf seinen Lippen.

Zu spät griff er nach den Überresten des Traums. Er war verschwunden und Averil mit ihm. Aber ihre Worte klangen in seinem Gedächtnis nach. Er sprach sie aus. »Goldener Wald.«

Er hatte diese Worte schon einmal gehört. Wenn er richtig wach war, würde er sich erinnern, wann und wo und was sie bedeuteten. In diesem Augenblick wusste er nur, dass sie die Zaubermauern durchdrungen und ihn für einen kurzen Moment berührt hatte.

Während er aufstand, klammerte er sich an diesen winzigen Strohhalm. Es war besser als nichts.

Kapitel 12

Averils Seele wirbelte taumelnd zurück in ihren Körper. Sie war verrückt gewesen, das zu tun, dabei war sie sich nicht einmal sicher, ob es ihr überhaupt gelungen war. Dennoch klammerte sie sich an die Überreste eines Traums, die verblassende Erinnerung an einen Kuss. Das war Gereint gewesen – tatsächlich. Sie hatte ihn gefunden, obwohl man sie ihrer Magie beraubt hatte und sie von Mauern umringt war, die der Hexenmeister errichtet hatte.

Sie hatte keine Magie mehr übrig; nichts, womit sie etwas hätte heraufbeschwören können. Sie umklammerte den Sattel der friedfertigen Stute, die man ihr gegeben hatte, als sie sich mit kaum verhohlener Abneigung weigerte, sich mit Mathilde in eine Kutsche stecken zu lassen. Einer von Gamelins leeräugigen Wachmännern hielt die Zügel, seit man sie aus Gemigny führte.

Sie waren überall um sie herum, atmende Körper ohne Seelen marschierten im gespenstischen Gleichschritt nach dem Willen ihres Meisters. Sie spürten keinen Schmerz, fühlten weder Hitze noch Kälte. Wenn sie aßen, um ihre Körper bei Kräften zu halten, nahmen sie das, was immer man ihnen gab.

Sie aßen das Königreich bei lebendigem Leib auf, sowohl um sich selbst zu ernähren als auch um ihre Zahl zu vergrößern. Es war Wahnsinn – Schlangenwahnsinn, zuerst Armeen aufzustellen, um das Königreich zu erobern und sie der großen Bestie zu verfüttern, wenn sie nach ihrem langen Schlaf erwachte.

Das Ganze hatte eine monströse Wirtschaftlichkeit, die praktische Ordnungsliebe einer tüchtigen Hausfrau. Averil wurde ganz übel davon.

So viele verlorene Seelen. So viele Söhne, Brüder und Ehemänner schlimmer als tot. Es gab keine Möglichkeit, ihre Seelen zurückzuholen – die Ritter hatten das gesagt und die Magier aller Orden, die sie hatte fragen können. Einmal vollzogen, konnte dieses schwärzeste aller schwarzen magischen Werke nicht mehr aufgehoben werden.

Vielleicht konnte die wilde Magie es aufheben. Gereint würde es wissen – oder Peredur. Averil mochte es zwar auch wissen, irgendwo tief in ihrem Inneren, doch sie hatte nicht den Mut, dorthin zu schauen.

Sie konnte nichts weiter tun als reiten und die Tiefen ihres Ichs ertragen und erforschen. Es erfreute ihren Feind, ihr einen Rest ihrer Magie zu lassen, sodass sie zwar wusste, was, wann und wie er es tat, es aber nicht verhindern oder ändern konnte.

Sie sträubte sich dagegen, sich von Zorn oder Verzweiflung unterkriegen zu lassen. Sie zählte die Reihen der Armee, lauschte und überlegte und prägte sich jeden Augenblick ins Gedächtnis ein, in der vagen Hoffnung, dass sie einen Weg finden könnte, um die Ritter zu warnen.

Zweitausend seelenlose Körper ritten als ihre Eskorte, und zehn- und zwanzigmal so viele bewegten sich auf anderen Straßen in Richtung Lutèce, wo die Armeen hinter Mauern aus Hexenwerk zusammenkamen. Sie würden sich bald zu erkennen geben, sobald die Rose sich verschwindend dünn verstreut hatte und all ihre Truppen überwunden, ihrer Seelen beraubt, verhext und dem Willen des Hexenmeisters unterworfen waren.

Der Orden kämpfte tapfer. Manchmal errang er einen Sieg, und hundert oder fünfhundert oder tausend Männer starben mit Körper und Seele. Doch stets waren da noch mehr, und einmal ertönte Triumphgeschrei, als ein Bruder der Rose fiel. Dann trauerte Averil, aber ihre Augen und ihr Geist blieben aufmerksam und wach. Je mehr der Feind danach trachtete, sie zu zerbrechen, desto mehr wuchs ihre Entschlossenheit, stark zu sein.

Gamelin fuhr hinter ihr in einer großen, mit Gardinen verhängten Kutsche, nicht viel anders als die, in die sie sich so hartnäckig geweigert hatte einzusteigen. Weitere Wagen folgten, schwer beladen mit Truhen und Kisten. Sie wusste nicht, um was es sich handelte, konnte es sich jedoch denken.

Gold und Schätze sicherlich. Zauberinstrumente. Ein Wagen, eine massive Kiste auf Rädern, stank nach Magie; als sie daran vorbeigeführt wurde, fühlte sie die Hitze, die davon ausging, und hörte das Zischen aus dem Inneren. Er musste voll von Schlangen sein.

Sie waren in einen bitterkalten, strahlend hellen Morgen hinausgeritten und hatten ihren Weg bis zur Dunkelheit fortgesetzt, ihr Lager unter den Sternen errichtet und waren weitergezogen, als es wieder hell wurde. Averil zählte die Tage, wie sie die Armeen zählte, mit grimmiger Verzweiflung, weil die Armeen zu zahlreich waren und die Zahl der Tage zu gering. Diese Reise sollte viel länger andauern und ihren Leuten mehr Zeit schenken, um ihre Verteidigung zu errichten.

Die Straßen, auf denen sie ritten, waren selten die der Sterblichen. Sie erkannte das Licht anderer Welten wieder, obwohl die karge Winterlandschaft unverändert wirkte. Sie passierten keine Städte und Dörfer; sie alle waren nicht wichtig, abgesehen von Lutèce. Keine Wildvolkwesen spürten sie auf, und keine Magie wirkte hier außer der, die ihre Truppe umgab.

Prinz Esteban war mit der Armee aus Gemigny fortgeritten, hatte sie jedoch bald wieder verlassen. Allein und stark und mit magischen Kräften ausgestattet, bewegte er sich auf noch schnelleren Wegen als diesen, um seine Verschwörungen zu schmieden und den Weg für die Invasion seines Verbündeten zu bereiten.

Die Zauber des Hexenmeisters waren nicht ausgelegt, ihn zu binden; er war auf keine Straße angewiesen. Er konnte eine fünftägige Reise in einer Stunde zurücklegen, hin und wieder zurück, und sie alle mit der Leichtigkeit seines Fortkommens verspotten.

Als die Sonne ihren Zenit erreichte, wartete er an einer Wegkreuzung auf sie, umringt von Männern in morescischen Rüstungen, verziert mit Silber und Kupfer und purpurroten Wimpeln. Sie waren alle vollkommen sterblich und anscheinend nicht besonders erfreut, einer großen Schar von Seelenlosen so nah zu sein.

Ihr Führer, dessen Rüstung mit Gold verziert war und dessen Pferd ein Prunkgeschirr aus purpurroter Seide trug, hatte offensichtlich einen Paraderitt durch die königliche Stadt hinter sich und reihte sich nun neben Gamelins Kutsche ein. »Noch keine Veränderung in der Stadt«, sagte er. »Die Rose vergeudet ihre Kräfte, indem sie unseren versprengten Kompanien nachstellt, und ist so blind wie eh und je für die Armee, die unter Eurem Zauber marschiert. Ich hörte ein, zwei Männer sagen, dass unsere Schutzzauber einen Hinterhalt verbergen, aber die Befehlshaber wollen sie nicht anhören.«

»Gut«, sagte Gamelin. »Ihr habt die Werke verstärkt?«

»So gut ich es vermochte«, sagte Esteban. »Es gibt Unterströmungen, muss ich einräumen, aber keine, die mir Sorgen machen. Wir haben einen Magier beim Spionieren erwischt, als wir durch Lutèce ritten: ein Bauernbursche, der an einer Straßenecke Kräuter und Heilpflanzen verhökerte. Er hatte den Gestank der Rose an sich. Ich belegte ihn mit einem Zauber. Er wird seinen Oberen nichts weiter erzählen, als dass der Botschafter aus Moresca auf dem Markt war und ein Stück Wildpastete und ein Paar Duelldegen gekauft hat.«

Gamelin zischte vor Ungeduld. »Das tut doch nichts zur Sache. Was interessiert uns die Lebensgeschichte von jedem Trottel, der Euch über den Weg läuft? Das Übrige ist erledigt?«

»So gut, wie es möglich war«, sagte Esteban.

»Dann gibt es nichts weiter zu tun«, sagte Gamelin. »Geht jetzt zurück, wo Ihr hingehört. Es war unklug von Euch, bei hellem Tageslicht über die belebte Straße zu reiten. Wie töricht und blind die Rose auch sein mag, selbst sie können ein Werk von derartiger Größe riechen, wenn es direkt unter ihrer Nase ausgeführt wird.«

»Die Rose weiß nichts«, entgegnete Esteban. »Ich habe alle Vorsichtsmaßnahmen getroffen. Ihr Spion hat uns nicht gehen sehen; niemand schaute hin – dafür habe ich gesorgt. Ich werde mit Euch reiten, Messire, da, wie Ihr sagtet, alles andere erledigt ist. Jetzt braucht es nur noch Euer Kommen zur Vollendung.«

Gamelin hatte noch mehr zu sagen, aber Esteban machte eine schwungvolle Verbeugung und drehte ihm unverschämt den Rücken zu.

Averil hatte nicht die geringste Lust auf höfische Spielchen, weder hier noch sonst irgendwo. Als seine glitzernde Gestalt neben ihr auftauchte, starrte sie durch ihn hindurch. Es fiel ihr nicht so leicht, wie sie es sich gewünscht hätte. Er war ein wunderschöner Mann und bot einen stattlichen Anblick.

»Hoheit«, sagte er. Sein Gruß hatte nichts Unverfrorenes, abgesehen von dem Hochmut, den er immer ausstrahlte. Seine Verbeugung wirkte respektvoll und seine Sorge um ihr Wohlergehen schien aufrichtig. »Warum reitet Ihr durch die Kälte? Haben sie Euch keine Kutsche zur Verfügung gestellt?«

»Ich will keine«, sagte Averil. »Ich mag die Kälte.«

»Ich verstehe«, sagte er nur ein wenig verblüfft. »Das hätte ich wissen müssen. Dennoch hätten sie Euch ein edleres Pferd geben und Euch wärmer kleiden können.«

»Mir ist warm genug«, sagte sie.

»Trotzdem«, beharrte er, legte seinen Umhang aus purpurroter Seide und Hermelin ab und hüllte sie darin ein. Die Stute zuckte kaum mit den Ohren. Sein Hengst schnaubte und tänzelte; er hielt ihn durch die Eleganz seines Sitzes im Zaum, die Zügel brauchte er kaum zu berühren.

Averil genoss einen gefährlichen Moment lang die himmlische Wärme. Dann ließ sie den Umhang zu Boden gleiten. »Mir ist warm genug«, wiederholte sie.

Esteban zuckte zusammen, als Gamelins Soldaten seinen wunderschönen, kostbaren Umhang in den Schlamm der Straße trampelten, aber er schien immun gegen Zorn. »Ich verstehe, Hoheit. Ihr fühlt Euch verraten.«

»Ich weiß, dass ich verraten wurde.«

»Ihr habt das Recht, zornig zu sein«, sagte er. »Dies ist nicht die Welt, für die Ihr erzogen wurdet. Aber denkt nach, Hoheit. Könnte sie nicht am Ende besser sein?«

»Haben wir dieses Thema nicht ausgiebig besprochen?«, erwiderte sie. »Ich habe meine Wahl getroffen. Ist das nicht klar geworden?«

»Es war klar«, sagte er. »Aber das war zu einem Zeitpunkt, als Ihr noch eine Wahl hattet.«

Sein Tonfall war sanft, sein Gesichtsausdruck liebenswürdig, doch seine Worte waren scharf wie Stahlklingen.

Die Schwäche, die Averil befallen hatte, war verflogen. Dies war Krieg. »Dann soll ich also gewaltsam entführt und verheiratet werden?«

»Wenn nötig«, sagte er. Es gelang ihm, seine Worte so klingen zu lassen, als würde er die Gewalt bedauern, wenn auch nicht die Notwendigkeit.

»Ihr glaubt, ich würde mich Eurem Willen beugen, nach all dem, was passiert ist?«

Er zuckte mit den Schultern. »Ihr brüstet Euch stets mit Eurer Sachlichkeit. Dann seid pragmatisch und wägt ab. Wir halten Euch gefangen. Unsere Armee ist zahlreicher als jede, die Eure Leute aufstellen könnten. Wenn Ihr weise seid, könnt Ihr Euer Volk retten und sogar Eure Verbündeten des Rosenordens. Ich weiß, Euch liegt sehr viel an ihnen.«

»Wir haben diesen Krieg noch nicht verloren«, entgegnete sie.

»Willigt ein, und es wird überhaupt keinen Krieg geben.«

»Was wird dann sein? Armeen seelenloser Soldaten und ein Hexenmeister als Befehlshaber über sämtliche Städte? Wenn ich Euch zum Ehemann nehme, bin ich dann Eure Königin oder Eure Marionette?«

»Hoheit, wenn die Königin eine von uns wäre, würde sie über uns alle herrschen.«

»Würdet Ihr einen Eid darauf schwören?«

»Mit ganzem Herzen, Hoheit«, sagte Esteban.

Averil runzelte die Stirn. Sie vertraute diesem Mann kein bisschen, und sein Schwur war für sie keinen Pfifferling wert. Und dennoch hatte der Gedanke etwas Verführerisches, den Thron einerlei auf welche Weise zu besteigen und so viel Gutes zu tun, wie sie konnte, sobald sie Königin war.

Sie musterte den Prinzen mit einem Seitenblick. Nach dem Gesetz war es Averils Pflicht zu heiraten. Rang und Stellung gestatteten ihr, einen Mann auszuwählen, aber sie wäre nicht die Erste, die dieses Wahlrecht verlor. Unzählige Balladen und Geschichten handelten von diesen Dingen.

Averil wollte, dass ihr Leben mehr sein würde als ein Vers in einer alten Ballade. Wenn man über sie singen würde, dann darüber, wie sie ihren Fängern entkam, den Krieg gewann und das Königreich wieder in seinem alten Glanz und Ruhm erstrahlen ließ.

An Flucht war in diesem Augenblick nicht zu denken. Mit einer Armee um sie herum, abgeschnitten von ihrer Magie und ohne einen Freund oder Verbündeten befand sie sich in einer denkbar schlechten Lage.

Sie hatte noch nicht aufgegeben. Die Straße wirkte wie eine Straße der Sterblichen und wand sich durch brachliegende winterliche Felder und kleine Gehölze, aber die leicht verschwommenen Umrisse waren nicht zu übersehen. Sie verkürzte sich selbst kaum merklich, indem sie gerader verlief als jede irdische Straße.

Averil war davon ausgegangen, dass dies eine weitere Hexerei Gamelins war, doch als sie das Werk genauer studierte, entdeckte sie Anzeichen einer anderen Magie: Der leichte Geruch der Insel war unverkennbar. Mathilde tat in ihrer Kutsche offensichtlich mehr, als in den weichen Polstern vor sich hinzuträumen.

Trotz Mathildes Wirken, den Weg zu verkürzen, befanden sie sich am Abend noch immer auf der Straße. Das tote Gewicht der Armee erschöpfte die Magie ihres Meisters – so sehr, dass Averil fast zu hoffen wagte.

Die Truppen der Seelenlosen lagerten auf einem offenen Feld. Die Hochgestellten und ihre Gefangene logierten in der Abtei, zu der das Feld gehörte.

Wie die Armee, so hatte auch die Kirche bitter unter Gamelins Hexereien gelitten. In der Abtei befanden sich kaum noch Mönche; der Abt verneigte sich stumm, aus Angst vor Gamelin. Sein Gästehaus sah aus, als wäre es lange Zeit nicht benutzt worden, aber es war sauber und warm, nachdem Mathildes Dienerinnen Feuer gemacht hatten.

Averil hatte keinen Appetit auf das bescheidene Mahl, das der Abt ihnen anbot. Sie aß, um ihren Körper bei Kräften zu halten, und zog sich so schnell wie möglich vom Tisch zurück.

Wachen folgten ihr ins Gästehaus; zwei von Mathildes Zofen begleiteten sie. Sie wurde ständig beobachtet.

Sie senkte den Kopf und ließ die Schultern hängen, als hätte sie jede Hoffnung auf eine Fluchtmöglichkeit aufgegeben. Sie ließ sich von den Zofen beim Auskleiden helfen, so fügsam, wie es sich für eine Gefangene ziemte. Dann legte sie sich in das Bett, zu dem die beiden sie führten. Es befand sich in sicherer Entfernung von Fenster und Tür. Zumindest war es warm in dieser Ecke, und Schlaf war ebenso nützlich wie Brot, Käse und eingelegte Zwiebeln.

Im Schlaf konnte sie träumen. Vielleicht träumte sie von Gereint. Und vielleicht träumte er von ihr.

Kapitel 13

Gemigny war leer. Eine der Kompanien des Landvogts, die weit umhergezogen war, hatte sich durch den Nebel des Hexenmeisters gekämpft und einen Spion ausgesandt, um die Königin zu finden. Er kehrte weitgehend unversehrt zurück mit der Nachricht, dass die Herrin und ihre Gäste fort waren. Sie waren nirgends auf den Straßen zu finden, weder mithilfe von Magie noch mit sterblichen Augen.

Die Erde wusste, wo sie waren. Man brauchte nur zu wissen, wie und was man fragen musste. In den Tagen nach Riquiers Tod wanderte Gereint durch die Straßen von Lutèce, verfolgte den Verlauf alter Pfade, die unter Pflastersteinen verborgen, aber darunter immer noch zu spüren waren.

Er war noch in der Stadt, nicht weil er die Jagd aufgegeben hatte, sondern weil sein Herz ihm sagte, dass sie hierherkommen würde. Die Ritter und ihre Verbündeten suchten ganz Lys nach einer Spur von ihr ab. Er hatte eine Erinnerung und einen Traum und die Überzeugung, dass er sie finden würde, wenn er nur seine Augen richtig offen hielt.

Sobald er vollständig wach war, erinnerte er sich an den Goldenen Wald. Averil hatte ihm selbst davon erzählt. Es war ein Wald aus Buchen und Birken im Westen der Stadt, ein alter Königsgarten. Es gab darin ein Jagdschloss und ganze Herden von Hirschen und Wildschweinen und einen See mit Wasservögeln. Darunter befanden sich alte Mysterien.

Schlangenmagier hatten Averil schon einmal dorthin gebracht und sie derart abgeschreckt, dass sie lieber nach Prydain ins Exil geflohen war, statt ihren Verlockungen nachzugeben. Es schien zu offensichtlich, dass sie dieselbe Taktik ein zweites Mal anwenden würden. Sicherlich würden sie ein anderes Versteck finden oder sie ganz aus Lys fortschaffen.

Seine Oberen suchten überall im Umkreis von Lys, bis zum

äußersten Ende der Welt. Ein Ritter und zwei Knappen waren sogar in Richtung der Insel unterwegs.

Hier in der Stadt stellten Bernardin und Mauritius weiterhin Streitkräfte auf, sowohl kriegerische als auch magische. Einige schleuderten sie gegen jeden Feind, den sie aufspüren konnten – ein Ablenkungsmanöver von jener anderen stärkeren Macht, mit der sie dem Hinterhalt des Feindes auflauern wollten.

Sie glaubten, eine Schwäche in seinem Plan entdeckt zu haben: So stark seine Mauer aus Nichts auch sein mochte, sie hatte ihre Grenzen, und die Ritter hatten die Macht, diese aufzuspüren. Die Ritter waren sicher, dass sich innerhalb der Mauer die gesamte Armee des Königs befand, bis auf jene Soldaten, die im Meer ertrunken waren.

Sie hatten keine Zeit, sie zu zählen, die Anzahl aus jeder Stadt und jedem Dorf abzuschätzen und jene zu finden, die ihre Seelen behalten hatten, oder jene, die spurlos verschwunden waren. Aber nach der Zahl derer, die sie gefunden hatten, konnten sie eine vage Berechnung anstellen.

Es war ein Krieg der Schatten. Gereint war froh, dass er ein einfacher Knappe war und kein Großritter, damit beauftragt, ein zerbrochenes Reich gegen einen nicht zu fassenden Feind zu verteidigen.

Als einfacher Knappe war er zu ungeübt im Umgang mit Waffen, um bei Vorstößen mitzureiten, und zu eng mit der Königin verbunden, als dass seine Oberen ihn aus den Augen lassen mochten. So kümmerte er sich um die Pferde und setzte seine Waffenübungen fort. Wenn er diese Pflichten erfüllt hatte, durfte er in der Stadt umherwandern – solange er innerhalb der Stadtmauern blieb.

Die Magieströme an diesem Ort waren stark und tief und sehr alt. Er war ihnen noch nicht bis zum Wald gefolgt; dazu war gewissermaßen ein Fluchtweg vonnöten und mehr Gewissheit, als er bislang hatte. Er konnte ihre Anwesenheit dort nicht fühlen, weder in der Erde noch in seinem Herzen.

Aber sie würde dort sein. Deshalb wartete er, übte sich in Geduld und versuchte, nicht wahnsinnig zu werden bei dem Gedanken, wo sie war oder was ihre Entführer ihr antaten. Sie würden sie nicht vernichten, nicht ganz. Sie brauchten sie lebendig, um sie als Marionette zu missbrauchen.

Am dritten Tag, nachdem die Frauen von der Insel ihn von Gemigny fortgeholt hatten, besuchte Gereint einen der vielen Märkte in Lutèce. Im Winter war es die Hochburg der Schlachter, Bäcker und Käsehändler, die einen so verführerischen Duft verbreiteten, dass selbst jemand, dessen Herz so schwer war wie das seine, stehen blieb und tief einatmete.

Auch das war eine Art von Magie, solide, erdverbunden und auf ihre eigene Weise wundervoll. Er zahlte einen Pfennig für einen warmen Brotlaib, der mit gebratenem Schweinefleisch und Kräuterkäse gefüllt war, und aß ihn auf der Straße. Menschen drängelten sich an ihm vorbei, manche staunten über seine Größe, aber die meisten waren mit ihren eigenen Angelegenheiten beschäftigt.

»Ademar«, sagte er in die Luft, »du brauchst mich nicht zu belauern und auszuspionieren. Komm her und leiste mir Gesellschaft.«

Der Novize trat aus einer Seitengasse hervor. Wie gewöhnlich wirkte er unbekümmert und fröhlich. »Schaust du wieder durch Schutzzauber?«

»Immer«, sagte Gereint. Er teilte den Rest seines Brotlaibs und reichte Ademar eine Hälfte. Während der Novize das Brot verschlang, versank Gereint wieder in sich selbst und hing seinen Gedanken nach.

Mächte regten sich oberhalb und unterhalb der Straße. Ganz tief unten spürte er eine vertraute Präsenz, alt und kalt und satt von einem Festmahl aus Schiffen und Seeleuten und einem unbetrauerten König.

Diese Lektion hatte der Hexenmeister des Königs zumindest gelernt: Wohin auch immer er sich wendete, es würden nicht die Tiefen der Erde sein. Er würde ebenso nicht den Lüften trotzen können, wo die wilde Magie mit jedem Sonnenaufgang stärker wurde. Selbst hier im Herzen von Lys spürte Gereint ihre wachsende Kraft. Wildvolkwesen waren nicht scharenweise hergekommen, noch nicht, aber sie sammelten sich an den Rändern dieser streng geordneten Welt.

Schlangenmagie hatte eine Tür geöffnet. Als sie sich durch die geordneten Strukturen des Königreichs wand, sie zerbrach und zu Ruinen machte, schuf sie Raum für alle kleinen, wilden Kreaturen, um sich zu entfalten und zu wachsen.

Wilde Magie hatte nie geherrscht oder die Herrschaft angestrebt. Sie war, was sie war. Als andere Formen von Magie fehlschlugen, war sie noch da, wie der Atem in einem lebendigen Körper.

Die Magie der Orden hatte sie vertrieben, aber sie atmete noch, verwoben in den Elementen allen Seins. Sie schlief in der Erde; sie trieb mit dem Wind dahin.

Die wilde Magie wusste, wo Averil war. Alles war darin eingebunden – auch Gereint mit seiner Magie, die sich keinem Orden beugte.

Seit er zum Orden der Rose gekommen war, hatte er eine andere Art der Magie kennen gelernt, die Magie, die in den kristallinen Strukturen des Glases lebte. Der Rest war von selbst gewachsen, manchmal wild, manchmal widerwillig und unzureichend bezähmt. Der Bereich, den er mit Averil teilte, hatte Form und Substanz, aber sie hinterließ stets ein Gefühl von Schuld und Geheimnis – weil sie von königlichem Blut war und er alles andere als das. Was sie teilten, unterschied sich von allem, was ihnen oder anderen Menschen in ihrer Nähe vertraut war.

Er musste loslassen. Keine Zurückhaltung mehr. Keine Angst mehr vor dem, was geschehen könnte.

»Du siehst aus, als hättest du die Sonne verschluckt.«

Ademars Stimme holte Gereint zurück in die reale Welt. Der Novize erschauerte nicht in Ehrfurcht, aber seine Augen waren ein wenig größer geworden. »Was hast du gemacht? Was für ein Werk war das?«

»Ich glaube nicht, dass es einen Namen hat«, antwortete Gereint.

»Hast du sie gefunden?«

Ademar kam stets direkt auf den Punkt. Gereint schüttelte den Kopf. »Ich glaube, ich weiß, wie ich nach ihr suchen muss, aber ich weiß nicht, wie lange es dauern wird. Wirst du mir helfen?«

»Wenn ich kann«, sagte Ademar. »Ich habe keine Ahnung, was du getan hast. Eine solche Magie habe ich noch nie gesehen.«

»So ist der größte Teil meiner Magie«, erwiderte Gereint. »Du brauchst nicht viel zu tun. Beobachte mich einfach weiter und halte mich auf, wenn die Magie anfängt, mich mit Haut und Haar zu verschlingen.«

»Das kann ich tun«, sagte Ademar. »Glaube ich.«

»Danke, mein Freund.« Gereint ging in die Richtung, wohin seine Füße ihn lenkten. Eine Schar von Wildvolkwesen folgte ihm, stumm und fast unsichtbar. Vielleicht hätte er ihre Anwesenheit gar nicht bemerkt, wenn seine Magie nicht bis zum Äußersten geschärft gewesen wäre.

Sie beobachteten ihn, wie Ademar es auch tat. Was sie tun würden, ob sie ihn schützen könnten oder würden, wusste er nicht. Dennoch war ihre Gegenwart tröstlich für ihn. Es war eine große Sache für sie, sich den Qualen geordneter Magie auszusetzen und innerhalb der Mauern von Lutèce in Erscheinung zu treten, und sei es nur in derart luftiger Form.

Gereints Füße lenkten ihn in einer großen Spirale im Uhrzeigersinn durch die Straßen der Stadt. Im Herzen der Spirale fand er sich vor der Kathedrale der Heiligen Mutter wieder.

Er stolperte und wäre fast zu Boden gestürzt. Er war auf dem Feld der Bindung gewesen, wo der Junge Gott gestorben und die Schlange in Bande geschlagen worden war. Er war durch die Wildländer gewandert und hatte mit der Mutter der Götter gesprochen. Er hatte den Eisdrachen von Prydain überredet, die Hexer zu vernichten, die ihn geweckt hatten. Große Ausbrüche von Magie waren nichts Ungewöhnliches für ihn.

Doch der Mittelpunkt von allem befand sich hier. Alle Straßen führten zu diesem Ort; alle magischen Pfade begannen und endeten da, wo Gereint nun stand. Die niederschmetternde Erkenntnis hätte ihn fast erneut ins Wanken gebracht. Die Schlange war nicht auf dem Schlachtfeld in Bande geschlagen worden, sondern sie war hier. Die Stadt, die Kathedrale waren dort entstanden, wo die Magie am stärksten war, tief in die Erde getrieben und in Vergessenheit geraten.

Peredur musste es wissen. Der Rest hatte es vergessen, wie er sich selbst gelehrt hatte, die Wahrheit über Melusine zu vergessen.

Die Wahrheit war wie eine bunte Glasscheibe in unzählige Scherben zerbrochen, in Blei gefasst und zu einem Bild neu zusammengesetzt, das nur noch eine vage Ähnlichkeit mit dem Original hatte. Vielleicht war es so einfacher; vielleicht diente es den Absichten des Magiers, der das Glasbildnis gearbeitet hatte, oder der Kirche, in deren Schrein es hing.

Auch Gereint war in Scherben zerbrochen, jetzt, da er Averil verloren und seinen Vater gefunden hatte und der Schatten des Krieges über ihnen allen hing. Die Magie an diesem Ort nährte ihn mit Kraft, die ihn retten oder sein Ende bedeuten mochte. Er war zu stark für das, was er vermochte. Ohne Averil hatte er wenig Hoffnung, diese Kraft zu kontrollieren.

Er hatte keine andere Wahl als zu lernen, auch wenn nicht viel Zeit dafür blieb. Er hatte einen Lehrer, wenn er ihn bat – und wenn Peredur bereit war, ihn zu lehren.

Wenn er Peredur finden konnte. Der Magier war abermals verschwunden. Unter dem Einfluss des Hexenmeisters war er der Einzige, der kam und ging, wie er wollte, ohne jeden vernünftigen Grund, den Gereint erkennen konnte.

Das brauchte ihn nicht zu kümmern. Gereint sprach ihn an, als würde er neben ihm auf dem Platz stehen, mit der Gewissheit, dass er ihn hören konnte, wo auch immer er sich gerade aufhielt. »Ich brauche Euch. Kommt bitte. Helft.«

Die Antwort war weniger ein Wort als ein Murmeln im Herzen. *Geduld.*

»Dafür ist keine Zeit mehr«, sagte Gereint. »Kommt und helft.«

Wenn die Zeit reif ist. Warte. Hab Geduld.

Gereint drosch mit kaum gezügelter Wut auf ihn ein, aber es war nichts übrig, das er hätte in Scherben schlagen können. Peredur war fort, zurückgesunken in den Brunnen der Magie.

Die Erde schwankte ein wenig und beruhigte sich dann wieder. Gereint ließ seinen Zorn verrauchen.

Er atmete einmal tief ein und aus, dann ein zweites Mal. Er war zum Rosenorden gekommen, um Disziplin zu erlernen. Er konnte Peredur kaum vorwerfen, dass er ihn daran erinnert hatte.

Er ließ einen Teil von sich selbst im Brunnen zurück, wie ein kleines, flinkes Kind der wilden Magie, das schnell wie eine Eidechse von einem Schatten zum nächsten schoss. Wenn Averil es berührte oder sich ihm irgendjemand aus ihrer Umgebung näherte, würde er es wissen.

Es war ein winziges Ding und mochte nutzlos sein, aber es kostete ihn nicht viel Mühe. Und es hatte etwas Tröstliches an sich: Es gab ihm das Gefühl, als würde er wenigstens versuchen, irgendetwas zu tun, und sei es noch so gering.

Kapitel 14

Prydains Königin kniete in einem Meer aus Licht. Strahlender Sonnenschein fiel durch die bunten Glasfenster und ließ die Kapelle magisch erstrahlen. Den Zofen und Dienerinnen, die sie beobachteten, schien es, als würde sie beten.

Sie war Priesterin und Königin, und im Zauber des lebendigen Lichts sprach sie mit jenen ihrer Schwestern, die sowohl offen als auch im Geheimen die Königreiche der Welt regierten. Sie waren neun, das entsprach den Neunen, die die Festung der Insel bewachten.

»Bald ist es so weit«, sagte eine in Lys und eine andere in Moresca und eine im äußersten Osten. Ihre Stimmen klangen zusammen wie eine Hymne.

Die aus dem Osten erhob sich über ihnen, ein Echo von Tempelglocken, mit einem Schimmer von goldener Haut und lang gezogenen dunklen Augen. »Das Rad der Zeitalter hat sich gedreht. Jene, die vergessen waren, sind zurückgekehrt. Was sie mit sich bringen …«

»Hätten wir es aufhalten können?« Der Wind des Nordens erklang in dieser Stimme, die Kälte des Schnees und die Leere riesiger Eisfelder. Sie war alt, diese Priesterin, und weise und sehr stark. »Sollten wir es wünschen?«

»Veränderung ist tödlich«, sagte die Stimme aus Moresca. »Die Welt, die wir erschufen, wird unumkehrbar verändert sein. Sollen wir das riskieren?«

»Ich glaube, wir müssen«, sagte die Priesterin in Lys.

Die Versammlung erzitterte. Königin Eiluned schwankte auf ihren Knien, hin und her geworfen von einem Sturm aus Magie, der durch den Äther fegte.

»Ihr«, sagte die Frau aus dem Osten und richtete ihre glühende Aufmerksamkeit auf Eiluned. »Ihr bewahrt den Schlüssel. Ist das weise? Ist es an der Zeit, ihn zu zerstören?«

»Wir hätten ihn vor langer Zeit vernichten sollen«, meinte die Priesterin aus Moresca. »Wir waren Närrinnen, ihn in der Welt zu belassen.«

»Uns blieb keine andere Wahl«, erwiderte Eiluned. »Die Schutzzauber, die ihn umgeben, sind genauso stark wie jene, die das Mysterium bewachen.«

»Dann würde ich raten, dass wir sie zerbrechen«, sagte die Morescanerin. »Unser Feind besitzt das Mysterium. Wenn er sich auch des Schlüssels bemächtigt –«

»Der Schlüssel ist in Sicherheit«, unterbrach Eiluned sie in scharfem Tonfall.

Damit verließ sie die Versammlung, vollkommen ruhig wie sie dachte, bis sie merkte, dass sie zitterte. Der Zweifel der anderen Priesterinnen war zwar berechtigt, aber er war auch eine Beleidigung. Man hätte denken können, dass sie ihr nicht vertrauten.

Vertrauen war ein knappes Gut auf dieser Welt. Eine Akolythin der Insel in Lys war bereits verloren, war zu ihrer aller Verräterin geworden. Gott und seine Heilige Mutter wussten, wie viele es noch von ihnen gab.

Der in Eiluneds Obhut befindliche Schlüssel lag in einer Krypta in ihrer eigenen Stadt, umgeben von alten und starken Schutzzaubern. Die Grabstätte, in der er ruhte, gehörte Melusine; ihre Macht war noch darin und die Macht der Ritter, die sie im Leben geschützt und im Tod verteidigt hatten.

Eiluned erhob sich steif. Der Boden war kalt, aber nicht annähernd so kalt wie ihr Herz. Sie rief nach ihrem getreuesten Diener und bat ihn, mit ihr an einen Ort zu gehen, der ein bisschen wärmer und weniger öffentlich war als die königliche Kapelle.

Für gewöhnlich spionierte Prinz Goronwy seiner Tante nicht nach, aber im Winter, wenn Regen, Schnee und bitterkalte Winde selbst die robustesten Männer im Hause festhielten, gab es kaum etwas zu tun außer Herumschleichen, Tratschen und Intrigen aushecken. Goronwy, der Sohn des alten Königs, der selbst hätte König werden sollen, war häufig der Mittelpunkt dieser Intrigen. Er hatte große Freude an ihnen, aber er war auch gern allein mit seinen Gedanken und seiner Magie.

Es gab eine Menge Magie zu erlernen in diesen Tagen, doch all das musste im Verborgenen geschehen. Es war keine Art von Magie, die von den Orden gutgeheißen würde.

An diesem bestimmten Tag übte sich Goronwy in einer neuen Kunst des Lauschens und Erinnerns. Wenn möglich übte man sie an einem abgeschiedenen Ort aus, mit einem dunklen Spiegel und einem Fläschchen mit einem ganz besonderen und äußerst wirkungsfähigen Zaubertrank. Goronwy fand es interessanter, einen winzigen Tropfen des Tranks zu trinken und im Palast oder in der Stadt umherzuwandern und alles zu beobachten, was ihm begegnete.

Das Schöne des Zaubers war, dass er einen so durchsichtig machte wie Glas. Bei gutem Licht konnte ein scharfes Auge die Umrisse eines Mannes erkennen, aber bei Lampen- oder Kerzenlicht, das die meisten Räume des Palastes erhellte, war er unsichtbar.

Er war ein Schimmer in der Kapelle seiner Tante gewesen, ungesehen und unbemerkt. Das meiste, was dort vor sich ging, hatte er nicht verstehen können, aber er spürte, dass sich mehr Wesen in diesen Wänden befunden hatten, als man mit bloßem Auge sehen konnte. Ab und an erblickte er etwas in dem Lichtwirbel, der die Königin umgab: ein Gesicht, eine Silhouette. Er schnappte ein paar Worte auf, nur ein paar Brocken, die kaum als Gesprächsfetzen zu bezeichnen waren, aber sie machten ihn neugierig.

Nachdem sie ihren Lieblingsspion in den Salon gebeten hatte, hastete Goronwy voraus, so schnell, dass er den Zauber fast verloren hätte. Aber er hielt ihn fest, und niemand sah ihn über Höfe und durch Wandelgänge huschen.

Im Salon ließ er sich in einer Ecke beim Feuer nieder, nicht zu nah, damit das Licht der Flammen ihn nicht verriet. Bei einem seiner früheren Besuche hatte er dort einen Stuhl platziert, den keiner der Diener weggeräumt hatte.

Er wurde schon langsam unruhig, als die Königin endlich erschien, gefolgt von ihrem Freund und Vertrauten, dem edlen Dylan Fawr.

Goronwy verachtete Dylan Fawr. Der Mann war nicht nur eine halbe Frau, mit seiner Entourage aus affektierten Jünglingen; er war auch ein halber Ritter, ein so enger Freund der Rose, dass einige sagten, er hätte in jüngeren Jahren einer ihrer Novizen sein müssen. Doch zu dieser Größe war er nie aufgestiegen, weder als Mann noch als Magier.

Eiluned legte selten Wert auf Etikette, wenn sie, wie sie glaubte, allein war. Sie hatte ihre Zofen entlassen und den Wachen befohlen, sich draußen zu postieren. Das war so außergewöhnlich, dass Goronwy sich in stummer Freude die Hände rieb. Oh, hier ging es in der Tat um Geheimnisse – und er würde sie hören, er, der Vergessene, der Missachtete, den sie kaum wahrnahm, selbst wenn sie ihn sehen konnte.

Dylan Fawr verbeugte sich, als er eintrat und nahm einen Becher Wein aus der königlichen Hand entgegen. Er nippte anmutig daran, murmelte höfliche Nichtigkeiten, als könnte er seine Gewohnheit, sich bei seinen Oberen einzuschmeicheln, auch in dieser Situation nicht ablegen.

Eiluned schnitt ihm das Wort ab. »Mein Freund, da ist etwas, um das ich Euch bitten will. Wenn es zu viel verlangt ist, müsst Ihr es sagen. Es ist nichts, wozu ich Euch zwingen kann.«

»Ich stehe Euch wie immer zu Diensten, Majestät«, erwiderte er.

»Ich bitte Euch in diesem Fall nicht um Eure Dienste«, sagte sie ohne Anzeichen von Ungeduld. »Eure Hilfe muss aus freien Stücken gegeben werden.«

Er hielt inne. Sein Gesicht veränderte sich; es verlor ein

bisschen von seiner Torheit und viel von seiner Sanftheit. Er sah fast wie ein Mann aus und fast respekteinflößend. »Sagt es mir, Hoheit.«

Goronwy hielt den Atem an. Eiluned brauchte ewig, um ihre Worte zu sammeln. »In der Stadt gibt es einen Ort, der den stärksten, aber auch den unauffälligsten Schutz braucht«, setzte sie schließlich an. »Dazu braucht es einen Magier und einen Ritter und einen, der sich mit Schlangenmagie auskennt. Vor allem braucht es einen Verteidiger, dem ich über den Tod hinaus vertrauen kann.«

Dylan Fawr hielt sich tapfer. Jede Spur von Unterwürfigkeit war verschwunden. Er erwiderte den Blick seiner Königin. »Würdet Ihr mir sagen, was ich bewachen soll?«

»Den Schlüssel zum Ende der Welt«, antwortete sie. »Ihr werdet ihn erkennen, wenn Ihr ihn seht. Ich kann Euch keine Magier geben und keine Wachen – es gibt niemanden, dem ich vertraue.«

»Ihr könnt der Rose trauen«, sagte er.

»Nicht in dieser Angelegenheit.«

Er sah aus, als wollte er Einwände erheben, aber schließlich war sie die Königin. »Sehr wohl, Hoheit. Ich werde tun, was ich vermag.«

»Macht es gut«, sagte sie, »dann könnt Ihr uns alle retten.«

Die andere Möglichkeit ließ sie unausgesprochen. Dylan Fawr verbeugte sich ein letztes Mal und küsste ihre Hand, dann verschwand er so abrupt, dass Goronwy kaum Zeit blieb, durch die Tür zu schlüpfen, bevor sie ins Schloss fiel.

Goronwys Herz raste. Dies war nicht die erste riskante Sache, die er unternahm, aber in seinem Innersten wusste er, dass es die wichtigste war.

Ihm hätte diese Aufgabe übertragen werden sollen. *Er* hätte der Liebling der Königin sein sollen. Er war genauso königlich wie sie.

Doch während er in Dylans Windschatten einhergeisterte, dachte er, wenn er von königlichem Blut war und wenn der Thron in der Tat eines Tages ihm gehören sollte, war er viel zu wertvoll, um sein Leben aufs Spiel zu setzen. Sie musste das wissen. Sie vertraute ihm. Sie wollte nur nicht sein Leben und seine Seele in Gefahr bringen, das war alles.

Er spürte einen Hauch von Reue, allerdings nur einen Hauch. Er würde niemals König sein, es sei denn, er würde das Amt durch eigene Verdienste erlangen. Selbst seine Lehrer hatten ihm das gesagt. Sie konnten ihm den Thron nicht geben. Er musste ihn selbst erringen.

Das hier würde ihm dazu verhelfen. Was für ein Schlüssel es auch sein mochte, den Dylan Fawr mit seinem Leben und seiner Seele bewachen musste, es musste ein machtvolles, Furcht erregendes Ding sein. Wenn Goronwy ihn in seinen Besitz brachte, wer weiß, welche Macht er dadurch erlangen konnte?

Es war eine lange Verfolgungsjagd. Dylan Fawr zog sich zuerst in sein Haus zurück, wo sein neuester Liebhaber mit dem zweihändigen Großschwert auf einen imaginären Gegner eindrosch – als ob irgendjemand in diesem Zeitalter der Welt noch eine derart schwere Waffe brauchte. Der Junge musste es für die Muskeln tun, die er von den Übungen bekam: Er war ein kräftiger Bursche mit starkem Bartwuchs.

Goronwy hatte keine Lust herumzulungern, während die beiden ihre Zeit vertrödelten, aber das Glück war auf seiner Seite. »Mein Lieber«, sagte Dylan Fawr, »es wird Zeit. Die Schlacht hat begonnen.«

Der junge Baron Fourchard war in Habachtstellung wie ein Hund, der eine frische Spur wittert. Er schaute sich nach allen Seiten um, als erwartete er, dass eine Armee auf den Hof marschieren würde, und entspannte sich kaum, als Dylan Fawr meinte: »Nicht diese Art von Schlacht. Noch nicht. Nimm deinen Umhang und folge mir.«

Fourchard nahm Schwert und Umhang. Er ragte eindrucksvoll hinter seinem kleineren, feingliedrigen Liebhaber auf. Goronwy, der noch kleiner und glücklicherweise unsichtbar war, glitt in ihrem Schatten dahin.

Sie nahmen einen gewundenen Weg durch eine Stadt, die berüchtigt war für ihre ineinander verschlungenen kreis- und spiralförmigen Gassen. Goronwy gab bald den Versuch auf, sich jede Kurve und Biegung einzuprägen. Stattdessen orientierte er sich am Turm der Kathedrale und den Windungen des Flusses.

Sie umkreisten den Turm zur Hälfte, gingen weiter zum weißen Kai mit seinen Mauern aus Marmor, der aus Romagna stammte, und bogen dann ab zum alten Teil der Stadt. Das Viertel war klein, die Straßen zu schmal und die Häuser zu niedrig und winzig; dort lebten hauptsächlich Arme und Nichtmenschliche und hoffnungslos Rückständige. Goronwy mied diese Gegend für gewöhnlich.

Dylan Fawr und sein muskelbepackter Begleiter schlugen zielsicher den Weg ins Zentrum ein, wo sich eine schäbige kleine Bruchbude von einer Kirche befand, so alt, dass sie kaum noch einen Turm hatte.

Hätte Goronwy einen Schatz verstecken müssen, den niemand finden durfte, hätte er ihn an einem Ort wie diesem versteckt. Er folgte den Männern in das schummerige, moderig riechende Kirchenschiff und zum Eingang in eine erstaunlich geräumige Krypta.

An dem Treppenabsatz zögerte er. Mit einem Mal hatte ihn all sein Mut verlassen. Er war unsichtbar, er war sicher – dennoch überkam ihn plötzlich ein unerklärliches Grauen vor dem, was hier verborgen sein mochte.

Der Ort stank nach längst verwelkten Rosen und nach etwas anderem, das stärker und älter war. Es war ein kalter Geruch, ein toter Geruch, so schien es ihm, und dennoch war Leben darin.

Er wurde fast übertönt vom Rosengestank, dennoch rief er nach ihm. Schaudernd und keuchend vor Angst, wollte er sich umdrehen und fortrennen – aber als er sich in Bewegung setzte, stolperte er eine schmale, steile Treppe hinab.

Zwölf Grabstätten und eine weitere befanden sich an diesem Ort, jede mit der steinernen Statue eines altertümlichen Ritters – abgesehen von der letzten, die am weitesten entfernt von der Treppe war. Nichts lag auf ihrem Stein; kein Name war darin eingemeißelt.

Dylan Fawr und sein hoch aufragender Schatten standen davor. Goronwy fühlte das Prickeln von Magie auf der Haut. Nach und nach wurde die Grabstätte von einem geheimnisvollen Licht erhellt.

Sie besaß doch eine Statue: Es war kein Ritter, sondern eine Frau, die wie schlafend dalag. Ihre Gesichtszüge waren beunruhigend vertraut. Auf ihrer Brust, umklammert von ihren Händen, wie jeder der Ritter ein Schwert umklammert hielt, befand sich etwas, das aussah wie ein gekrümmter Dolch. Er bestand jedoch nicht aus Metall, sondern aus einem Material, das an milchiges Glas erinnerte.

»Der Zahn der Schlange.« Fourchards Flüstern erfüllte die Kammer mit zischenden Echos. »Es ist also wahr. Das Gerücht – die Legende – erzählt die Wahrheit.«

Dylan Fawr nickte. Seine Schultern hingen nach vorn, als würde er das Gewicht der ganzen Welt darauf tragen. »Das ist der Schlüssel. Wenn unsere Feinde ihn finden und die Tür, die er öffnet, gibt es für keinen von uns mehr Hoffnung.«

»Wir werden ihn bewachen«, sagte Fourchard. »Eure Magie, mein Schwert, wer könnte es mit uns aufnehmen?«

Dylan Fawr lachte, aber sein Lachen hatte einen ironischen Klang. »Fürwahr, wer sollte das sein? Wer sollte stärker sein als wir beide?«

Kapitel 15

Averils Träume waren dunkel, voller Wind und Wasserrauschen. Um sie herum plapperten Stimmen, ein Durcheinander von Klängen ohne Sinn.

Sie hatte ihre Mitte verloren. Ihre Magie hatte sich weit von ihrem Inneren entfernt.

Sie konnte wahnsinnig werden. Oder sie konnte sich konzentrieren, gezielt und intensiv, auf den einen hellen Punkt in dieser endlosen Nacht. Er war winzig, kaum ein Stecknadelkopf, und so schwach wie der entfernteste Stern.

Ein Ruck ging durch die Erde. Berge stürzten ein. Doch der Stern schien ungetrübt weiter. Sie ließ die Dunkelheit hinfortgleiten, bis es nur noch Licht gab, und in diesem Licht …

»Hebt den Zauber auf.«

Sie kannte diese Stimme. Sie gehörte zu einem schmalen, dunklen Gesicht. Er wirkte ziemlich verängstigt.

»Lasst sie in Ruhe. Ihr tötet sie.«

»Das ist nicht mein Zauber«, sagte ein blasser, älterer Mann, den das Glitschen von Schlangen umgab. Auch ihn kannte sie, zu ihrem Bedauern. »Ich habe sie in Schlaf versetzt, das ist alles. Dies ist ein anderes Werk, von dem ich nichts weiß.«

»Löst es auf«, befahl Esteban. »Sofort.«

»Ich kann nicht«, sagte Gamelin.

»Versucht es!«

Estebans Leidenschaft glitt über sie hinweg wie ein Flammenbad. Es verbrannte sie nicht, sie war dadurch auch nicht beunruhigt. Es bedeutete ihr nichts.

Sie verlor das Licht, gerade als sie erkannte, dass es ein Leuchtfeuer war. Gereint hatte es entfacht. Wenn sie es erreichen könnte, es berühren könnte, würde sie ihren Weg zu ihm zurück finden.

Es war zu weit weg, und sie war zu schwach. Diese Schwäche war Gamelins Zauber. Sie versengte ihn mit Hass.

Er schreckte zurück. Gereints Leuchtfeuer war verloren, aber ihre Kraft kehrte in ihren Körper zurück. Zuerst war es nur wie ein Rinnsal, das nach und nach größer wurde.

Die Welt um sie herum nahm Gestalt an. Die Mauern, die sich über ihr erhoben, waren nicht mehr die des Klosters, in dem sie in den Zauberschlaf gefallen war. Diese Wände waren kein Werk von Händen, weder von sterblichen noch von anderen: Sie waren wie Falten und Vorhänge aus fließendem, gewachsenem Stein, fantastische Pfeiler und Säulen, umrankt von verschlungenen Gestalten, während der Boden gewellt war wie der Grund des Meeres. Das Licht schimmerte in den Farben von Edelsteinen und schien aus einem großen tiefen Teich aufzusteigen.

Sie war schon einmal in diesem Raum gewesen. Er lag tief unter der Erde. Darüber erhob sich, durchwoben von Schutzzaubern, die es vor den Blicken der Magier verbargen, ein königliches Jagdschloss im Herzen des Goldenen Waldes.

Sie war eine halbe Tagesreise von Lutèce entfernt, wobei ein gutes Stück der Strecke sich unter der Erde befand, von Mauern umgeben und abgeschirmt durch zweitausend Jahre Magie und Erinnerung. Ob die Schlange diese Höhle selbst gegraben oder sie im Bauch der Erde vorgefunden hatte – die große Bestie hatte jedenfalls darin gelebt. Ihre machtvolle Anwesenheit war noch zu spüren.

Sie schlief jenseits allen weltlichen Wissens, gefangen gehalten in einem derart großartigen magischen Werk, dass es aussah, als sei keinerlei Magie darin enthalten. Sie bemühte sich nach Kräften, es an diesem Ort zu vergessen, obwohl es ihr fast die zarte Haut zwischen den Brüsten versengte.

Averils Fänger hatten neben dem Teich einen Pavillon aufgestellt und ihr ein weiches Bett bereitet, mit Vorhängen aus Seide und Zindeltaft, Samt und schimmerndem Brokat.

Sie war zu schlicht gekleidet für ein solches Bett und nur leidlich sauber. Doch dagegen gab es ein Mittel: ein silbernes, dampfendes Wasserbecken, das nach Rosen duftete.

Vielleicht wollten sie nicht grausam zu ihr sein. Averil bezweifelte es. Das Wasser war verlockend: Ihre Haut juckte. Sie würde sich die Ritter ins Gedächtnis rufen und an Hoffnung denken.

Mehr schlecht als recht war sie in die wache Welt zurückgekehrt und stand den Umständen entsprechend erstaunlich fest auf den Beinen. Die Hände, die sich anschickten, sie zu entkleiden, waren ein weiterer ironischer Winkelzug ihrer Entführer: Sie gehörten zu Gräfin Mathilde, die ihre Dienerin spielen musste. Es wäre sehr befriedigend gewesen, sie unter Flüchen fortzujagen, trotzdem war es klüger und vielleicht beunruhigender für Averils Fänger, die Berührungen der Frau über sich ergehen zu lassen.

Averil atmete den warmen Rosenduft tief ein. Das Amulett glitt zwischen ihre Brüste. Mathilde griff danach, um es ihr abzunehmen.

Averil brachte ein Lächeln zu Stande, schüttelte den Kopf und zuckte leicht mit den Schultern. Mathilde erwiderte das Lächeln und zog eine Braue hoch. »Ein Geschenk von einem Liebsten?«

Averil deutete ein Nicken an. Es war eines gewesen – obwohl er nicht gewusst hatte, was es war, als er es ihr schenkte.

»Sehr hübsch«, sagte Mathilde, als Averil ins Becken stieg.

Averil hielt ihr den Rücken zum Waschen hin: eine unbedeutende Geste und dennoch verletzend. Mathildes zischender Atem verriet ihr, dass der Pfeil ins Schwarze getroffen hatte.

Geschieht ihr recht, dachte Averil. Die Frau hatte es nicht besser verdient.

Mathilde war geschickt mit den Händen und sehr sanft. Averil musste ihre ganze Kraft aufbieten, um sich nicht einlullen zu lassen und ihre Wachsamkeit aufzugeben. Ein Teil von ihr konnte nicht glauben, dass sie tatsächlich in Gefahr war, doch der Rest wusste es besser.

Warm und sauber und so vornehm gekleidet wie schon lange nicht mehr, drehte Averil sich um und war nicht überrascht, das Gesicht des Hexenmeisters vor sich zu haben sowie Prinz Esteban, der wie ein Wachmann hinter ihm stand, flankiert von seelenlosen Soldaten.

Hatten sie ihr beim Baden zugeschaut? Wenn ja, wünschte sie ihnen nachträglich viel Freude daran.

Sie hielt das Kinn hoch und die Augen geradeaus gerichtet. Sie würde ihnen nichts geben, nicht einmal ein Wort.

Sie baten um keines. Zwei der leeräugigen, ausdruckslosen Soldaten traten in den Pavillon und hielten sie fest. Der falsche Priester griff nach der Kette, die sie um den Hals trug. Er wusste, was das Amulett war – er musste es gewusst haben, seit er das Netz der Ritter geraubt hatte. Sie war verloren. Es gab keine Hoffnung mehr.

Das Amulett brannte nicht stärker auf der Haut als seit ihrer Gefangennahme, doch in dem Moment, in dem er es mit den Fingern streifte, prallte er zischend zurück. Der Geruch nach verbranntem Fleisch stach ihr in die Nase.

Er hielt sich die schmerzende Hand. Seine Augen waren ohne Ausdruck.

»So«, sagte Esteban. Er klang recht zufrieden. »Es hat Verteidigungsmittel. Das habe ich mir schon gedacht.«

»Es ist an die Person gebunden, die es bewahrt«, sagte Gamelin, »und sie ist an das Amulett gebunden. Das macht die Sache ein wenig komplizierter, aber es ändert nichts.«

Averil presste die Lippen zusammen. Wenn sie von ihr Auflehnung erwarteten, würde sie sie enttäuschen.

Es schien, als hätten sie keine Erwartungen. Gamelin verließ sie wortlos. Esteban nickte Mathilde zu und schaute ihr in die Augen, bis sie sich zurückzog.

Die Soldaten des Hexenmeisters folgten ihr, obwohl Averil

keinen Befehl gehört oder gespürt hatte. Als sie die lange Treppe in die äußere Welt hinaufsteigen wollten, ging Averil wie zufällig zu der Mauer, die den Teich einfasste.

Tief darin versunken war ein großartiges Werk, ein Bildnis von der Schlange in ihrem Gefängnis. Ihre Farben reflektierten die Farben des Amuletts: Rot und Gold, Grün und Blau. Sie schaute hinab auf die schlafenden Windungen, wobei sie das starre goldene Auge mied – als ob das Bildnis sie sehen könnte oder als ob die Gefangene wüsste, was oder wer sie war.

Esteban blieb neben ihr stehen. »Es ist passend, findet Ihr nicht auch? Die Königin von Lys bewacht das größte der Mysterien. Wusstet Ihr, was es war, als es zu Euch gelangte?«

Er war scharfsichtig. Das konnte eine Falle sein. Dennoch gab Averil ihm eine ehrliche Antwort. »Es war ein Geschenk.«

»Von einem Liebsten.«

»Ihr habt zugehört.«

Er zuckte kaum merklich mit den Schultern. »Es kümmert mich nicht, was Ihr tut und mit wem, sobald die Ehe geschlossen ist. Ich fordere nur, dass die Kinder, die Ihr bekommt, von mir sind.«

»Das setzt voraus, dass ich Euch heirate«, sagte sie.

»Ja«, erwiderte Esteban. »Offensichtlich ist Euer Liebster nicht standesgemäß, sonst hättet Ihr ihn längst geheiratet. Was ist er? Ein Ritter der Rose? Sie leben nicht im Zölibat, bis auf die wenigen, die Priester sind. Es erscheint töricht, dass sie nicht heiraten.«

Averil war seiner Meinung, doch das hätte sie diesem Mann niemals eingestanden. »Es ist eine Tradition«, sagte sie stattdessen.

»Gewiss dient es unseren Absichten«, erwiderte Esteban. »Ich habe unseren Verbündeten gebeten, das Ritual zu verschieben, in der Hoffnung, dass Ihr es aus freiem Willen tun werdet. Er wird nicht lange warten, jetzt, da er weiß, was Ihr bei Euch tragt. Zumindest bleibt uns diese Nacht.«

Averils Nackenmuskeln spannten sich an. Das wenige, das sie je für ihn empfunden hatte, war während ihrer Gefangenschaft verschwunden. Er war ein wohl gestalteter Bursche, aber sie würde ihn genauso wenig umarmen wollen, wie sie eine dunkle, glänzende Schlange umarmen würde.

Mit äußerster Sanftheit berührte er ihre Wange. »Ich werde Euch keinen Grund zum Bedauern geben, Hoheit. Wir werden ehrlich zueinander sein. Ich kann und werde Euch treu ergeben sein, wie es sich für einen Mann gegenüber seiner Königin ziemt.«

»Und als Gegengabe? Was bekommt Ihr außer Söhnen?«

»Gemahl der Königin von Lys zu sein, ist kein geringes Amt.«

»Selbst in der Welt, die Ihr erschaffen würdet? Ränge und Nationen werden dann nichts mehr bedeuten, nicht wahr? Wir werden alle Beute für die Schlange sein.«

»Die sterbliche Welt wird weiterhin regiert werden müssen«, sagte Esteban. »Wer könnte das besser als diejenigen, die die Erhabene befreiten?«

»Ihr glaubt, dass ich das jemals tun werde?«

»Ich glaube, Ihr könntet Euch überreden lassen«, meinte er. Und als sie den Kopf schüttelte, mit stärkerer Ablehnung als jemals zuvor, lächelte er. »Lasst Euch Zeit, Hoheit. Aber heute Nacht solltet Ihr Euch ein wenig ausruhen. Vergesst alle Sorgen und Nöte. Lasst uns herausfinden, was wir zusammen haben könnten. Wer weiß? Vielleicht lernt Ihr sogar, mich zu lieben.«

Niemals im Leben, dachte sie.

Er streckte die Hand aus. »Kommt.«

Sie wollte sich weigern, aber sein Lächeln und seine hochgezogene Augenbraue lenkten ihren Blick auf die Treppe.

Wie wunderschön diese Halle auch sein mochte, sie war dennoch ein Gefängnis. Wenn sie nach oben ins Jagdschloss gelangte, gab es vielleicht eine Hoffnung, sich befreien zu können.

Es war eine schwache Hoffnung, aber sie war alles, was sie hatte. Sie ließ ihn ihre Hand ergreifen. Obwohl seine Berührung sanft war, machte er keinen Versuch, seine Stärke zu verbergen.

Seine Kraft war nicht rein körperlich. Einigermaßen willig erklomm Averil die lange Treppe.

Kapitel 16

Am Morgen des Wintersonnenwendtages, sechs Tage nach Riquiers Tod, hob sich endlich der Nebel des Hexenmeisters. Die Verteidiger von Lutèce schauten sich um, eine Armee Seelenloser stand regungslos da, die dunklen Rüstungen schimmerten in der Sonne.

Ihre Anzahl war unermesslich groß. Dies konnten nicht nur Söhne von Lys sein. Der Hexenmeister oder der König, der das Werk in die Wege geleitet hatte, musste sämtliche Länder überrannt und ihrer Männer beraubt haben, um so viele auf diesem Feld zusammenzubringen.

Die Straßen und der Fluss waren abgesperrt. Die Märkte waren leer. Keine Pilger besuchten die heiligen Schreine der Stadt; am Hof verbliebene Edelmänner und Prinzen hatten die Weisung zu bleiben, da sie im Falle einer Flucht in ihre Heimat um ihre Seelen und die ihrer Gefolgsleute fürchten mussten.

Die Rose war bereit. Die Verteidiger der Stadt waren bewaffnet und auf ihren Posten. Die Truppen, die der Landvogt ausgesandt hatte, waren sicher versteckt in Städten und Dörfern außerhalb des Belagerungsrings, wo sie auf seine Befehle warteten.

Armeen mussten essen, selbst wenn sie weder Seele noch eigenen Willen besaßen. In einem oder drei oder zehn Tagen, während ihre Nachschublinien nach und nach dahinschwanden, würden die Belagerer zu Belagerten werden.

Lutèce zeigte eine seltsame Reaktion darauf. Die Magierorden waren fort, korrumpiert oder geflohen. Ihre Mutterhäuser waren leer; ihre Postulanten und Novizen waren verschwunden. Nur die Rose war geblieben und ein paar wenige Akolythinnen oder Priesterinnen der Insel sowie ein paar wenige Hexen, Wünschelrutengänger und Kräuterheiler – eine Macht, die zu klein oder zu undiszipliniert war, um sich in einen Orden einzufügen, und zu halsstarrig, um fortzulaufen.

Die Stadt stand unter Belagerung – mit Leib und Seele. Aber seit dem Verschwinden der Orden hatte die wilde Magie begonnen zu wachsen – was kaum die Absicht des Feindes gewesen war und noch weniger von Bernardin begrüßt wurde. Sie schimmerte in den Schatten. Sie warf Zauberschleier über Kuppeln und Türme und erhob sich in Gestalt seltsamer, flossenbesetzter Wesen aus dem Fluss.

Nicht alle Wasserspeier an den Türmen der Kathedrale waren aus Stein, und nicht alle Wesen, die sich zwitschernd in der Luft scharten, waren Vögel. Es waren noch wenige, und sie verhielten sich sehr vorsichtig; meist sah Gereint sie am frühen Morgen oder in den Abendstunden.

Dennoch waren sie da. Sie füllten die leeren Stellen, die die Orden zurückgelassen hatten. Wo Dunkelheit und Furcht hätten sein sollen, dorthin brachten sie Licht und übersprudelnde Freude.

In das neu entstandene Mutterhaus der Rose wagte sich das Wildvolk nicht hinein. Es wollte gern: Gereint fühlte, wie es sich nach ihm sehnte. Aber es war nicht stark genug, um einer derart heftigen und scharfkantigen Magie standzuhalten, wie sie innerhalb dieser Mauern herrschte.

Gereint stand in der Waffenkammer, während der Waffenmeister persönlich bei ihm Maß nahm. Er hatte zuvor schon Rüstungen gehabt, doch noch keine, die speziell für ihn angefertigt wurde; dies würde seine erste eigene werden.

Als Knappe hatte er ein Anrecht darauf, trotzdem war es ein seltsames, unbehagliches Gefühl. Hier war Krieg, und endlich würde er darin kämpfen. Er hatte dafür trainiert, seit er in den Orden aufgenommen worden war, aber erst durch die Anfertigung seiner Rüstung wurde es zur Wirklichkeit.

Trauer schwang dabei mit. Riquier hätte hier sein sollen, ihn als grobschlächtigen Bauerntölpel aufziehen und dem Meister beim Maßnehmen helfen sollen. Statt seiner war es ein Knappe, den Gereint kaum kannte, ein großer, stiller junger Mann namens Arnaud.

Gereint hatte nichts gegen seine Anwesenheit, dennoch fiel es ihm schwer, sich nicht zu wünschen, dass es Riquier wäre. Er war froh über die Ablenkung durch eine neue Person – wenn diejenige, die auftauchte, dann auch völlig unerwartet kam.

Herzogin Darienne war allein, schlicht gekleidet und schien sich nicht an der martialischen Umgebung zu stören. Meister Herluin machte eine steife Verbeugung, unterbrach seine Arbeit jedoch nicht. Arnaud war bemüht, es ihm gleichzutun, aber sein Gesicht glühte feuerrot.

Sie überließen es Gereint, höfliche Konversation zu betreiben. Es war ein wenig peinlich, dass er dabei mit gespreizten Beinen und angehobenem Arm dastand, aber ansonsten fühlte er sich der Aufgabe gewachsen. »Herzogin«, sagte er, »es ist mir eine Ehre.«

»Ja gewiss«, entgegnete sie. »Messires, wenn Ihr mit ihm fertig seid, würde ich ihn gern eine Weile ausleihen, wenn Ihr gestattet.«

Meister Herluin machte ein grunzendes Geräusch. Arnaud konzentrierte sich auf die letzten Messungen. Gereint hoffte, dass sie nicht allzu sehr danebenlagen; seine Rüstung sollte ihm noch etwas Platz zum Wachsen lassen, wenn auch nicht zu viel.

Sie waren etwas eher fertig, als es sonst der Fall gewesen wäre. Gereint musste sich vor den Augen der Herzogin umziehen, was ihn nicht hätte stören dürfen: Sie war so alt wie seine Mutter und hatte eine ähnliche Ausstrahlung. Aber sie war eine Fremde und noch dazu eine adlige Dame, die auf der Insel erzogen worden war. Er ertappte sich dabei, wie er fast ebenso rot wurde wie der arme Arnaud.

Darienne war nicht geneigt, länger als nötig in der Waffenkammer zu verweilen, was sich als Gnade erweisen mochte oder auch nicht. Ihr Blick bedeutete ihm, sie zu begleiten.

Die Sprache der stummen Gesten war eine Kunst, die er noch schlechter beherrschte als die Schwertkunst. Aber sie war geduldig, und obwohl sie ein bisschen belustigt wirkte, schmerzte ihn das kaum.

Sie gingen nicht weit. Der Raum, in den sie eintraten, war voller Bücher, erinnerte jedoch eher an ein Arbeitszimmer als an eine Bibliothek. Teile des Raums waren offensichtlich neu, andere zeigten Spuren nicht allzu weit zurückliegender Gewalteinwirkung: ein fast durchgebrochener Pfeiler, durch Feuer geschwärzte Dielen.

Gereint war ziemlich verwirrt. Er nahm die Bücher und das seltsame Stückwerk des Raumes wahr, doch es dauerte eine ganze Weile, bevor er bemerkte, dass es hier mehr als Bücher gab. In Kisten und Truhen an den Wänden und zwischen den Bücherregalen waren andere Dinge, sonderbare Dinge, sorgfältig aufbewahrte magische Werke. Sie waren geschützt, einige mit äußerst starken Schutzzaubern, was für ihn so wenig eine Rolle spielte wie eh und je.

Langsam wich er zurück in Richtung Tür. »Nein, Herzogin. Nicht hier.«

»Bleibt«, sagte sie in so strengem Befehlston, dass er unwillkürlich stehen blieb.

»Ihr versteht das nicht, ehrwürdige Schwester«, erwiderte er. »Ich bin nicht sicher, wenn ich so viel Magie um mich habe.«

»Dann wird es Zeit, dass Ihr es lernt«, sagte sie.

Das war eine, wenn auch sanfte, Zurechtweisung. Er biss die Zähne zusammen. Die vermischten Magieformen an diesem Ort ließen seine Haut zucken, doch er wagte es nicht, sie zu dämpfen. Es war unmöglich zu sagen, was geschehen würde, wenn er es versuchte.

Darienne wies ihn an, sich zwischen all die magischen Werke zu setzen, was mutig war, aber auch wahnsinnig; keiner der Ritter hätte es gewagt. Er wappnete sich für die Eruption.

Sie erfolgte nicht. Seine Haut zuckte noch immer, und ihm war, als müsse er niesen. Seine Magie blieb jedoch innerhalb der Beschränkungen, die er ihr auferlegt hatte.

Darienne nickte, als hätte sie nicht weniger erwartet. Sie begab sich zu der Truhe, die der Tür am nächsten war, sprach ein paar Worte darüber, die die Luft vibrieren und dann wieder ruhig werden ließen, und öffnete den Deckel.

Von den Kostbarkeiten, die sich darin befanden, wählte sie einen schlicht anzusehenden Gegenstand aus, eine Linse aus Glas, eingelegt in eine silberne Filigranarbeit. Gereint wusste, dass es ein Werk vieler Jahre und gründlicher Studien sein musste, sonst wäre es nicht hier gewesen, gerettet aus den Ruinen der Rose.

Sie legte es vor ihn auf den Tisch. Es reflektierte das tiefe Blau ihres Gewandes, das an den Nachthimmel zwischen den Sternen erinnerte, aber ihr Gesicht verriet nichts. »Wir befinden uns in gefahrvollen Zeiten«, sagte sie. »Die Ritter sind durch ihre Dienste und Verpflichtungen gebunden, und ihre Truppenstärke zur Verteidigung des Reiches ist verschwindend gering. Sie hoffen, die Belagerung zu brechen und den Feind zwischen ihren beiden Truppen zu zermalmen, aber sie haben vielleicht nicht genug Kraft.«

»Ich weiß, dass wir die nicht haben«, sagte Gereint. »Bernardin und seine Heerführer kämpfen tapfer, aber der Feind ist noch zahlreicher, als wir fürchteten. Wir sind hoffnungslos in der Minderheit.«

»Das scheint Euch nicht zu ängstigen.«

»Es würde mich ängstigen, wenn ich darüber nachdenken würde«, sagte er. »Wir brauchen ein Wunder. Und mehr als das brauchen wir unsere Königin – und das, was sie bei sich trägt.«

»Es könnte einen Weg geben«, warf Darienne ein. »Was Ihr mit ihr teilt, ist noch nie da gewesen, aber es gibt Zauber und Werke, die Rose und Insel zusammenbringen. Vielleicht könnte ich in geringem Maß für Euch sein, was sie für Euch war – genug, um sie zu finden und zurückzuholen.«

Gereint hatte aus bitterer Erfahrung gelernt, kein Geschenk arglos anzunehmen. Es hatte immer einen Preis. »Weiß mein Großritter davon?«

»Er wird davon erfahren.«

»Bevor oder nachdem es getan wurde?«

»Was wäre Euch lieber?«

»Mir wäre es lieber«, sagte er, »ihr würdet alle lernen, die Welt zu sehen, wie sie wirklich ist.«

»Ich glaube, wir haben bereits damit angefangen«, erwiderte sie.

»Es könnte Euch nicht gefallen, was Ihr seht«, erklärte Gereint. »Es ist weder die Magie, die Ihr gelernt habt, noch die Welt, die Ihr zu verstehen glaubtet.«

Sie betrachtete ihn mit einem derart ruhigen Gesichtsausdruck, dass er es nicht länger ertragen konnte. Er langte hinab in den Brunnen der Macht und zog die wilde Magie hervor.

Der Raum begann zu brennen. Es waren keine sterblichen Flammen; sie schimmerten grün und blau und golden und silbern. Lebendige Wesen tanzten darin. Sie kannten keine starre Ordnung, keine Fesseln irdischer Werke. Sie waren reine Magie.

Darienne war stärker, als er gedacht hatte. Weder wich sie zurück, noch machte sie den Versuch, diesen Ausbruch vollkommener Wildheit zu vertreiben. Ihre Augen hatten sich zu Schlitzen verengt, als würden sie die wilde Magie oder Gereint studieren.

Er ließ los. Alles sank zurück in den Brunnen, aus dem es aufgestiegen war. Teile davon, glänzende, geflügelte Wesen wie feurige Libellen wollten sich nicht zurückziehen. Sie flatterten zwischen den Deckenbalken; einige schlüpften durch die Tür und verschwanden.

Die Welt wurde durch ihre Anwesenheit ein wenig heller. Gereint schaute Darienne in die Augen. Sie waren weit geöffnet, doch er konnte nicht sagen, ob sie ehrfurchtsvoll oder erschüttert dreinblickten.

Während er die Magie wirken ließ, war ihm etwas klar geworden. »Ich muss gehen«, sagte er. »Es bleibt keine Zeit mehr.«

»Ihr könnt nicht allein gehen«, sagte sie.

»Ich kann auf niemanden warten«, erwiderte Gereint. »Es läuft alles auf einen einzigen verheerenden Punkt hinaus. Seht Ihr es? Fühlt Ihr es?«

»Ich sehe, dass ein einzelner Mann, selbst ein Magier, mit einer Macht wie der Euren, nichts gegen das ausrichten kann, was uns gegenübersteht. Ihr werdet sie finden, dessen bin ich sicher, aber was dann? Sie wird von den größten Mächten des Feindes bewacht sein. Wenn er herausfindet, was Ihr seid, wird er Euch gefangen nehmen, Euch korrumpieren und dann zerstören. Alles, was wir taten, waren und hofften, wird fort sein.«

»Es gibt keine Hoffnung«, sagte Gereint. »Und das befreit mich. Sobald ich sie finde, sobald ich mich zu ihr durchgekämpft habe, werden wir zusammen etwas werden, das niemand erwartet. Wir werden eine Chance haben, und sei sie noch so gering, ihn niederzuschlagen.«

»Lasst mich Euch helfen.«

»Ich würde Eure Hilfe gern annehmen, wenn wir Zeit hätten. Aber wir haben keine mehr. Ich kann nicht darauf warten, dass Ihr die Mauern aus Magie und Glauben einreißt, in denen Ihr Euer ganzes Leben zugebracht habt. Ich muss das sein, was ich bin, jetzt, ohne Aufschub. Bei allem Respekt, ehrwürdige Schwester, ich glaube nicht, dass Ihr dafür schon bereit seid.«

»Ich kann es versuchen«, meinte Darienne.

Sie glaubte, dass sie es schaffen konnte. Gereint musste auch daran glauben, sonst würden beide scheitern.

Sie hob die Linse an, die während ihres ganzen Gesprächs zwischen ihnen gelegen hatte. Sie glitzerte, als sie bewegt wurde, wodurch Gereint ein wenig schwindelig wurde; er blinzelte und schüttelte den Kopf. Wenn das eine Falle war, ein neuer Verrat –

Durch das verzauberte Glas schaute sie ihm in die Augen. Es war nicht dieselbe Verbundenheit der Seelen, die er mit Averil teilte; jene ging so tief, als wäre sie ein Teil von ihm. Dies war wie Wahrsagerei: Er konnte sehen und sogar fühlen, was in ihr war, und wusste, was sie wusste, soweit sie ihn daran teilhaben ließ.

Sie hatte Geheimnisse; er sah Mauern und verschlossene Türen. Sie waren nicht hoch oder dick, und die Schlösser schienen nicht besonders stark. Ohne herumzuspionieren, konnte er spüren, ob diese Geheimnisse Averil oder ihn betrafen.

Das schien nicht der Fall zu sein. Was die Herzogin ihm zeigte, war nicht, was er als offen und ehrlich bezeichnet hätte, dennoch besaß es die Klarheit der Wahrheit.

Ihre Absicht war, ihn zu benutzen. Das war nicht überraschend. Er war stark, wenn es ihm auch an Ausbildung mangelte, und er war auf eine Weise mit der Königin verbunden, die sie einer genauen Prüfung unterziehen wollte. Sie sah ihn als große magische Waffe, die von der Hand abhängen mochte, die sie führte.

Das war ziemlich genau das, was er war. Er schaute in ihren Geist hinein, der wie ein Haus aus Glas und getrübtem Kristall war, und wusste, dass er es zerschmettern konnte.

Stattdessen brachte er Licht – äußerst vorsichtig, um sie nicht zu blenden. Er gab ihr ein wenig von seiner Kraft; nur ein paar Tröpfchen, um sie nicht zu vernichten. Es brauchte all seine Disziplin und all sein Können, und dennoch schnappte sie nach Luft und geriet ins Schwanken.

Er wich verzweifelt zurück. »Es tut mir leid«, sagte er. »Ich tue Euch weh.«

Sie schüttelte den Kopf. Sie war bleich und wackelig auf den Beinen, doch sie war so entschlossen wie eh und je. »Gebt mir Zeit – einen Tag. Dann kann ich mich vorbereiten, jetzt, da ich weiß, worauf.«

»Noch einen Tag?«, fragte er. »Noch mehr Aufschub? Noch mehr Zeit für den Hund des Königs, dieses Königreich bei lebendigem Leib zu fressen?«

»Ihr könnt drauflospreschen, Messire, und Euch fressen lassen. Oder Ihr könnt Euch in Geduld üben.«

»Ich weiß, wo sie ist«, sagte er.

Das versetzte ihr einen Schreck. Er spürte sogar einen Zornesblitz, den sie sorgsam verbarg. »Ihr wisst es? Und habt nichts gesagt?«

»Vorher war sie nicht da«, entgegnete er. »Jetzt schon. Wo auch immer man sie versteckt, man hat sie an einen Ort gebracht, wo die wilde Magie sie finden kann.«

Gereints Herz drohte zu zerspringen. Bisher hatte er sich einigermaßen zusammengenommen. Dariennes Worte drohten ihn zu Boden zu werfen. »Wenn ich nah genug herankomme – wenn ich dorthin kommen kann, wo sie ist –«

»Ihr wisst, dass es eine Falle sein muss«, sagte Darienne.

»Sie ahnen nicht, was wir sind«, warf Gereint ein. »Ich glaube nicht, dass sie wilde Magie wahrnehmen können oder verstehen, was sie ist. Sie ist zu schnell für sie.«

»Trotzdem«, sagte sie, »wenn sie an einem Ort ist, wo irgendeine Form von Magie sie finden kann, dient sie als Köder, und der Jäger liegt auf der Lauer.«

»Das spielt keine Rolle«, erwiderte Gereint. »Ihr könnt nicht helfen. Es ist mutig von Euch, es zu versuchen, aber Ihr könnt es nicht. Niemand kann es. Bitte geht, ehrwürdige Schwester, und stellt Eure Macht in den Dienst der Rose. Haltet Lutèce am Leben. Lasst mich tun, was ich tun muss.«

»Mein Kind, auch Ihr seid mutig, und ein vollkommener Narr. Wir gehen morgen Früh. Könnt Ihr noch so lange warten?«

»Heute Abend«, sagte er, »sobald es ganz dunkel ist.«

Sie seufzte. Er hatte noch genug von ihr in sich, um zu fühlen, wie sehr sie bedauerte, dass es Winter war und kalt, und nach Sonnenuntergang noch kälter werden würde. Er spürte auch ihre Schuldgefühle und ihre ironische Erheiterung über ihre eigene Schwäche. Sie hatte zu lange in Luxus und Bequemlichkeit gelebt.

Er hatte angefangen, ihr zu vertrauen, wie sie es beabsichtigt hatte. Er mochte sie sogar. Sie war wie Averil und ein bisschen wie seine Mutter. Sie würde sich ihm gegenüber ehrenhaft verhalten, soweit sie das konnte. In dieser einstürzenden Welt war das schon eine ganze Menge.

Kapitel 17

Die Diener, die Averil bei ihrem ersten Besuch im Jagdschloss bedient hatten, waren noch da, aber Gamelin hatte sich ihrer bemächtigt. Es zerriss ihr das Herz, ihre Augen so leer und ohne Willen und Seele zu sehen. Sie waren perfekte

Diener, fehlerfrei in jeder Beziehung – abgesehen davon, dass alles, was sie taten, seelenlos geschah.

Das war die Welt, die Gamelin erschaffen würde. Sie zeigte Esteban ihren Zorn, als sie in der Halle beim Feuer saßen und aßen. Sie hatte die Delikatessen auf ihrem Tablett nicht angerührt und nur ein einziges Mal an ihrem Wein genippt. »Das ist absolut unverzeihlich. Ich frage Euch, Messire: Wenn ein Herrscher seine Untertanen ihrer Seelen berauben muss, um sicherzustellen, dass sie ihm dienen, ist er es dann wert, dass die Menschen ihm folgen?«

»Auch ich habe mir diese Frage gestellt, Hoheit«, antwortete Esteban. »Aber wir brauchen ihn. Seine Hexereien waren uns sehr dienlich, und wenn die Erhabene erwacht, kennt er die Zauber, die uns vor ihrem Zorn schützen. Doch sobald das getan ist und die Welt neu erschaffen wurde, wird er für das bezahlen, was er getan hat. Das verspreche ich Euch.«

»Und Ihr werdet nicht bezahlen, Messire? In meiner Welt lehrt man uns, dem Ausüber der Macht die Schuld zu geben, und nicht seinem Werkzeug.«

»Ach so, dann ist also jeder Mann, der ein Schwert in die Hand nimmt, ein Mörder?«

»Nur wenn er es benutzt, um zu töten.« Averil schob Becher und Teller beiseite und stellte sich ans Feuer. Die Hitze ließ ihre Wangen glühen; hätte sie nur ein winziges Stückchen näher gestanden, hätten ihre Röcke angefangen zu brennen.

Sie begrüßte die Hitze auf der Haut. »Er stiehlt Seelen, Messire. Macht Euch das gar keine Angst?«

»Es verfolgt mich in meinen Träumen«, sagte er, und sie glaubte ihm. »Ich werde einen Preis zahlen müssen, Hoheit, daran habe ich keinen Zweifel. Aber die neue Welt zu erschaffen, ist jedes Opfer wert. Schließlich lehrt die Kirche, dass Seelen nur geboren werden, um wieder zu sterben, und dass sich ihr wahres Zuhause beim Guten Gott im Himmel befindet. Unser Verbündeter beschleunigt nur ihre Rückkehr.«

Averil wirbelte herum. »Ihr wisst es nicht? Ihr wisst es wirklich nicht? Oder wollt Ihr es nicht wissen?«

Er wirkte vollkommen unschuldig, machte ein verblüfftes Gesicht und hob die Hände. Sie hätte es fast für bare Münze genommen. »Was sollte ich wissen?«

»Er befreit ihre Seelen nicht«, rief Averil aus. Sie hätte ihn am liebsten geschlagen, die Worte in ihn hineingeprügelt, aber sie hielt sich zurück. »Er nimmt sie ihnen und fesselt sie. Einige zerstört er. Andere hält er am Leben – um mit ihnen die Schlange zu füttern, wenn sie erwacht, nehme ich an, obwohl es noch ein anderes Werk geben könnte, von dem wir nichts wissen.«

»Nein«, sagte Esteban, doch es war keine Verleugnung ihrer Worte. Es war Erkenntnis – schrecklich und niederschmetternd. »Nein, nicht ausgerechnet dieser von allen Zaubern. Er ist böse, aber er ist nicht verrückt.«

»Würdet Ihr darauf wetten?«, fragte sie.

»Ich wünschte, ich könnte es«, antwortete Esteban. Er hielt sich die Hände vors Gesicht. »Oh, bei den alten Göttern. Ich war dümmer als der dümmste Narr.«

»Warum? Was habt Ihr getan?«

Er schaute auf. Er lachte, wie es ein Mann tut, der am liebsten den Mond anheulen würde. »Es gibt einen Zauber, Hoheit, den wenige kennen und den niemand auszuüben wagt. Er schmiedet eine Kette aus Seelen, bindet sie mit der Macht der Toten, die im Leben Magier waren. Sie zerstört den Zauberer, der sie erschafft – aber es gibt eine Geschichte, die so alt ist, dass sie fast vergessen wurde. Sie besagt, dass ein Zauberer oder Hexenmeister sein Ziel erreichte; er wirkte den Zauber und überlebte. Er lebte in der Tat für immer.«

»Das würde ihn unsterblich machen«, sagte Averil.

»So scheint es, doch das war nicht der beabsichtigte Zweck des Zaubers. Er sollte dazu dienen, ihm die Macht eines Gottes zu verleihen.«

Averil tat einen langsamen Atemzug. Götter zogen ihre Macht aus den Seelen, die sie verehrten. Wenn Seelen geraubt, gefesselt und bezwungen wurden – gab es dann irgendetwas, das ein Zauberer oder Hexenmeister nicht tun konnte?

»Er wird die Schlange aufwecken«, sagte sie, »und sie zu seiner Sklavin machen. Dann wird er der Gott sein, dem alle dienen müssen, oder sie werden vernichtet werden.«

Esteban nickte. Sein Gesicht war ernüchtert. »Glaubt mir, Hoheit, ich habe es nicht gewusst.«

»Ihr wolltet es nicht wissen.«

»Wir alle sind blind, jeder auf seine Weise.«

Das entsprach der Wahrheit – es traf auf Averil zu wie auch auf alle anderen.

»Hoheit«, sagte Esteban, »ich glaube von ganzem Herzen, dass die Welt durch das Kommen der Erhabenen zu einer besseren Welt wird. Wir dürfen meinem früheren Verbündeten nicht gestatten, seine Ziele durchzusetzen. Werdet Ihr mir helfen?«

»Das Beste wäre, ihr würdet euch gegenseitig vernichten«, erwiderte Averil. »Warum sollte mir an einem von euch irgendetwas gelegen sein?«

»Wenn Ihr Königin in der Welt der Erhabenen wärt«, sagte Esteban, »könntet Ihr viel Gutes tun und Euer Volk schützen.«

»Ich kann viel mehr Gutes als Königin in dieser Welt tun«, sagte sie.

»Könnt Ihr das? Kann irgendjemand sehen, was Ihr seid oder was Ihr tun könnt? Oder werden sie sich gegen Euch erheben, wenn sie erkennen, dass Eure Macht ihren Ursprung in der wilden Magie hat?«

Das war ein eindeutiger Versuch, sie zu manipulieren, dachte Averil. Esteban wollte sie sicher in seinen Händen, blind seinem Willen folgend.

Sie drehte ihm den Rücken zu. Sie hatte plötzlich schreckliches Heimweh nach Gereints Gegenwart, nach seinem Körper und seinem Geist, nach seiner Wärme und seiner Kraft und nach seinem Wissen, welche Worte oder Taten am dienlichsten für sie beide waren.

Es war eine kalte, raue Welt ohne ihn. Selbst das Amulett auf ihrer Brust war eisig, obwohl sie so nah beim Feuer stand.

Eine sanfte Hand strich ihr übers Haar, wanderte hinunter zu ihrem Nacken und weiter zu den Schultern. Sie zitterte, brachte jedoch nicht den Willen auf, sie abzuschütteln.

»Hoheit«, sagte Esteban mit seiner warmen, tiefen Stimme, »vereint Euch mit mir, helft mir. Gewinnt Eure Magie zurück.«

»Ich soll Euch helfen, die Schlange zu befreien?«, fragte sie. »Oder den Hexenmeister zu vernichten?«

»Beides«, erwiderte er.

Oh, er spielte es gut, dieses Spiel von Enthüllung und Zerknirschtheit. Averil wünschte, sie könnte glauben, dass er die Wahrheit sagte – dass er erst jetzt herausgefunden hatte, was für sie auf der Hand gelegen hatte.

Noch mehr wünschte sie allerdings, dass sie ihm ihre Verachtung ins Gesicht schreien, ihn vernichten und zertrampeln und vor allem von hier fliehen könnte. Aber sie saß in der Falle. Sie musste dieses Spiel mitmachen und beten, dass ihre Entscheidung sie nicht alle zu Grunde richten würde.

»Ich werde Euch helfen, den Hexenmeister zu vernichten«, sagte sie vorsichtig, »aber meine Hilfe hat ihren Preis. Was auch immer daraus wird, wie gut oder schlecht die Sache auch ausgeht, ich werde mich nicht zwingen lassen zu heiraten – weder Euch noch sonst jemanden.«

»Werdet Ihr aus freien Stücken heiraten?«

»Ich weiß nicht, ob ich mich überhaupt verheiraten möchte.«

Er zögerte, was sie als Kompliment deutete. »Dem Gesetz nach seid Ihr dazu verpflichtet«, meinte er schließlich.

»Wenn wir zusammen eine neue Welt schaffen«, sagte Averil, »wird dieses Gesetz zusammen mit allen anderen fallen. Ich werde selbst entscheiden, ob ich heirate, mir einen Liebhaber nehme oder allein bleibe – es wird keinen Zwang geben. Das ist die Welt, die ich erschaffen würde.«

»Ich könnte in einer solchen Welt leben«, sagte er.

»Könntet Ihr das?« Sie drehte sich um und schaute ihn an. Er war ihr so nah, dass sie fast in seinen Armen lag.

Sie wich zurück, bevor er sie an sich ziehen konnte. Er war klug genug, sie nicht weiter zu bedrängen.

Der Gemahl der Königin würde ein Mann mit großer Macht sein, einerlei in welcher Welt er lebte. Er wollte das. Er wollte sie. Das war schmeichelhaft, selbst jetzt, da sie die Wahrheit über ihn wusste.

Einst hätte sie ihn vielleicht gewollt, ein wenig. Er sah gut aus; er mochte ein bisschen schlüpfrig sein, wenn es um gewisse Dinge ging, aber er gab nicht vor, irgendetwas zu sein, das er nicht war. Von allen Männern ihres Standes, die sich um ihre Hand bemüht hatten, war er der Einzige, den sie halbwegs erträglich gefunden hatte.

Doch sie wollte mehr als jemand Erträgliches. Wenn sie sich bis zum Tod an einen Sohn der Paladine binden musste, wollte und brauchte sie einen starken Verbündeten und Freund, einen treuen Gefährten, der an ihrer Seite kämpfte und ihr Seelenfreund war.

Esteban, der Morescaner, war nicht ihr Seelenfreund, auch wenn er sich das noch so sehr einbildete.

Wenn diese Einbildung ihr diente, war sie sich nicht zu schade, Nutzen daraus zu ziehen. Das war eine Sünde und würde ihr in einem wie auch immer gearteten Jenseits zur Last gelegt werden. Aber sie war bereit, diesen Preis zu zahlen, wenn sie dem Hexenmeister einen mächtigen Verbündeten rauben konnte.

»Sagt mir eines«, fragte sie. »Seid Ihr der neue Clodovec des falschen Priesters? Gibt es andere? Geht es nur um Lys, oder verdirbt er die ganze Welt?«

Sie hielt den Atem an. Sie hatte keine Begabung für dieses Spiel; sicher würde er sie durchschauen und ihr ins Gesicht lachen.

Es schien, als würde ihr Plan trotzdem aufgehen, oder er beschloss, ihre Scharade mitzuspielen. Er antwortete, wie sie es erhofft hatte. »Er braucht nur Lys, um uns alle zu beherrschen. Die neun Männer, die Ihr kennen gelernt habt, sind an seiner Seite, aber die übrigen dienen diesem Königreich und schauen auf das, was hier passiert.«

»Er braucht mich«, sagte Averil, »und das, was ich bei mir trage. Ich bin diejenige, die er zu seiner Marionette machen würde.«

»Stattdessen wird er Eure sein«, erwiderte Esteban.

»Beherzte Worte«, sagte Averil. »Aber auch töricht, solange ich keine Magie habe. Ich hoffe, Ihr wisst, was er damit angestellt hat.«

»Ich war dabei«, erklärte Esteban. »Ich habe das Wirken des Zaubers beobachtet, und ich weiß, wie man ihn aufheben kann. Aber wir müssen vorsichtig sein. Er hat immer alles im Blick, und manchmal lauscht er auch. Wir dürfen nicht übereilt handeln, sonst kommt er uns auf die Schliche.«

»Also wann?«

»Bald.«

»Heute Nacht.«

»Ich weiß nicht –«

»Heute Nacht«, wiederholte sie.

Er verneigte sich. Er machte kein Versprechen, aber sie wusste, dass sie ihn da hatte, wo sie ihn haben wollte. Wenn es getan werden konnte, würde er es tun.

So musste es sein, einen Mann zu verführen. Sie mochte das Gefühl nicht, das es bei ihr auslöste, oder die Notlage, die sie dazu veranlasste.

Not zwang sie, sich damit abzufinden, wie sie sich mit allem Übrigen abfand – weil sie es musste.

Kapitel 18

Gereint tat etwas ziemlich Schändliches: Er plante, schon eine ganze Weile vor Sonnenuntergang loszureiten. Er hegte keinen Zweifel, dass Herzogin Darienne Recht hatte; er sollte sich nicht allein auf den Weg machen. Aber er konnte kaum jemanden bitten, mit ihm zu sterben.

Als er aus dem Stall trat und das Pferd am Halfter führte, für das er sich entschieden hatte – ein gedrungenes, nicht besonders schnelles, aber ausdauerndes Tier –, erwartete ihn bereits eine Abordnung. Sie waren alle zu Pferd und waren genauso ausgerüstet wie er. Sie trugen keine Rüstung, sondern einen leichten Kettenpanzer unter einer Cotte, die ebenso schlicht war wie die Pferde, und hatten nur leichtes Gepäck.

Er blieb stehen und fragte sich, ob er wagen sollte zu lachen. Mit einem Blick hatten sie all seine klugen Winkelzüge durchschaut. Er konnte es mit keinem von ihnen aufnehmen.

Darienne zu sehen, war nicht überraschend, genauso wenig wie Ademar, aber dass Mauritius ausgerüstet wie die anderen zu Pferde saß, bestürzte ihn. »Messire! Ihr könnt nicht mitkommen. Ihr werdet hier gebraucht.«

»Der Landvogt hat alles im Griff«, sagte Mauritius.

»Aber –«

»Messire«, unterbrach ihn der Großritter, »wenn wir scheitern, wird es nichts mehr zu verteidigen geben. Ich gehe dorthin, wo ich am meisten gebraucht werde.«

Gereint versuchte, nicht daran zu denken, was das bedeutete. Er würde Averil finden, er würde sie aus ihrer Gefangenschaft befreien, er würde –? Die Welt retten?

Er wünschte sich, dass sie frei und in Sicherheit war, und für Lys wünschte er dasselbe. Er wollte, dass Seelen zurück in ihre Körper kehrten und dass Hexerei tief begraben und vergessen wurde. Die Schlange sollte so fest schlafen, dass weder Zauberei noch herbeigerufene Mächte sie jemals wecken konnten.

Er wollte sehr viel, aber letztendlich war es ganz einfach. Averil sollte wieder dort sein, wo sie hingehörte, zurück in seinem Inneren. Er welkte ohne sie dahin.

Und die drei Reiter vor ihm hatten ihre eigenen Wünsche und Beweggründe. Als er von einem Gesicht zum anderen schaute, erkannte er, dass sie alle den Wunsch hatten, ihn am Leben und bei Gesundheit zu halten. Es war nicht nur wegen seiner Magie. Sie waren Freunde. Sie würden an seiner Seite kämpfen und wenn nötig sterben. Sie würden ihre Seelen riskieren, um ihn zu retten.

»Ihr dürft nicht …«, sagte er, »Messires, Herzogin, Ihr dürft es nicht tun. Ich kann Euch nicht mitkommen lassen. Entweder werde ich mich durchkämpfen und meine Königin finden und ihr geben, was sie braucht, oder ich werde sterben. Nichts von dem, was Ihr tun könnt, wird mir helfen oder etwas daran ändern.«

»Wir würden gern widersprechen«, erwiderte Mauritius. Zwischen den sanften Worten spürte Gereint, wie Schutzzauber errichtet wurden, Bande, die viel stärker waren, als sie ein einzelner Ritter erheben konnte, mochte er auch ein meisterhafter Magier sein.

Keiner von ihnen war so stark wie Gereint. Aber zusammen bildeten sie ein passables Gegenstück.

Sie standen da und wappneten sich für den Schlag. Gereint könnte sie wegfegen. Es würde sie alle vernichten und ihn vielleicht auch, aber er würde frei sein.

Sie wussten so gut wie er, dass er das nicht tun würde. Ob sie hier ihr Leben ließen oder im Goldenen Wald – welche Rolle spielte das schon?

Zur Hölle mit ihnen, dass sie ihn liebten. Zur Hölle mit ihm, dass er zu schwach war, sie aufzuhalten.

Er drehte ihnen den Rücken zu und schwang sich in den Sattel. Hinter sich hörte er am Knarren und Klirren von Leder und Trense, dass sie ihm folgten.

Der Himmel war grau, und es drohten weitere Schneefälle, aber sie mussten nicht weit reiten. Anderthalb Tage – also bis zum Abend und die halbe Nacht; Gereint brauchte kein Licht, um seine andere Hälfte zu finden.

Er ritt voran, die anderen folgten. Die Erde führte sie. Die magischen Adern darin waren deutlicher zu sehen, je tiefer die Sonne sank. Er hielt sich an diejenige, die am tiefsten lag und am schwierigsten zu sehen war, doch in ihr lag die meiste Wahrheit.

Obwohl er der Magie folgte, übte er seine eigene nicht aus. Er machte sich so unsichtbar, wie er konnte, kaum mehr als ein Kräuseln in den Strömungen, die so üppig und schnell um und durch die Stadt flossen.

Als der Abend dämmerte, waren die Straßen leer. Niemand war ohne zwingende Notwendigkeit unterwegs. Selbst die Armen und Verwegenen hatten sich einen Unterschlupf gesucht.

Die städtischen Wachen sicherten in dieser Winternacht die Stadtmauern – ein Kreis von Laternen, der nur von der Stadt aus zu sehen war. Es sollte die Bewohner beruhigen. Es war ein deutliches Zeichen, dass die Schlinge des Feindes zugezogen war und das letzte verzweifelte Spiel begonnen hatte.

Mauritius' Rang erlaubte es ihnen, eines der Nebentore zu passieren, vorbei an Wachen, die mit Mühe und Not die Stellung hielten. Sie mochten den Ritter und seine Begleiter für verrückt halten, aber sie waren zu Gehorsam verpflichtet. Sie waren davon überzeugt, die Reiter in den sicheren Tod zu schicken.

Allem Anschein nach würde es so kommen, aber niemand in der Gruppe ließ sich davon aufhalten.

In dieser Nacht wurden die größeren Straßen von schweigenden Armeen versperrt, und die zwölf Brücken über den Fluss waren nicht passierbar. Dennoch gab es Lücken in der Mauer aus Fleisch und Stahl, kleinere Pfade und vergessene Nebenwege, die am Fluss entlangverliefen und ihn in einiger Entfernung von der Stadt überquerten und sich durch die Felder und Wälder des Königreiches wanden.

Den Feind kümmerte es nicht, wenn ein paar vereinzelte Reiter entkamen. Die Rose würde sich aus Pflicht- und Ehrgefühl niemals zurückziehen. Sobald Gamelin sie vernichtet hatte, würde die Stadt Lutèce ihm gehören, mit all ihrer Magie und ihrem Brunnen der Macht.

Gereint hegte die leise Hoffnung, dass der Hexenmeister trotz all der Dinge, die er herausgefunden hatte, noch immer nicht wusste, welche Bedeutung Gereint für die gefangene Königin hatte. Wenn er hinschaute, sollte er nichts weiter sehen als eine versprengte Reitergruppe, die sich zitternd und frierend von der belagerten Stadt entfernte.

Der Goldene Wald lag nordwestlich von Lutèce. Die Straße dorthin war schwer bewacht. Obwohl er seine Magie in Zaum hielt, konnte Gereint die dunkle Masse der Armee spüren, die wie ein bleiernes Gewicht über der Erde lag.

Wachsam ritt er am Fluss entlang und unterdrückte die verzweifelte Ungeduld, die ihn direkt in die Klauen des Hexenmeisters getrieben hätte. Der Goldene Wald rief nach ihm, aber er ließ sich nicht davon abbringen, den Strömungen in der Erde zu folgen, fort von den Armeen und über Pfade, die noch frei von Schlangenmagie waren.

Es war ein quälend langsames Vorwärtskommen. Er blieb häufig stehen, schaute sich argwöhnisch um und lauschte angestrengt. In dieser kalten, dunklen Nacht begegneten sie weder Mensch noch Tier, und das Knacken von Ästen und das Seufzen des Windes hatte etwas Bedrohliches.

Kurz nachdem es begonnen hatte zu schneien, hielt Gereint erneut an. Der Wind war abgeflaut. Nichts regte sich. Und dennoch war ihm, als hörte er …

Da. Wieder. Sein Pferd hob den Kopf und spitzte die Ohren. Er glitt aus dem Sattel und bedeckte die Nüstern des Wallachs mit der Hand, aus Furcht, dass ein Schnauben sie verraten könnte.

Weder Mond- noch Sternenlicht erhellte die Nacht, doch auf dem Pfad vor ihnen war eine breiter werdende Lichtspur zu sehen. Ein halb wirkliches, halb unwirkliches Wesen trat anmutig zwischen den Bäumen hervor, die den Fluss säumten.

Es sah aus wie ein Fuchs, ein graziles, silbriges Wesen, wie es sie in den Bergen weit im Norden gab. Füchse gehörten ohnehin nicht vollkommen zur Welt der Sterblichen, aber dieser hier noch weniger als seine Artgenossen.

Er saß da und hatte seinen Schwanz ordentlich um die Pfoten gelegt. Seine gelben Augen blickten heiter auf die Sterblichen auf ihren großen, plumpen Pferden, die sich am liebsten verkrochen und versteckt hätten.

Sie sollten aufhören, Ritter zu sein, und das Verhalten von Füchsen studieren. Der silberne Fuchs wusste nicht, ob er geneigt war, sie zu lehren. Er war gekommen, weil er auf der Suche nach der großen Magie war, die im Herzen aller Dinge sang, und fand sie verborgen in dem wertlosen Klumpen eines menschlichen Körpers.

Gereint spürte den Stachel dieser Taxierung. »Zeig uns, wie man ein Fuchs ist«, sagte er.

Der Fuchs legte den Kopf zur Seite. Die Verhaltensweise von Füchsen war kompliziert und klug und brauchte mehr Geduld, als Menschen sie aufbringen konnten. Sie würden scheitern; der Feind würde sie finden und mit ihnen dasselbe tun wie mit den anderen Menschen, die er gefangen hatte.

Das Sehvermögen, an dem der Fuchs Gereint teilhaben ließ, war niederschmetternd. Überall wo die Armeen des Hexers sich befanden, sah der Fuchs nichts. Es herrschte dunkelste Dunkelheit und vollkommene Leere – sie raubten der Welt das gesamte Licht.

»Hilf uns, es zurückzuholen«, bat Gereint.

Der Fuchs glaubte nicht, dass er ein solches Wunder vollbringen könnte. Aber wie alle seine Artgenossen liebte er die Jagd. Je verwirrter die Jäger waren, desto besser gefiel es dem Fuchs.

Er erhob sich, schwang seine Rute herum und schickte sich an, im Wald zu verschwinden. Die Menschen konnten ihm folgen oder nicht. Es war ihm einerlei.

Diese Gleichgültigkeit war ein Teil der Lektion. Gereint spürte mehr, als er es hörte, wie die andern hinter ihm herschlichen und, seinem Beispiel folgend, ihre Pferde am Zügel führten.

Er erwog, die Tiere nach Hause zu schicken und zu Fuß weiterzugehen, aber sie mochten sich vielleicht noch als nützlich erweisen. Sie waren fast unnatürlich ruhig und gehorsam.

Er war schon oft über die Grenzen zwischen den Welten geschritten. Diese hier war ein wenig anders. Er verließ zwar nicht die Welt der Sterblichen, doch auf der Fährte des Fuchses gehörte er nicht mehr recht dazu. Er wanderte über die Pfade der wilden Magie, glitt zwischen Bäumen hindurch, die immer noch ein paar Fetzen herbstlichen Goldes trugen.

Es war ein langer, verschlungener Weg. Gereint widerstand der Versuchung, sich beim blinden Folgen selbst zu verlieren. Er hielt seine Sinne beisammen, so gut er konnte; er achtete auf jede Biegung und jeden Umweg, und oft verstand er auch die Gründe dafür: schwarze Klumpen, die allem die Seele aussaugten, das sie streifte.

Nicht jeder dieser Schatten war ein Werk des Hexenmeisters. Nicht wenige erwiesen sich als Schreine der Kirche, und einer der schlimmsten schien eine Abtei zu sein.

Für die wilde Magie waren Orden und Schlange gleichermaßen todbringend. Der Fuchs schlüpfte durch die engen Lücken dazwischen.

Gereints Kameraden waren so leise, dass er ihre Gegenwart fast vergaß. Mauritius und die Herzogin mussten verstehen, was er tat. Es war ein kleines Wunder, dass sie keine Einwände erhoben.

Vielleicht konnte die Welt sich doch verändern.

Die dunklen Orte waren mittlerweile dichter beieinander, und es dauerte länger und war schwieriger, sie zu umgehen. Als die Morgendämmerung nahte, gab es schließlich keinen anderen Weg mehr als den nach vorn, aber er war so schwarz wie das Herz des Hexenmeisters.

Der Fuchs glitt in die Erde. Er war klein und mehr als zur Hälfte magisch; für ihn war dies eine leichte Kunst.

Die vier Sterblichen und ihre Pferde standen verlassen im Wald, während der Schnee in dichten Flocken herabfiel. Gut ein halbes Tausend Soldaten des Hexenmeisters lagerten in dem Tal, das sich vor ihnen erstreckte. Auf der einen Seite erhob sich ein steiler Bergzug, auf der anderen strömte ein reißender Fluss dahin.

Höhenzug und Fluss bewachten das Herz des Waldes. Die Pfade der Macht verliefen direkt unter ihnen.

Zum ersten Mal seit Beginn dieser seltsamen Reise ergriff Darienne das Wort. »Ihr habt uns gut geführt, Messire, doch jetzt ist es an der Zeit, dass wir auch unseren Beitrag leisten.«

»Herzogin –«, begann Gereint.

»Wir sind nicht so nutzlos, wie du vielleicht denkst«, sagte Mauritius trocken.

Gereint wurde verlegen. »Messire, ehrwürdige Schwester, ich wollte nicht –«

»Die Welt mag sich verändern«, sagte Darienne, »und wir

mögen uns mit ihr verändern. Werdet jetzt ruhig, mit Eurem ganzen Wesen. Denkt an den Fuchs, den Dunst und den Nebel, und an den sanften Regen in der Nacht.«

Ihre Stimme hatte einen gewissen Rhythmus, fast wie ein Singsang. Er passte zu den Bewegungen der Äste im Wind, dem wirbelnden Tanz der Schneeflocken und den uralten, langsamen Atemzügen der Erde unter ihren Füßen.

Sie bewegten sich darauf, wie der Fuchs sich durch den Wald bewegt hatte. Doch statt zwischen Bäumen schlichen sie sich durch lange Zeltreihen. Körper atmeten darin oder standen davor Wache, ohne den Sturm wahrzunehmen.

Hier war kein Licht, keine Wärme, nichts, das über das absolut Lebensnotwendige hinausging. Weder Worte noch Lieder waren zu hören; selbst die Atemzüge waren verlangsamt, als würde die Macht, die diese Körper belebte, ihnen kaum die Luft zum Leben gönnen.

Die Macht trug all diese Körper, wie eine Schlange ihre Schuppen trägt. Jeder Körper war ein Teil von ihr, und sie war sich jedes Einzelnen bewusst.

Unter Dariennes Zauber waren die vier Eindringlinge nicht mehr als ein Windhauch zwischen den Zeltreihen. Gereint bewunderte die raffinierte Machart des Werkes und stellte fest, dass es recht große Ähnlichkeit mit gewissen Werken der wilden Magie hatte und Darienne nichts tat, um diesen Eindruck zu verschleiern.

Es war alles eine Magie. Er ging vorsichtig weiter, führte sein Pferd und bemühte sich, den Zauber nicht zu zerbrechen oder zu verändern. Es war leichter gewesen, der Magie des Fuchses zu folgen; dies hier hatte einen seltsamen Beigeschmack und gewisse Widersprüchlichkeiten.

Zum wiederholten Male versuchte der Zauber, der Wildheit seine eigene Ordnung aufzuzwängen. Die Herzogin konnte nichts dafür; ihre gesamte Ausbildung drängte sie dazu. Sie sperrte sich dagegen und meist gelang es ihr. Aber als sie sich dem Mittelpunkt des Lagers näherten, fiel es ihr immer schwerer. Die verschlungenen, willkürlichen Windungen der Magie flehten darum, zu klar gegliederten Mustern zusammengefügt zu werden.

Gereint hatte gelernt, sich nicht in die Angelegenheiten von Magiern einzumischen. Sie mochten es nicht, und seine Magie machte die Sache oft noch schlimmer. Doch Dariennes Zauber wurde schwächer, und der Wille, von dem das Lager beherrscht wurde, begann sich zu erheben.

Gereint wollte den Mustern nur die Gleichmäßigkeit nehmen und machte sich geschickt ans Werk, dennoch schlug ihre Magie zurück: Es war ein wunderschönes Werk aus hauchdünnen, durchscheinenden Glasscheiben. Es erhob sich wie ein Schrein aus Licht aus diesem dunklen, stürmischen Ort.

Gereint warf einen Schleier aus Dunkelheit darüber, aber er war zu langsam. Das Lager war erwacht.

Er schleuderte Darienne und Ademar auf ihre Pferde. Mauritius, geistesgegenwärtig wie immer, war bereits aufgesessen und gab seinem Pferd die Sporen.

Die Soldaten des Feindes umschwärmten sie, woraufhin sie alle Vorsicht fallen ließen, selbst Ademar. Für einen Novizen hatte er ein gutes Händchen für magische Blitze.

Sie schlugen eine Bresche durch die Massen von Körpern, gleichwohl drängten von allen Seiten weitere nach. Gereint wagte nicht, sie alle zu vernichten, aus Angst, das Feuer könnte seine Freunde erfassen. Er zielte über sie hinweg, auf den Geist, der sie leitete.

Der Geist war nicht der Hexenmeister des Königs. Gereint kannte dessen Präsenz, schlangenartig kalt und geschmeidig, mit dem kaum wahrnehmbaren Geräusch gleitender Schuppen. Dies war ein Mensch: ein starker Magier, vielleicht nicht so stark, wie er es gern gewesen wäre.

Gereint spürte ihn durch den Geist seiner Sklaven auf – es musste schnell gehen: Sie hatten sich wie eine Welle erhoben, um sich auf die Ritter und die Herzogin zu stürzen. Erst als Ademar ins Straucheln geriet und Mauritius' Pferd stürzte, erreichte Gereint sein Ziel.

Er schlug nicht zu, um zu töten. Er richtete all seine Macht gegen die Magie und erstickte sie wie die Flamme einer Kerze.

Seelenlose Körper stürzten nieder. Des Willens ihres Führers beraubt, strömte das Leben aus ihnen heraus. Die vier Lebenden standen inmitten eines Feldes von Toten, während der Schnee unaufhörlich vom Himmel fiel.

Kapitel 19

Prinz Goronwy hatte immer schon eine Schwäche für Geheimnisse gehabt, obwohl es ihm schwerfiel, sie für sich zu behalten. Und vor ihm befand sich das größte Geheimnis, auf das er jemals gestoßen war.

Er ließ Dylan Fawr und seinen ungeschlachten Liebhaber jene Schutzzauber errichten, zu denen Magier der Orden in der Lage waren. Wie gewöhnlich waren sie schwach und in starre Beschränkungen eingezwängt. Die andere Magie, die neue und wunderbare Magie, glitt mühelos darum herum, darunter und durch sie hindurch.

Sein Lehrer ging vielen Beschäftigungen nach und hatte mehr Geheimnisse, als Goronwy jemals hätte für sich behalten können. Aber wenn Goronwy ihn brauchte, dann war ein Teil von ihm stets zur Stelle.

Zuerst hatte er nur in Goronwys Träumen existiert. Mit der Zeit hatte Goronwy gelernt, einen Spiegel zu erschaffen, in dem er fortan erschien. Er wirkte wie ein gewöhnlicher Spiegel, nicht einmal wie ein Seherspiegel, und für die Magier der Orden hatte er keine erkennbare Magie. Es brauchte die neue Magie, um zu verstehen, welch ein mächtiges Werk es war.

Goronwy behielt das Geheimnis des Schlangenzahns drei Tage lang für sich, fest verschlossen in seiner Brust, bevor er sich dem Spiegel zuwendete. Er hatte seine Übungen, Bücher und Zauber, in die er sich vertiefen konnte, aber kein Wort von seinem Meister.

Das war nicht ungewöhnlich: Manchmal werkelte er Tage und Wochen für sich allein. Diesmal spürte er jedoch einen Unterschied in seinen Knochen. Die Welt veränderte sich auf eine Weise, die er noch nicht recht in Worte fassen konnte.

Er bewahrte den Spiegel in seinem winzigen Zimmer im Palast auf, mit bedachter Arglosigkeit in einer Truhe, zusammen mit Kleidungsstücken und verschiedenem Kleinkram. Seine Bücher über Magie, seine Werke und Tinkturen und Geheimnisse umgab er mit starken Schutzzaubern, aber der Spiegel schien keinerlei Schutz zu haben oder zu brauchen.

Es war eine uralte, raffinierte Kunst, und die Welt hatte sie vergessen. Goronwy nahm den Spiegel aus seiner Hülle und hielt ihn einen Moment lang hoch, damit er das graue Winterlicht aufnehmen konnte, das durch das schmale Fenster fiel.

Der Spiegel war so breit wie seine beiden Handflächen und aus Bronze gefertigt, die so stark poliert war, dass sie fast wie Gold schimmerte. Ein Rahmen aus gewundenen, bronzenen Ranken umschloss ihn; sie wirkten wie Reben und Blätter, doch bei näherem Hinschauen waren die Augen und Schuppen von Schlangen zu sehen.

Er schloss die Truhe und stellte den Spiegel an die Wand. Die Tür war verriegelt – das war seine erste Lektion gewesen und eine der eindringlichsten. Niemand durfte von diesem Geheimnis erfahren.

Sein Atem ging ein wenig schnell. Er kannte den Zauber, der die Magie des Spiegels herbeirief, aber er hatte ihn noch nie zuvor ausgeführt. Der Meister hatte immer nach ihm gerufen und war durch den Spiegel in sein Herz und in seinen Geist gelangt.

Er konnte warten. Der Meister würde sicher bald zu ihm kommen. Prydain hatte dieses Geheimnis für zweitausend Jahre bewahrt; Goronwy konnte es noch ein, zwei Tage für sich behalten.

Gerade als er beschlossen hatte, das Werk nicht auszuüben, formten seine Hände ganz von selbst den Zauber. Die Worte waren in seinem Kopf und flossen über Zunge und Lippen. Die Magie hatte Besitz von ihm ergriffen und lenkte ihn nach ihrem Willen.

Der Spiegel erwachte. Anders als übliche Seherspiegel schimmerte und regte er sich nicht. Er öffnete sich wie ein Auge und starrte direkt in Goronwys Herz hinein.

Manchmal sah er das Gesicht des Meisters, meistens jedoch ein gelbgrünes Schlangenauge mit schlitzförmiger Pupille, das ihn mit kaltem Blick fixierte. An diesem Tag schaute er ins Maul der Schlange, ein langer dunkler Tunnel, der sich geöffnet hatte, um ihn zu verschlingen.

Er war nicht der Dummkopf, für den die meisten Leute ihn hielten. Er verfügte über Abwehrmittel. Aber der Zauber war stark, und Goronwy war zu einem gewissen Grad fügsam. Der Zauber nahm ihm das Wissen, das Geheimnis und alles, was damit zusammenhing.

Dann sah er den Meister. Er saß entspannt im Magen der Schlange, weiß und nackt und bleich, aber deutlich geschuppt. Seine Augen, die Goronwy als einigermaßen menschlich in Erinnerung hatte, waren so gelb wie die der Schlange.

Er lächelte seinem Schüler zu, ein Lächeln so blass und kalt wie seine Augen. »Gut gemacht, mein Kind. Sehr gut gemacht.«

Zu einer anderen Zeit wäre Goronwy stolz gewesen. Das hatte er nun hinter sich gelassen. Er neigte den Kopf, würdevoll, wie er hoffte, und bewahrte ein ebenso würdevolles Schweigen.

Er konnte nicht sagen, ob sein Meister sein Verhalten billigte. Sein Gesicht wirkte nach und nach immer weniger menschlich.

Goronwy sann vage darüber nach, ob er sich fürchten sollte. Noch nie zuvor hatte er den Meister so deutlich gesehen. Entweder war es eine Ehre oder es war sein Todesurteil.

»Nun, mein Kind«, sagte der Meister mit kalter, ruhiger Stimme, »ich habe eine Aufgabe für dich. Dazu brauchst du ein starkes Herz und einen starken Magen und eine Magie, die niemals ins Wanken gerät. Wenn dies über deine Kräfte geht, dann sag es mir ohne Angst. Es ist eine gefährliche Sache, um die ich dich bitte, und sie könnte tödlich ausgehen.«

»Ich habe keine Angst«, entgegnete Goronwy.

Das entsprach zwar nicht ganz der Wahrheit, doch er war auch nicht so verängstigt, dass er am liebsten davongelaufen wäre. Er hatte lange und hart auf diesen Moment hingearbeitet. Von Anfang an hatte er gewusst, dass der Meister ihn benutzen würde, so wie er den Meister benutzt hatte. Dies war seine Gegenleistung, und er hieß sie willkommen – wenn sein Herz auch klopfte und sein Körper zitterte.

Der Meister nickte, als würde er sowohl die Furcht als auch die Bereitwilligkeit begrüßen. »Dann hör zu und präg dir alles gut ein.«

Als königlicher Prinz in Prydain konnte Goronwy über eine Kompanie von Gardisten der Königin verfügen, ausgesuchte Männer, groß und gut aussehend und mit hervorragender, tadelloser Ausbildung. In jüngeren Jahren hatte Goronwy davon geträumt, einer von ihnen zu werden.

Mittlerweile wusste er natürlich, dass dies unmöglich war. Ein Prinz wurde kein Gardist, selbst wenn er groß genug dafür werden sollte.

Er inspizierte die sechs, die er ausgewählt hatte. Sie waren die Größten und Bestaussehenden, und sie waren alle erstklassige Kämpfer. In ihren betont ausdruckslosen Gesichtern sah er einstudierte Geduld sowie eine nicht ganz verborgene Geringschätzung.

Dieser leichte Anflug von Verachtung verhärtete Goronwys Herz. Er hatte Zweifel gehegt über das, was er tun sollte, nun nicht mehr. Er hatte sich dazu verpflichtet, die Welt zu verändern.

Es begann hier und jetzt. Mit den Händen hielt er das Werk umschlossen, dessen Erschaffung sein Meister ihn gelehrt hatte. Für etwas derart Schreckliches war es von fast kindlicher Schlichtheit: ein Röhrchen, nicht länger als sein kleiner Finger, aus Ton gebrannt im Ofen eines Töpfers. Die Macht kam von den Worten, die darin mit dem Zahn einer Schlange eingeritzt waren, und die Worte, die über ihm gesprochen wurden, als es aus dem Brennofen gezogen worden war.

Er hatte es in einem Tag und einer Nacht geschaffen. Es hatte ihm einiges an Kraft abverlangt, aber die würde zurückkehren, hatte der Meister ihm versprochen. Er musste nur noch den Zauber beenden, das Gefäß hochheben und die Worte sagen, die in seine Erinnerung eingebrannt waren.

Wie bei dem Spiegel fühlte er, dass die Magie Besitz von ihm ergriff. Sie riss die Worte aus seinem Mund. Sie zischten durch den Raum.

Nichts geschah. Seine Gardisten standen reglos da, als wäre ihnen das sonderbare Benehmen von Prinzen gleichgültig.

In seinen Händen schlug das Gefäß wie ein Herz. Goronwy schaute in die Augen der Gardisten.

Da war nichts. Sie waren leer. Sie lebten, atmeten, bewegten sich auf seinen halb erschrockenen, halb ungläubigen Befehl. Sie tanzten für ihn, weil er sie dazu aufforderte.

Er erschauerte. Das Gefäß wäre ihm fast entglitten. Er schloss seine Finger darum.

Sechs große Männer hüpften und tollten um ihn herum – mit leeren Gesichtern, leeren Herzen und leeren Augen. »Halt«, sagte er mit zitternder Stimme. »Um Gottes willen, hört auf!«

Sie hielten inne und standen vollkommen reglos da, als hätten sie sich nie bewegt. Goronwy starrte sie an. Sein Atem ging stoßweise, als ob er getanzt hätte und nicht sie.

Sie gehörten ihm. Alles, was sie waren oder was sie ausgemacht hatte, war verschwunden. Es war nichts weiter übrig als Gehorsam. Alles andere pulsierte in dem Gefäß, das er niemals verlieren oder zerbrechen durfte.

Er steckte es in die Tasche an seinem Gürtel. Seine Kraft kehrte zurück, wie der Meister versprochen hatte. Sein Atem beruhigte sich und damit auch sein Geist.

Er hatte es getan, jene unwiderrufliche Tat, die alles veränderte. Er fühlte sich ein bisschen anders als zuvor, stärker.

»Kommt«, sagte er zu seinen treu ergebenen, gehorsamen Männern. Und sie folgten, weil sie keine andere Wahl mehr hatten.

Der Zauber war nur der Anfang. Der Meister hatte Goronwy ermahnt, danach abzuwarten und erst dann zu handeln, wenn er sicher war, dass er sein Ziel erreichen konnte. Dann würde Hilfe kommen, Verbündete, die der Meister erwählt und ausgebildet hatte, wie er es mit Goronwy gemacht hatte.

Dennoch hatte Goronwy ein seltsames Gefühl im Bauch. Die Königin war eine mächtige Magierin. Sobald sie herausfand, was ihr Neffe mit den Spitzenmännern ihrer Garde angestellt hatte, würde ihm keine Zeit mehr bleiben.

Der Meister hatte ihm das Wissen gegeben. Es war klar und stark in seinem Innern. Es führte ihn über Wege, die er zuvor gegangen war, durch die Stadt Caermor in Regen und Wind, in die frühe Abenddämmerung. Aber er brauchte kein Licht, um sehen zu können.

Der Schrein, in dem sich der Zahn der Schlange befand, erhob sich vor ihm. Im Dämmerlicht wirkte er viel größer und bedrohlicher als bei Tageslicht. Die Schutzzauber, die ihn umgaben, waren stärker und dichter verwoben, als er sie in Erinnerung hatte. Hier mussten mehr als zwei Magier Wache stehen.

Goronwy hielt sechs tapfere Seelen gefangen, und ein großer Meister der alten Magie hatte ihm gezeigt, was er tun musste. Er war selbst kein schlechter Magier, was auch immer die Orden von Prydain glauben mochten. Ihre Lehren starben dahin. Goronwy gehörte zu einer neuen Welt.

Seine Männer gingen vor ihm in die Kirche. Trotz ihrer Größe und ihrer schweren Rüstung bewegten sie sich geräuschlos.

Es war so, wie der Meister es gesagt hatte: Schutzzauber konnten ihnen nichts anhaben. Sie besaßen keine Seele, die von einer solchen Magie gefunden und keinen Geist, der von ihr eingefangen werden konnte.

Sie waren Goronwys Schutzschild gegen die Verteidigungsmittel des Schreins. Selbst in ihrem Schutz wurde er von der Verteidigung verbrannt und gestochen. Er biss die Zähne zusammen und drängte sich hindurch.

Keine Alarmglocken schrillten. Keine Feuerblitze setzten ihn in Brand. Atemlose Stille beherrschte den hohen steinernen Raum. Das Altarlicht flackerte kaum.

Tief in seinem Inneren bebte er vor Angst. Dafür gab es keinen Grund. Keine Armeen verteidigten diesen Ort, dessen Magie nicht standhalten konnte gegen die seine. Das hatte der Meister ihm versichert.

Der Meister hatte ihm aufgetragen, in die Krypta hinabzusteigen. Dort gab es nichts als alte Knochen und Steine und einen Zahn, der aussah wie ein milchig weißer Dolch.

Eine Frau kniete neben dem Grabmal der vor Urzeiten verstorbenen Dame. Sie war von einem schimmernden magischen Schleier umhüllt und strahlte eine derart königliche

Würde aus, dass Goronwy sich, ohne es zu wollen, ehrfurchtsvoll verneigte.

Die Königin selbst wachte über dem Schatz ihres Königreichs. Das weckte in Goronwy nicht so sehr Angst und Schrecken, sondern ein Hochgefühl. Er hatte erwartet, Dylan Fawr vorzufinden, oder, was einfacher gewesen wäre, den jungen Baron Fourchard. Die Königin war ein Preis, der alle seine Hoffnungen übertraf.

Seine Männer bewegten sich, als wären sie ein Teil seines Körpers. Die Abwehr der Königin knisterte über ihnen, aber sie gingen unbeirrt weiter.

Der Erste, der Hand an sie legte, flammte auf wie eine Fackel. Goronwy spürte das Verglühen des Mannes wie ein Reißen in seinen Eingeweiden, aber es schwächte ihn nicht. Stattdessen machte es ihn zornig.

Dieser Zorn trieb die Übrigen auf die Königin zu, überwältigte ihre Magie und schlug sie nieder.

Vor Schreck über seine eigene Kraft war Goronwy ganz benommen und starrte fassungslos auf die Königin von Prydain, die bewusstlos zu Füßen seiner Wachmänner lag. Die Erinnerung an die Stimme seines Meisters zischte in seinen Ohren und trieb ihn weiter an.

Der Zahn der Schlange schimmerte unter seinem magischen Schleier. Goronwy sammelte seine Kräfte für den letzten Schlag, der vielleicht der schwerste von allen war. Er hatte Magie ausgeübt, ohne sich um den Preis dafür zu scheren, im Vertrauen auf das Seelengefäß, das so unbehaglich in seiner Gürteltasche ruhte.

Nun musste er alles aufs Spiel setzen, wenn es nötig war. Er sammelte jeden Fetzen Kraft, die er hatte, und all das Wissen, das sein Meister ihn gelehrt hatte. Alle Teile seines Geistes, die schwach gewesen waren oder Zweifel gehegt hatten, riegelte er ab. Selbst jenen Teil, der all denen Verachtung entgegenschleudern wollte, die ihn jemals als Schwächling, Feigling oder Schlimmeres verhöhnt hatten, drückte er nieder und zwang sich, ihn zu vergessen. Seine ganze Welt war dieser Zauber an diesem Ort in diesem Moment.

Die Worte mussten fehlerfrei gesprochen werden, in einer Sprache, die schon alt gewesen war, als das erste Menschenwesen das erste menschliche Wort gesprochen hatte. Zum Großteil war es eine Modulation von Zischlauten.

Die Erinnerung des Meisters war in ihm, die Stimme des Meisters sprach aus ihm. Er war ein perfektes Instrument – aber er behielt seine Seele. Es war seine Absicht, sie niemals zu verlieren.

Während der Schleier erzitterte und nach und nach schwarz wurde, schimmerte der Zahn durch ihn hindurch. Als das letzte Wort zischend verklungen war, hieb Goronwy mit seiner Faust auf das Dunkle ein.

Brennende Kälte durchfuhr seinen Körper. Noch nie hatte er einen solchen Schmerz verspürt. Er versengte seine Magie und ergriff seine Seele.

Sechs Seelen wirbelten in ihrem Gefäß herum, prallten gegen die Wände und versuchten verzweifelt zu entkommen. Ihre Verzweiflung stärkte Goronwy und gab ihm Kraft, den Schmerz zu bekämpfen.

Es war ein erbitterter Kampf. Er raubte Goronwy um ein Haar seine Erinnerung, seinen Verstand und seine Seele. Aber mit dem letzten bisschen seiner selbst vernahm er die Worte des Meisters, der inmitten des tobenden Feuers mit sanfter, klarer Stimme sprach. »Schmerz ist eine Illusion. Furcht hat keine Bedeutung. Vergiss sie beide. Sei reiner Wille und reine Macht. Nimm den Zahn, und all diese Dinge werden ein Ende haben.«

Goronwys Körper war ein verschwommenes und vages Ding. Es war eine große Reise und eine schreckliche Anstrengung, durch den eisigen Feuersturm zu langen und seine Hand nach seinem Willen zu lenken. Er konnte es nicht tun; er war zu schwach. Er war schon immer schwach gewesen und würde es immer bleiben.

Nein. Es war kein richtiges Wort. Es war eine Urkraft: absolute Verweigerung und Halsstarrigkeit bis in die Knochen. Diese Knochen, diese Hand, diese Finger schlossen sich um den Zahn der Schlange.

Der Sturm beruhigte sich. Langsam, aber merklich schwand der Schmerz dahin. Goronwy stand in der stillen Krypta und starrte auf die Statue einer Frau hinab, einer Königin: eine zweifache Verräterin während ihres Lebens, und jetzt im Tode die Rettung der Erhabenen, der sie gedient und die sie dann verraten hatte.

Der Zahn lag kühl und glatt in seiner Hand. Auch er war still geworden. Goronwy zitterte ein wenig bei dem Gedanken an das, was er in der Hand hielt, aber alle Furcht war aus ihm herausgebrannt.

Er ließ den Zahn in seine Gürteltasche gleiten, neben das Gefäß mit den Seelen. Seine Gardisten, außer dem, dessen Körper von der Königin getötet worden war, warteten auf seinen Befehl.

Stirnrunzelnd hielt er inne. Sie lebte, obwohl ihr Lebenslicht und ihre Magie nur noch zwei kleine Flämmchen waren. Er beugte sich hinunter, um sie auszupusten, doch dann erhob er sich unverrichteter Dinge.

Der Meister würde nicht erfreut sein, aber Goronwy konnte es nicht tun. Wenn ihn das zu einem Schwächling und Dummkopf machte, dann war es eben so.

Er ließ sie da, wo sie lag, neben der Leiche des Gardisten. Sie spielte keine Rolle mehr, sagte er sich, jetzt, da ihr Schatz gestohlen war. Und er musste sich auf die Reise machen. Je früher er sie antrat, desto eher würde sich die Welt verändern.

Dann würde nichts von dem, das noch wichtig war, mehr etwas bedeuten, und alles würde anders sein. Besser, dachte er, um ein Vielfaches besser.

Kapitel 20

Esteban brauchte länger als eine Nacht, um Averils Magie zu ihr zurückzubringen. Drei quälende, endlose Tage lang wartete sie allein, bis auf die seelenlosen Diener und die Wachen, die sämtliche Türen und Fenster versperrten und somit jeden Fluchtgedanken im Keim erstickten.

Es gab eine Art Bibliothek, eine Truhe im Salon, in der sich eine Hand voll Heiligengeschichten befanden sowie ein Geschichtsbuch des alten Romagnareiches und eine Abhandlung über die Kunst des Kochens. Wer auch immer die verfasst hatte, hegte offenbar eine besondere Vorliebe für Wildbret – recht passend für ein Jagdschloss.

Averil hatte kein Reh oder Wildschwein, das sie kochen konnte, und ihre Fänger ließen sie nicht einmal in den Stall, geschweige denn in den Wald, um zu jagen. Sie las jedes der Bücher zweimal durch, stahl sich kurz in die Küche, wo jedoch gespenstische Stille herrschte, während Köche mit leeren Augen und sprachlose Diener ihrer Arbeit nachgingen.

Stunde um Stunde versuchte sie, ihre Magie wiederzuerlangen. Sie schlief und hoffte, sie zurückzuträumen oder Gereint irgendwo zwischen all den Schatten zu entdecken. Aber selbst Träume blieben ihr fern. Ihr Schlaf war tief und dunkel, und wenn sie aufwachte, hatte sie das Gefühl, als ob sie überhaupt nicht geschlafen hätte.

Am Morgen des vierten Tages war sie fast so weit, einem Wachmann das Schwert zu entreißen und es sich in den Bauch zu rammen. Als der Diener ihr zum Frühstück Brot und gewässerten Wein brachte, schoss sie an ihm vorbei.

Die Tür war bewacht, doch sie stürzte sich auf die beiden Männer, die ihr in den Weg traten. Ihr Handeln war weder strategisch noch raffiniert. Ihre ganze Aufmerksamkeit konzentrierte sich auf den Dolch am Gürtel des ihr näher stehenden Mannes. Er war fast so lang wie ein Schwert. Sie riss ihn aus der Scheide und stach zu.

Die Klinge bohrte sich tief in seine Seite, aber er blieb regungslos stehen, so massiv und undurchdringbar wie die Wand.

Er fühlte scheinbar keinen Schmerz und war schnell und stark. Er packte sie mit eisernem Griff. Außer sich vor Zorn versuchte sie, sich beißend und kratzend seinen Händen zu entwinden. Es war, als würde sie gegen einen Zaunpfahl ankämpfen.

»Lass sie los«, befahl Prinz Esteban.

Die Tür war offen, und er stand im Rahmen. So nah war die Freiheit und doch so weit entfernt.

Averil hing in den Armen des Wachmanns. Als er sie fallen ließ, war sie darauf vorbereitet. Wankend hielt sie sich auf den Beinen.

Sie war rot im Gesicht, zerzaust und außer Atem. Mit hochgezogener Braue nahm Esteban die Situation in Augenschein, verzichtete jedoch höflich auf einen Kommentar.

»Entschuldigt, Hoheit«, sagte er, »ich war durch zwingende Verpflichtungen verhindert.«

»Ich bin nicht gut im Warten«, entgegnete sie gepresst.

»Ich werde mich daran erinnern«, sagte Esteban.

Soldaten mit leeren Augen folgten ihm in die Halle und postierten sich an jedem Punkt, der ihr eine Fluchtmöglichkeit gewähren konnte. Der Mann, den sie verletzt hatte, fiel zu Boden, als würde die Ankunft der anderen ihm gestatten, unter seiner Wunde zusammenzubrechen.

Niemand schickte sich an, die Blutung zu stoppen und sein Leben zu retten. Averil warf ihnen einen vernichtenden Blick zu und kniete neben ihm nieder.

Während sie den Saum seines Umhangs in die Wunde presste, sagte Esteban: »Es ist keine Gnade, ihn in seinem Zustand am Leben zu halten. Lasst ihn gehen.«

Averil wusste, dass Esteban Recht hatte. Sie hasste ihn dafür und für all das Böse, das diesen Mann zu dem gemacht hatte, was er war. »Sagt mir, dass Ihr mir meine Magie zurückgeben könnt«, forderte sie ihn auf.

»Ich kann es versuchen«, meinte Esteban nur.

Das war nicht gerade ermutigend. Averil versorgte die Wunde und verband sie mit Stoffstreifen vom Umhang des Mannes. Zum Schneiden benutzte sie den Dolch, mit dem sie den Mann verletzt hatte. Keiner half ihr, aber es behinderte sie auch niemand. Dann erhob sie sich. »Versucht es jetzt«, sagte sie zu Esteban.

Er war ein wenig blass geworden. »Nicht hier, folgt mir.«

Sie dachte, er würde sie zurück in die Höhle bringen, aber er führte sie den Gang hinunter zu einem staubigen unbenutzten Raum, der einst als Kapelle gedient haben musste. Altar und Bänke waren verschwunden, doch ein leichter Weihrauchgeruch hing noch in der Luft.

Trotz der trüben Welt, in der sie jetzt lebte, konnte sie die Überreste von Heiligkeit in den Wänden spüren. Könige und Königinnen hatten hier gebetet. Diese Gebete waren wie Beschwörungsformeln in den Stein gesunken.

Die Fenster hatten ihren Schatz aus verzaubertem Glas behalten, was Averil ein wenig überraschte: So vieles war von diesem Ort entfernt worden. Aber als sie zu den Bildern aufschaute, die im Sonnenlicht funkelten, verstand sie, warum.

Wie bei dem Mysterium, das sie um den Hals trug, erwies sich das scheinbare Muster aus Ranken und Blättern als ein Gewirr aus ineinander verschlungenen Schlangen. Da war der große Weltbaum, um dessen Stamm und Äste sich die große Schlange wand.

Ein Bild, das dem in der Inselkapelle stark ähnelte. Hier wie dort erschien Averil die Schlange weder böse noch tödlich, sondern uralt, scharfsichtig und weise.

Die Welt hatte so viele Geheimnisse. All die Dinge, die sie geglaubt hatte zu wissen, all die Gewissheiten, all die Weisheiten, die man sie als Wahrheit gelehrt hatte, erwiesen sich als vollkommen anders, als sie schienen. Ihr eigenes Blut war nicht das, was man sie glauben gemacht hatte; sie war nicht das Kind der treuen und heiligen Madeleine, sondern das von Melusine, der großen Verräterin.

Und doch war auch das eine Lüge. Melusine war keine Verräterin gewesen. Sie hatte der Schlange auf Geheiß des Jungen Gottes gedient, sie dazu gebracht, ihr zu vertrauen, und ihm dann geholfen, sie niederzuschlagen und in einen Zauberschlaf zu bannen.

Vielleicht war das ebenfalls eine Lüge. Vielleicht kannte niemand die Wahrheit. Averil hatte ihr Vertrauen in alle Lehren der Sterblichen verloren.

Sie wandte sich an Esteban. Auch ihm vertraute sie nicht, aber sie brauchte ihn.

Er war allein in die Kapelle gekommen. Seine Wachen standen draußen und umringten wahrscheinlich das Gebäude, denn keiner von ihnen war zu sehen.

Vielleicht war auch er ein Gefangener. Sie traute ihm deswegen keinen Deut mehr, doch ihre Abneigung wurde ein wenig schwächer.

Er trat näher und ergriff ihre Hände. Sie wich einen Schritt zurück. Er folgte ihr. Sie erhob das Messer, das sie immer noch in der Hand hielt.

»Hoheit«, sagte er mit unter diesen Umständen bewundernswerter Höflichkeit, »für das Werk müssen wir uns berühren. Ich bitte Euch, wir haben nicht viel Zeit.«

Averil beäugte ihn argwöhnisch, überließ ihm jedoch die Hand, die nicht den Dolch hielt. Er mochte keine Warnung brauchen, doch sie wollte sich sicher fühlen.

Prinz Esteban war klug genug, nicht mit ihr zu streiten. Er führte sie in das Licht, das durch das Fenster auf den Boden fiel. Selbst in ihrem dumpfen Gemütszustand fühlte Averil das Prickeln von Magie auf ihrer Haut.

Das Prickeln verstärkte sich zu einem Brennen, durchsetzt von kurzen Schmerzblitzen, die an Bienenstiche erinnerten. Estebans Griff war so fest, dass sie blaue Flecke bekommen würde. Der Schmerz bündelte ihre Konzentration. Er schleuderte Averil tief in ihren Körper, lenkte ihre Aufmerksamkeit nach innen und schärfte sie, bis es für sie nichts anderes mehr auf der Welt gab.

Da waren Mauern. Da waren Schutzzauber und Barrieren, Schilde aus einer Magie, die so fremdartig war, dass es schmerzte. Sie machte eine Linse aus diesem Schmerz, ein Brennglas. Es fing das vielfarbige Licht des Fensters ein und bündelte es zu einem einzigen brennend weißen Strahl.

Sie richtete ihn auf das Herz der Schutzzauber, und ein beißender Brandgeruch stieg ihr in die Nase, als ob die Schutzzauber aus lebendigem Fleisch bestanden hätten.

Die Mauern um ihre Magie zerfielen zu Asche. Die volle Wucht ihrer eigenen Kraft traf sie wie eine riesige Woge. Sie riss Averil hoch, als wollte sie sie davonspülen.

Sie kratzte jeden Fetzen Disziplin zusammen, klammerte sich an jeden kärglichen Rest von Kontrolle. Noch während sie das tat, geriet sie ins Wanken und war am Rande der Verzweiflung. Sie war zu stark und gleichzeitig zu schwach. Ihr Feind, ihr Fänger erhob sich.

Er hatte die Störung des Zaubers gespürt. Abrupt fuhr sie hoch und zog Kraft aus der Luft, dem Himmel, der wilden Magie – es spielte keine Rolle.

Ihr Bemühen hatte Erfolg. Das Bewusstsein des Feindes zog sich zurück. Die Flut der Magie ebbte ab. Sie war noch immer stärker, als ihr lieb war, und weniger gehorsam, als sie es sich wünschte. Aber sie gehörte wieder ihr. Averil war so vollständig, wie sie sein konnte, da jene letzte Mauer noch unverrückbar stand und sie von ihrer anderen Hälfte trennte.

Diese Mauer gab nicht nach, wie sehr sie sich auch dagegenstemmte. Sie war ein eigenständiges Werk, das Averil nicht verstehen konnte. Sie hätte einstürzen müssen.

Dies sollte nicht sein. Gereint sollte da sein, sollte in ihrem Inneren sein. Der Zauber war gebrochen. Sie war wieder sie selbst – bis auf diesen Mangel. Und das bedeutete, dass sie nur sehr wenig zurückgewonnen hatte.

Sie hatte ihre Magie – das, was sie ohne ihn war. Sie öffnete die Augen und sah in Estebans Gesicht.

Es war bleich und bebte; seine Augen wichen ihrem Blick aus. Er sah aus, als wäre er am Ende seiner Kräfte.

Es gab für ihn weder Stuhl noch Bank zum Sitzen. Sie zog ihn auf den Boden. Er bemühte sich, mit Anmut hinabzusinken, aber seine Knie versagten ihren Dienst; er ging so heftig zu Boden, dass er nach Luft schnappte.

Sie stärkte ihn mit ein paar Tropfen ihrer Kraft, bis er aufrecht sitzen konnte. Er holte stockend Luft. »Ich … danke Euch.«

»Ich bin es, die Euch Dank schuldet«, sagte sie. »Kommt jetzt. Wir haben höchstens noch diese Nacht, bevor Euer Verbündeter seinen Verlust bemerkt. Wir sollten die Zeit nutzen.«

Selbst in seinem derzeitigen Zustand warf Esteban ihr einen süffisanten, hoffnungsvollen Blick zu. Es tat ihr fast leid, seine Hoffnungen zu zerschmettern. »Ich nehme an, Ihr habt einen Plan.«

»Ich –« Er schluckte und erhob sich unsicher. »Ja. Wir müssen schnell sein. Kommt, Hoheit.«

Averil passte es nicht, seinem Befehl zu gehorchen, aber in diesem Moment waren sie Verbündete. Sie hielt inne und genoss das magische Feuer, das in ihrem Inneren loderte, während sie sich gleichzeitig vergewisserte, dass keine feindliche Macht es entdecken konnte.

Dann war sie bereit. Sie nickte Esteban zu. Er erwiderte ihre Verbeugung und nahm ihre Hand.

Seine Hand zitterte leicht. Ihre war vollkommen ruhig. Sie hatte die Furcht hinter sich gelassen und freute sich über die Hitze des Zorns, der die geringeren Empfindungen in Zaum hielt.

Wenn Gamelin vernichtet werden konnte, würde sie ihn vernichten. Diesen Eid schwor sie sich in der Stille ihres Herzens.

Kapitel 21

Gereint irrte durch den Schnee. Das Feld der zweifach Getöteten lag hinter ihm; überall um ihn herum war Wald: eine endlose Wildnis aus Bäumen.

Seine Kameraden ritten schweigend dahin und wiesen ihm keine Richtung. Sie wirkten benommen oder wie in einem Traum. Genau das hatte er befürchtet: Magier der Orden fühlten sich außerhalb ihrer akribisch geordneten Strukturen einfach nicht wohl.

Als es dunkel wurde, fügte er sich in das Unvermeidliche und machte Halt. Sie hatten keine Zelte und spärliches Gepäck, aber das Dickicht bei einem Felsvorsprung bot ihnen Schutz und Feuerholz.

Schweigend schlugen sie ihr Lager auf, machten Feuer, versorgten die Pferde und aßen von den Vorräten in ihren Satteltaschen: Brot, Käse und eine Hand voll Gerste, aus der sie mit geschmolzenem Schnee eine fade, aber sättigende Grütze kochten.

Darienne reichte eine Flasche Kräuterlikör herum, der nach Sonnenschein schmeckte und Gereint schwindelig machte. Sie war zwar schneller wieder zu sich gekommen als Mauritius und Ademar, doch sie war genauso wortkarg wie die beiden.

Gereint hatte die Stille satt. Teils durch die Wirkung des Stärkungsmittels, teils weil er das Bedürfnis hatte es auszusprechen, sagte er: »Wenn Ihr morgen Früh nach Lutèce zurückkehren wollt, dann geht. Niemand wird Euch einen Vorwurf machen.«

Für eine halbe Ewigkeit blieben sie stumm. Kurz bevor Gereint einen Wutanfall bekam, sagte Ademar in seinem typischen lakonischen Tonfall: »Wir sind eine furchtbare Enttäuschung, nicht wahr? Sobald wir den Feind vor Augen haben, brechen wir zusammen.«

Das war leider allzu wahr, und Gereint machte keinen Versuch, es zu leugnen. »Verehrte Herzogin, Messires, die ganze Zeit habt Ihr gewusst, was uns bedroht; Ihr habt gelitten, Ihr habt Opfer gebracht, Ihr habt geliebte Menschen sterben sehen und Schlimmeres. Und dennoch fallt Ihr wieder und wieder in Eure alten Denkweisen zurück. Ihr wisst, wir müssen uns alle ändern, aber Ihr habt nichts dafür getan, dass es passiert. Selbst wenn wir diesen Krieg gewinnen, wird kein Teil der Welt jemals wieder derselbe sein. Das wisst Ihr ebenfalls, und trotzdem weigert Ihr Euch, dementsprechend zu handeln.«

Er hielt inne. Es war furchtbar, diese Worte zu diesen Menschen zu sagen. Er musste sich beherrschen, nicht mit den Füßen zu scharren, den Kopf zu senken und Entschuldigungen zu stammeln. Er schluckte und fuhr fort. »Ich habe Euch nicht gebeten, mit mir zu kommen. Ich halte Euch keineswegs für nutzlos, aber es gibt ein paar Dinge, die Ihr akzeptieren müsst, bevor Ihr weitergeht. Wenn Ihr sie nicht akzeptieren könnt, werdet Ihr umkehren müssen. Ich werde mir nicht Eure Leben und Seelen aufs Gewissen laden.«

»Das sind harte Worte«, sagte Mauritius, »gewiss genauso schwer auszusprechen wie anzuhören. Wir haben sie mehr als verdient, nach allem, was wir gesehen und getan haben. Aber ich bitte Euch, Messire, dürfen wir es noch einmal versuchen?

Dürfen wir noch hoffen, bei dieser Schlacht von Nutzen zu sein?«

»Es wird schlimmer werden«, sagte Gereint. »Was wir dahinten gesehen haben, was ich tun musste – das ist erst der Anfang. Fragt Euch ernsthaft, Messire: Könnt Ihr tun, was ich tat? Könnt Ihr gar noch mehr tun, falls es nötig ist? Hand aufs Herz, Messire. Versteht Ihr, was ich getan habe, und wie und warum?«

Mauritius nahm sich Zeit für seine Antwort. Gereint drängte ihn nicht. Für einen Magier seines Ordens und seines Rangs war das Ganze eine schreckliche Sache; sie richtete sich gegen vieles, zu dem er erzogen und ausgebildet worden war.

Mauritius wusste das. Schon nach dem Fall der Rose hatte er es gewusst, als er vom Feld der Bindung in die Wildländer geritten war. Damals hatte er die wilde Magie gesehen und die Hilfe, die sie bot, notgedrungen angenommen.

Nun würde er noch mehr tun müssen. Er würde diese Magie selbst ausüben müssen.

»Es gab eine Zeit«, sagte er wie zu sich selbst, »in der hätte man dich wegen dem, was du bist und tust, aus dem Orden geworfen. Und mich hätte man auf den grässlichsten Außenposten verbannt, den man sich vorstellen kann, und zu einem schlichten Ritter oder sogar zum Knappen degradiert, für das Verbrechen, dich zu uns gebracht zu haben.«

»So wäre es Euch vor dem Fall der Rose ergangen«, sagte Gereint. »Uns beiden mag dieses Schicksal immer noch blühen, wenn wir diesen Krieg gewinnen. Wir werden dies nicht für Ruhm und Ehre tun, nicht einmal, weil wir auf Dankbarkeit hoffen. Wir werden es tun, weil es nichts anderes gibt, das wir tun könnten.«

»So war es auch immer bei unserem Orden«, sagte Mauritius. »Hast du je einen Eid geschworen, nur eine einzige Art von Magie auszuüben?«

»Nein, Messire«, sagte Gereint. »Aber –«

»Das ist bei einem Ritter nicht anders, Messire. Was der Orden in seinem Herzen ist und das, was er im Laufe der Zeit und durch Traditionen wurde, ist nicht unbedingt dasselbe.«

Es fiel Mauritius nicht leicht, diese Worte zu aussprechen. Gereint hörte die Anstrengung in ihnen, die es Mauritius kostete, seinen Geist von Verhaltensmustern wegzureißen, die ihn sein Leben lang beherrscht hatten. Was er tat, war großartig, genauso großartig, wie wenn er sich todesmutig in eine Schlacht gestürzt hätte.

Gereint verneigte sich vor ihm. »Es ist mir eine Ehre, Euch an meiner Seite zu haben.«

Der ganze Wald lag unter einem Zauber, der voller ineinanderverschlungener Dinge war wie eine Grube voller Schlangen. Es gab keinen geraden Pfad; keinen Weg hindurch. Jeder Pfad, den sie einschlugen, wand sich zu einem anderen und schickte sie im Kreis herum, bis sie wieder dort landeten, wo sie losgegangen waren.

Selbst die unterirdischen Wege waren konfus und verworren. Als Gereint versuchte, ihnen zu folgen, krümmte er sich und musste würgen. Es war schlimmer als Schwindel; es war, als hätte sich eine Hand aus der Erde erhoben und seine Eingeweide verdreht.

Nie zuvor war er derart abgeschnitten von der Erde gewesen. Seine Magie war auch niemals geschwächt worden; nichts hatte ihr je etwas anhaben können, selbst wenn er es gewollt hätte.

Er hätte nicht gesagt, dass er sich fürchtete. Aber er hatte ein bisschen mehr Verständnis für seine Kameraden.

Nun waren sie im Gegenzug stärker als er. Ademar und Mauritius übernahmen die Führung und wendeten sich hierhin und dahin, um sich den Weg durch das Labyrinth zu bahnen. Darienne bildete die Nachhut: Sie wachte über die Schutzzauber und hielt Ausschau nach dem Feind.

Zum ersten Mal seit langer Zeit beugte sich Gereint einer Magie, die sowohl stärker als auch bewanderter war als seine eigene. Trotz all der Kraft in seinem Inneren war er immer noch ein ungeübter Novize. Sie waren Meister ihrer Kunst, so gewandt und sicher, dass alles vollkommen mühelos wirkte. Sie bewegten sich zusammen wie in einem Tanz.

Als sie am zweiten Morgen das Lager abbrachen, hatte es endlich aufgehört zu schneien. Der Himmel hing tief über ihnen, die Luft war still und feucht und kalt. Darienne hatte die Nacht durchgearbeitet und mit Kristall und Feuer Zauber gewirkt, aber der Wald schien kein bisschen leichter zu durchdringen als am Tag davor.

Sie waren nicht auf eine derart lange Reise vorbereitet. Schlimmstenfalls hatte Mauritius mit zwei oder höchstens drei Reisetagen gerechnet. Dann würden die Pferde Futter brauchen, und die Reiter würden Wild jagen müssen, das aus dem Wald verschwunden schien.

»Ich wette, dass der Weg offen ist, wenn wir umkehren«, sagte Ademar. Es gelang ihm, so zu klingen, als würde diese Möglichkeit für ihn nicht infrage kommen, aber sie konnten nicht umhin, sie zu erwägen. Aus Ademar würde ein gewitzter Höfling werden, vorausgesetzt, es würde noch einen sterblichen Königshof geben, wenn all dies hier vorüber war.

»Wenn wir den Zauber bis zum Morgen nicht brechen, werden wir umkehren müssen«, sagte Mauritius.

»Nein«, sagte Gereint. »Wir können nicht aufgeben. Wir haben nicht genug Zeit.«

»Aber haben wir Zeit, weiter im Kreis zu reiten?«, fragte Mauritius. »Messire, mit einer Kompanie von Rittern wird uns der Durchbruch vielleicht gelingen. Wenn wir den Waldrand erreichen und der Umklammerung des Zaubers entfliehen können, werde ich alle herbeiordern, die reiten können. Sie werden in einem Tag hier sein.«

Das war eine große Versuchung, und Gereint hätte ihr fast

nachgegeben. Aber ein Kribbeln im Nacken warnte ihn davor, diesem plötzlichen Hoffnungsschimmer zu vertrauen.

»Es wird nicht klappen«, sagte er. »Er weiß noch nicht, dass wir hier sind; der Zauber ist blind, und er beobachtet ihn nicht. Eine Armee der Rose wird all seine Verteidigungsmittel auf den Plan rufen und die Falle zuschnappen lassen.«

»Wir können es dennoch versuchen«, erwiderte Mauritius, »oder wir können weiter umherirren, bis wir sterben. Welche andere Möglichkeit bleibt uns?«

Gereint blieb ihm eine Antwort schuldig. Es gab eine, es musste eine geben, doch er bekam sie noch nicht zu fassen.

Die anderen fassten einen Entschluss: Wenn sie bis zum Sonnenuntergang noch keinen Weg durch den Wald gefunden hatten, würden sie umkehren.

Wie es der Zufall wollte, errichteten sie das Lager eine ganze Weile vor Sonnenuntergang, da sie einen Platz gefunden hatten, der sicher und geschützt schien. Die Ruinen eines Steinhauses boten Mauern und ein Stück Dach als Schutz gegen Wind und Schnee und spähende Augen.

Sie fütterten die Pferde mit dem restlichen Getreide und führten sie auf eine Lichtung, wo sie im Schnee nach welkem Wintergras scharren konnten. Für die Reiter gab es in der Glut gebackene Brotfladen, ein bisschen Käse und ein paar verschrumpelte, aber überraschend süße Äpfel, die Ademar am Rand der Lichtung in den Überresten eines alten Obstgartens entdeckt hatte.

Niemand schien all dies bemerkenswert zu finden; alte, verlassene Bauernhöfe waren nichts Ungewöhnliches, einige waren so alt wie Romagna und andere waren durch verschiedene Kriege heruntergewirtschaftet und zu Grunde gerichtet worden. Aber Gereint, der Bauernsohn, war seltsam beunruhigt. Es war der einzige Ort dieser Art, den sie seit Betreten des Waldes gesehen hatten, und der einzige Ort, an dem solche Bäume wuchsen.

Er musste immer wieder an die Wildländer denken und an den Bauernhof, in dem die Ritter Rast machten, nachdem sie vor den Armeen des Königs geflohen waren, ein Ort von derart tiefer Magie, dass sie endlos erschien. Dieser Ort gehörte Peredur oder er zu ihm. Er war ein Refugium, das große Macht und tiefen Frieden ausstrahlte.

Gereint wusste nicht, warum ein überwucherter Obstgarten und die Ruine eines Hauses ihn an jenen anderen unsterblichen und unzerstörbaren Ort erinnerten. Vielleicht weil er so anders war als alles andere, das ihnen auf diesem Ritt begegnet war. Er war eine Kuriosität; er schien so fehl am Platz in dieser Wildnis aus Eichbäumen, Eschen, Buchen und Haselsträuchern.

Er aß sein bescheidenes Nachtmahl, vergewisserte sich, dass die Pferde gut versorgt waren, und kehrte zurück zum Unterschlupf und zum Feuer. Ademar schlief schon; Darienne, der die durchgearbeitete Nacht noch in den Knochen steckte, war im Sitzen eingenickt. Mauritius hielt Wache und schaute ins Feuer wie in einen Seherspiegel.

Gereint wollte ihn nach dem Bauernhof fragen, fand jedoch nicht die richtigen Worte, um seine Gedanken auszudrücken. Stattdessen wickelte er sich in seinen Umhang und schloss die Augen. Die Sonne schien noch, aber nicht mehr lange. Wenn er schlafen konnte, würde sein Kopf beim Aufwachen vielleicht ein wenig klarer sein.

Einer Sache war er sich gewiss. Die anderen konnten umkehren. Es würde besser für sie sein, wenn sie es täten. Aber er würde weitergehen, einerlei, welchen Preis er dafür zahlen musste.

Kapitel 22

Goronwy floh aus dem Schrein des Schlangenzahns, lief davon vor Schuld und Gefahr. Seine Tante, die Königin, war am Leben, aber nur noch gerade so. Er wünschte ihren Tod, doch er lief nicht zurück, um auf Nummer sicher zu gehen.

Ihm blieben im Höchstfall ein paar Stunden, bis ihre Diener sie fanden. Bis dahin musste er ein gutes Stück weit fort von Caermor sein. Er rannte zum Fluss und folgte den Hinweisen, die der Meister zurückgelassen hatte: magische Funken, die ihm den Weg zeigten.

Ein Schiff wartete auf ihn, wie der Meister es versprochen hatte. Es war klein, mit schwarzem Rumpf und schwarzen Segeln und einem Bug wie ein Drachenkopf. Der Kapitän sah auf den ersten Blick wie ein gewöhnlicher Seemann aus, aber etwas stimmte nicht mit ihm. Er wirkte irgendwie verdreht und unwirklich.

Seine Matrosen hatten eine vertraute Leere in den Augen, was Goronwy in gewisser Weise beruhigend fand.

Während Goronwys eigene leeräugige Wachmänner sich einen Platz auf dem Schiff suchten, wies der Kapitän seine Mannschaft an, die Segel zu setzen. Die Flut kam, und ein Sturm braute sich zusammen.

Goronwy hatte kein Gepäck, keine Vorräte, nichts als das Gefäß mit den Seelen und den Zahn der Schlange. Unter Deck waren Wolldecken und Wein, gesalzener Fisch und das steinharte Brot, das die Seeleute liebten. Goronwy verspürte noch keinerlei Verlangen nach diesen Dingen. Er kehrte an Deck und an die frische Luft zurück, als das Schiff Fahrt aufnahm und von Wind und Flut in Richtung Meer getragen wurde.

Starke Zauber lagen über diesem Schiff. Caermors Verteidigungsmittel konnten ihm nichts anhaben. Und es kam auch kein Flussmeister der Königin, um die Ladung zu überprüfen. Als die Stadt hinter ihnen davonglitt, hatte Goronwy das Gefühl, als würde die ganze Welt davongleiten.

Dort, wohin er ging, war alles möglich. Nichts würde jemals wieder so sein wie früher.

Ein Sturm tobte über der See. Die Wolken berührten fast die Wellenkämme, die gewaltige Dünung ließ das Schiff winzig erscheinen.

Aber dort, wo sie segelten, war die See glatt wie ein Spiegel. Der einzige Wind, der sie berührte, war die frische Brise, die die Segel blähte. Sie fuhren über einen schmalen Pfad zwischen den Wänden aus Wasser, sausten schneller dahin, als ein sterblicher Wind sie hätte tragen können.

In Hochstimmung trat Goronwy an den Bug. Er wollte nach vorn schauen, aber als er die Hand an den Drachenkopf legte, spürte er nicht glattes, hartes Holz, sondern etwas viel Seltsameres.

Jene geschlitzten goldenen Augen waren lebendig. Schuppen wölbten sich wie Perlen unter seiner Handfläche. In der winterlichen Kälte fühlten sie sich warm an: Da war ein Feuer im Herzen des Drachens.

Vorsichtig zog Goronwy seine Hand zurück. Offensichtlich war die Magie seines Meisters umfassender, als er geahnt hatte. Er stellte sich die erwartungsvolle und gleichzeitig bange Frage, was er vorfinden würde, wenn er den Meister persönlich traf.

Es würde eine Belohnung geben, dessen war er sich sicher. Er hatte den Schlüssel an sich gebracht. Der Thron von Prydain war das Mindeste, das er für diese Tat erwarten konnte.

Was für ein angenehmer Tagtraum! Er ließ sich davon einlullen, während das Schiff auf den vagen Schatten eines fernen Gestades zuflog.

Goronwy hatte das Gefühl für die Zeit verloren. Es war immer noch hell. Jenseits der schwarzen Wolkenfront musste sich die Sonne mittlerweile gen Westen neigen. Das Land war inzwischen in Sicht, und er konnte grüne Bergkuppen und steile Felsklippen ausmachen.

Er war noch nie außerhalb von Prydain gewesen, war nie mit einem Schiff übers Meer gesegelt. Er reckte den Hals, um dieses fremde Land zu sehen, das den Namen Lys trug.

Es sah kein bisschen exotischer aus als die Küsten seines eigenen Landes. Die Klippen ragten hoch auf, waren jedoch längst nicht so weiß und beeindruckend wie die weißen Klippen von Dubris an der Ostspitze Prydains.

Das Schiff hob sich. Etwas glitt direkt hinter ihm ins Wasser, wo gerade noch ein Seemann gestanden hatte. Er drehte sich um und ließ den Blick über das Deck schweifen.

Die Mannschaft war verschwunden. Er sah kleine, schwarze Wesen im Meer, die vor dem Bug davonschossen. Nur seine Gardisten blieben reglos und geistlos an seiner Seite.

Eine Welle ergriff das Schiff und hob es in den Himmel. Goronwy verschwendete keine Zeit mit Panik. Er schlang die Arme um den Hals des Drachens.

Die Schiffswände erhoben sich. Sie sahen aus wie Rippen, die schnell mit glänzenden schwarzen Schuppen überzogen wurden. Sie verschluckten Deckplanken und Kapitänsbrücke und die Gardisten, die ahnungslos und arglos an dem Platz geblieben waren, wo Goronwy noch vor einem Augenblick gestanden hatte.

Der Hals des Drachens wand sich unter seinen Händen, aber er hielt ihn mit eisernem Griff umklammert. Was zuvor ein Schiff gewesen war, war nun ein langer, geschmeidiger Körper und ein gezacktes Rückgrat. Direkt hinter ihm entrollte sich eine stachelige Mähne.

Ob mit oder ohne Absicht bot sie ihm Schutz; sie verhinderte, dass er abrutschte, und gab ihm Halt, als der Drache sich aus dem Meer erhob. Eisige Gischt klatschte auf seine Wangen. Bittere Kälte war um ihn herum, doch das Feuer des Drachenkörpers hielt ihn warm.

Um ein Haar hätte er sich an dem riesigen Bauch verbrannt. Mit aller Kraft klammerte er sich an den Hals des Drachens, als der über die tosenden Wellen auf die felsige Küste zuschoss. Er steuerte direkt auf eine schwarze, vereiste Klippe zu. Goronwy schloss die Augen. Er würde doch noch sterben, würde mit dem Kopf gegen den harten Fels geschleudert.

Die Luft veränderte sich. Sie war dicker, dunkler und kälter. Die Wärme des Drachenkörpers umgab ihn wie ein Mantel oder wie ein Schutzzauber.

Das riesige Untier glitt durch Erde und Felsen wie ein Fisch, der durchs Wasser schwimmt. Goronwy versuchte zu sehen, wohin es ging, aber seine Augen sahen nichts als Dunkelheit. Er kniff sie zu und presste sein Gesicht an den warmen, schuppigen Hals. Er hatte die Angst hinter sich gelassen. Er wollte nichts weiter als leben. Er hielt sich krampfhaft fest und betete zu allen Göttern und Mächten, die ihn hören mochten, und versuchte, alles zu vermeiden, was den Drachen an seine Anwesenheit erinnerte.

Der Drache wogte durch die Dunkelheit. Die Zeit schien unendlich. Licht wurde zu einem Traum, dann zu einem Märchen, und schließlich war seine Erinnerung daran verschwunden. Die ganze Welt war reduziert auf das warme schuppige Ding, an das er sich klammerte, und auf das Rauschen seines eigenen Blutes in seinen Ohren.

Stein wandelte sich plötzlich zu Wasser und Dunkelheit zu blendendem Licht. Die Luft, die Goronwy in seine Lungen saugte, war lebendige Luft, nicht Wasser oder Stein.

Der Drache hob den Kopf und schwankte unter dem bleifarbenen Himmel. Unter ihm schimmerte ein tiefer See, an dessen Rand eine kleine dunkle Gestalt saß.

Einen Moment lang sah Goronwy mit den Augen des Drachens: ein Happen fürs Abendessen, winzig und knochig und kaum die Anstrengung wert. Dann erkannte er mit einem kleinen, aber heftigen Schreck den Meister, dessen Hexereien ihn hierhergebracht hatten – wenn auch vielleicht nicht absichtlich. Der Drache beugte sich herab, bis seine Augen auf der Höhe des Meisters waren. Wie von selbst lockerten Goronwys Hände ihren Griff; unsanft landete er zu Füßen des Meisters im Kies.

Der Drache seufzte, als ob er eine schwere Last losgeworden wäre. Goronwy spürte, wie er hinter ihm zurück durchs Wasser in seine heimatliche Erde sank.

Ohne seine riesige, atmende Präsenz schien der See viel größer und die Luft viel kälter. Goronwy schaute auf in Meister Gamelins Gesicht. Es gab Worte, die er hätte sagen können, aber keines mochte über seine Lippen kommen.

Wenn es den Meister bestürzte, dass Goronwy die Reise überlebt hatte, wusste er seine Gefühle gut zu verbergen. Er sprach ruhig und kühl, ohne jedes Zeichen von Überraschung. »Seid gegrüßt, Messire. Habt Ihr ihn mitgebracht?«

Goronwy legte die Hand auf die Gürteltasche, in der der Zahn die lange Reise unbeschadet überstanden hatte. Er hätte ihn herausziehen und dem Meister zeigen sollen, doch er machte keine Anstalten, das zu tun. Sein Schreck hatte sich in Zorn gewandelt. »Angenommen, ich habe ihn. Was wollt Ihr damit anfangen?«

Das war sehr unhöflich. Der Meister zuckte mit keiner Wimper. »Ihr seid einfallsreich«, sagte er, »und stärker, als Ihr ausseht. Ihr seid vielleicht nützlicher, als ich gedacht habe.«

»Glaubt Ihr?«, fragte Goronwy. »Ich hatte den Eindruck, Ihr wärt glücklicher, wenn ich tot wäre.«

»In der Welt, die ich erschaffen werde, gibt es keinen Platz für Schwäche«, sagte Gamelin. »Und jetzt, Messire, den Schlüssel, wenn ich bitten darf.«

Goronwys Finger schlossen sich fester um den Zahn. »Vielleicht sollte ich ihn behalten, wenn er so wertvoll ist. Ich habe dafür mit meinem Leben bezahlt.«

»Er ist für Euch nicht von Nutzen«, sagte Gamelin.

»Wie kann ich Euch das glauben? Ihr habt versucht, mich deswegen umzubringen. Er muss eine Menge wert sein.«

»Er ist alles wert und nichts«, entgegnete Gamelin.

»Wie rätselhaft«, sagte Goronwy. »Was ist er Euch denn wert? Was werdet Ihr bezahlen, um ihn in Eure Hände zu bekommen?«

Die Augen des Meisters verengten sich zu Schlitzen. Goronwy erschauerte innerlich, nicht gänzlich vor Angst. Was er da in Händen hielt, bedeutete Macht. Das Gefühl war ihm recht angenehm. Meister Gamelin zischte, fügte sich jedoch. Auch das war berauschend und gleichzeitig Furcht einflößend. »Welchen Preis fordert Ihr, Messire?«

»Ich brauche kein Gold«, sagte Goronwy in der Hoffnung, den Meister dadurch zu überraschen. »Magie besitze ich, und Ihr werdet mich so viel lehren, wie ich in der Lage bin zu erlernen. Meine Forderung ist leicht zu erfüllen für einen Magier mit Euren Fähigkeiten. Gebt mir, was mir gehört. Gebt mir Prydain – seinen Thron, sein Volk und all seine Magier. Gebt mir all das, dann bekommt Ihr den Schlüssel.«

»Wenn der Schlüssel die Tür geöffnet hat«, sagte Gamelin, »mögt Ihr all das haben und noch mehr.«

»Aber jetzt noch nicht?«

»Nein.«

Ein Teil von Goronwy wollte darauf bestehen, stark sein und nicht nachgeben. Aber er war klug genug, um zu wissen, dass das unvernünftig wäre. »Schwört es«, sagte er. »Schwört mir den großen Eid, den Eid, der Euch bei lebendigem Leibe verschlingen wird, wenn Ihr ihn brecht.«

Kein Magier oder Zauberer würde diesen Eid auf die leichte Schulter nehmen. Gamelin zögerte nicht.

»Ich schwöre es«, sagte er, »und wenn ich den Eid breche, möge die Erhabene selbst meine Seele verschlingen.«

Mehr konnte Goronwy sich nicht wünschen. Dennoch zögerte er, obwohl er den Handel abgeschlossen hatte.

Langsam zog er den Schlangenzahn hervor. Er schimmerte in seiner Hand wie durchscheinendes Glas. Er sah nicht aus wie etwas, das von einem lebendigen Wesen stammte, und dennoch lag eine spürbare Macht darin.

Es war sicher Einbildung, aber Goronwy hatte das Gefühl, dass der Zahn sich sträubte, ihn zu verlassen. Die langen dünnen Finger des Meisters umschlossen ihn. Beiden entwich ein Seufzer.

Als der Zahn nicht mehr in seinem Besitz war, hielt Goronwy den Atem an. In diesem Moment musste er damit rechnen, dass der Meister ihn beseitigen würde.

»Kommt«, sagte Gamelin.

Dann stimmte es also: Goronwy war zu nützlich, um ihn umzubringen – zumindest fürs Erste. Ihm blieb kaum eine andere Wahl, als zu tun, wie ihm befohlen wurde. Der Drache war fort; es gab nur noch den See und den Wald, in dem er sich befand, und einen Pfad, der sich vom Ufer bis zum Waldrand hinaufschlängelte.

Gamelin hatte den Aufstieg schon begonnen. Goronwy holte tief Luft. Nichts, was er hier tat, war mit seinem langen wilden Ritt auf dem Drachenrücken durch das Innere der Erde zu vergleichen. Selbst wenn er sterben würde, wäre ihm das nicht zu nehmen.

Es war den Preis wert. Plötzlich war ihm, als wäre eine große Bürde von ihm abgefallen, und er folgte lachend den Spuren des Meisters.

Kapitel 23

Dass Esteban Verbündete hatte, die ihm treu ergeben waren und nicht Gamelin, wusste Averil schon seit dem vergangenen Jahr, als sie zum ersten Mal in den Goldenen Wald gekommen war. Acht von ihnen hatte sie kennen gelernt und sich ihre Namen und Gesichter eingeprägt.

Andere waren nun im Königreich Lys verteilt, raubten Seelen und führten Armeen im Namen der Schlange. Esteban plante, sie herbeizurufen, wenn die Zeit reif war. Das würde bald der Fall sein: Averils wiederhergestellte Magie konnte spüren, wie die Welt sich immer schneller auf das Ende all dessen zubewegte, das ihr vertraut war.

Die Rose war gestorben und wiedergeboren, aber diese Wiedergeburt war beängstigend zerbrechlich. Lys lag im Sterben und verlor mit jedem Tag weitere Seelen. Die Zerstörung hatte sich ausgebreitet: Sie spürte sie in Prydain, wo irgendeine große Macht die Königin niedergestreckt hatte; sie spürte die Zerstörung in den Königreichen, die Lys umgaben, in Gotha, in Moresca und in den Überresten von Romagna.

Sie hätte all dem ein Ende machen sollen. Sie hätte in die königliche Stadt einziehen, Krone und Thron an sich nehmen und alle Missetaten ihres Vorgängers wiedergutmachen sollen.

All das würde sie tun, doch nicht so, wie es die verfeindeten Parteien dieses endlosen Krieges erwartet hatten.

Jetzt folgte sie Esteban aus der Kapelle in die Halle, wo ein weiterer seiner Verbündeten wartete. Dieser, so hatte er versprochen, würde ihnen beim Kampf gegen den falschen Priester tatkräftig zur Seite stehen und sie in jeder Weise unterstützen.

Um ein Haar hätte Averil auf dem Absatz kehrtgemacht. Nur ihre gut geschulte Disziplin und die Reihe der Wachmänner hinderten sie daran.

Mathilde begrüßte Averil mit einem derart freundlichen Lächeln, dass sie fast darauf hereingefallen wäre. Aber wegen all der Dinge, die geschehen waren, fiel ihre Reaktion alles andere als herzlich aus.

Anscheinend wurde ihre kühle Begrüßung nicht als Affront aufgefasst. Mathilde ergriff ihre Hände und machte einen ehrerbietigen Hofknicks. »Hoheit! Ich bin höchst erfreut, Euch so erholt und wohlauf zu sehen.«

Averil bezweifelte dies, aber sie biss sich auf die Zunge und blieb friedlich. »Ihr habt Neuigkeiten«, sagte sie stattdessen, während sie ihre Hände aus Mathildes Griff befreite.

Mathilde nickte. »Prydains Königin ist krank, einige sagen todkrank. Keiner weiß die Ursache. Sie wurde in der Krypta einer Kirche in Caermor neben einer offensichtlich leeren Grabstätte gefunden.«

Averil sträubten sich die Nackenhaare. »Und? Da ist doch noch mehr, oder?«

»Ja, das mag sein«, sagte Mathilde, und ihre Worte klangen ernst und gleichzeitig kokett. Averil konnte ihr Verhalten nicht mehr unbefangen einschätzen. »Der Priester unseres verstorbenen Königs ist in den letzten paar Tagen nirgends in Erscheinung getreten, aber bevor er verschwand, deutete er an, dass etwas Großartiges bevorsteht.«

Averil schloss für einen kurzen Moment die Augen: In der plötzlichen Dunkelheit stürzte sie beinahe vom Rand der Welt hinab. »Er hat es gefunden«, sagte sie. »Es ist in seiner Hand. Verehrte Gräfin, wenn Ihr noch Freundinnen auf der Insel habt, tätet Ihr gut daran, ihnen zu sagen, was Ihr wisst, und sie zu bitten, Hilfe nach Prydain zu schicken.«

»Prydain spielt keine Rolle mehr«, warf Esteban ein, »wenn sein großer Schatz nicht mehr dort ist.«

»Prydains Königin spielt sehr wohl eine Rolle«, entgegnete Averil grimmig, »und sie verfügt über Kräfte, die für uns von großem Nutzen sein können.«

»Nicht jetzt«, erwiderte Esteban, »und nicht aus dieser Entfernung. Es spitzt sich alles zu, Hoheit, und das Zentrum ist hier.«

Sie verfluchte ihn in ihrem Herzen, weil er die Wahrheit sagte. Jede Hilfe, jeder Verbündete, jede Fluchtmöglichkeit war ihr entglitten. Ihr war nichts geblieben als diese beiden, denen sie nicht traute.

Eines hatte sie noch, das großartige Werk, um das sie alle kämpften. Wenn Gamelin den Zahn der Schlange hatte, würde er nicht lange auf sich warten lassen und zu ihr kommen. Dann würde alles aus sein – außer wenn sich durch eine verrückte Laune des Schicksals eine Möglichkeit auftun würde, ihn aufzuhalten.

Sie konnte keine Möglichkeit sehen. Sie hatte zwar nicht die Gabe der Vorsehung, war aber geübt in Logik und klarem Denken. Sie hatte alles getan, was sie konnte, um den Wirbelsturm aufzuhalten, doch er war nur stärker geworden.

Es gab eine letzte Sache, die sie vielleicht tun konnte. »Messire«, sagte sie, »Gräfin. Könnt Ihr mich hier herausschaffen?«

Sie starrten sie an, als hätte sie den Verstand verloren. Mathilde sagte: »Hoheit, bei allem Respekt, welchen Nutzen sollte das haben? Er wird Euch nur verfolgen und alles zerstören, das ihm im Wege steht. Hier ist zumindest niemand in Gefahr, bis auf jene von uns, die sich in Gefahr bringen wollen.«

»Das ist richtig«, erwiderte Averil, »und jegliche Logik sagt mir, dass es so sein muss. Aber mein Herz sagt mir, dass die Lösung sich woanders befindet.«

»Wo?«, fragte Mathilde. »Sicherlich nicht in Lutèce, mitten in der Stadt, umgeben von Ahnungslosen?«

»Ich bin mir nicht sicher«, sagte Averil. »Aber wenn es dort ist, wohin wir gehen müssen, werden wir die Menschen fortschicken.«

»Durch die Armeen des Hexenmeisters?«, fragte Esteban.

»Sie werden alle ihre Seelen verlieren, bevor sie auch nur eine Wegstunde geschafft haben.«

Averil schüttelte heftig den Kopf, als könnte sie damit alle Zweifel und Ängste verscheuchen. »Schafft mich einfach hier heraus, dann werde ich schon wissen, wohin ich gehen muss.«

Der Prinz und die Gräfin warfen sich einen Blick zu. »Hoheit«, sagte Mathilde, »wir haben Verbündete und Pläne und einsatzbereite Zauberwerke. Aber es ist noch nicht so weit. Wir können nicht riskieren –«

»Alles ist ein Risiko«, meinte Averil nur. »Seid Ihr nun für oder gegen mich?«

Mathildes Antwort kam schnell und klang aufrichtig. »Für Euch natürlich, Hoheit!«

Estebans Antwort erfolgte ein wenig langsamer, aber Averil fand sie vertrauenswürdiger. »Sagt uns, warum wir gehen sollen, ohne zu wissen wohin, um etwas zu tun, von dem wir nicht wissen, was es sein wird, zu einem Zweck, den Ihr vielleicht selbst nicht einmal kennt. Wenn es Euer einziger Wunsch ist, diesen Ort zu verlassen, so wird Eure Freiheit nur so lange andauern, bis der Priester Euch mit dem Schlüssel in der Hand aufgespürt hat.«

»Ich verlange sehr viel von Euch«, sagte sie. »Werdet Ihr mir vertrauen?«

Seine dunklen Brauen zogen sich zusammen. Nach einer Weile sagte er: »Wir werden Euch folgen.«

»Wir brauchen Pferde«, sagte sie, »und freies Geleit durch die Wachen. Und es muss schnell gehen. Die Zeit drängt.«

Sie hielt den Atem an. Dies war ein Test: Würden sie gehorchen und sich Averils Befehlsrecht fügen, oder würden sie sie an ihren ehemaligen Verbündeten verraten?

Esteban verbeugte sich, süffisant, aber gehorsam. Mathilde verbarg jegliche Einwände, die sie haben mochte, hinter einem strahlenden, aufgesetzten Lächeln. Mit Mathilde als Vorhut und

Esteban im Gefolge, um Averil vor den Wachen zu schützen, suchten sie ein wenig Kleidung und Proviant zusammen und eilten zu den Stallungen.

Dort befanden sich ein paar Pferde, wie Averil es erwartet hatte. Keiner der beiden Edelleute wusste, wie man ein Pferd aufzäumte und sattelte. Averil schüttelte den Kopf über ihre Unwissenheit, zog Riemen fest, strich Satteldecken glatt und schob sie zur Tür hinaus in Eis und Schnee.

Sie hätte weinen können. Der Sturm, der hier tobte, kam dem gleich, den sie in Enids Haus ausgesessen hatten, und die Kälte, die danach einsetzte, war gnadenlos. Es war Wahnsinn, auch nur darüber nachzudenken, von diesem warmen und relativ sicheren Ort wegzureiten.

Ihre Magie in ihrem Inneren schlug wie eine Kompassnadel aus. Dies war nicht der Ort, wo es enden musste. Jener andere Ort rief mit jedem Augenblick, der verstrich, dringlicher nach ihr. Sie behielt genug gesunden Menschenverstand, um sich zu fragen, ob hier nicht ein weiterer Zauber wirkte, der an ihre Magie gebunden war. Aber wenn es so war, dann kümmerte es sie nicht. Sie wollte diese Sache zu Ende bringen. Wenn dieser Zauber oder Zwang ihr dabei half, dann würde sie sich ihm ergeben.

Sie hüllte sich in ihren Umhang und beschwor alle Wärme herauf, die Erde und Luft zu bieten hatte – um des armen Pferdes und um ihrer selbst willen. Der Schnee war tief und weich; der stämmige braune Wallach trabte mit erstaunlicher Leichtigkeit hindurch. Sie brauchte weder Pfad noch Weg. Die Magie zeigte ihr den Weg.

Trotz des Gewichtes einer fremden Macht, die genauso schwer wie der Schnee über diesem Ort lastete, fühlte Averil eine seltsame Leichtigkeit. Tröpfchenweise stieg Kraft aus der Erde auf, eine Andeutung von Wildheit, die sie zu einer anderen Zeit zurück in die Sicherheit einer geordneteren Magie getrieben hätte.

Nun hieß sie die Wildheit willkommen. Dies war die Macht, die in Gereint wohnte. Obwohl sie so vollkommen von ihm getrennt war, dass sie ihn überhaupt nicht spüren konnte, fühlte es sich irgendwie so an, als würde sie nach Hause kommen.

Mitten in der Glut ihrer wiederhergestellten Magie spürte sie, wie die Dunkelheit sich über das Land legte, über die Banden von seelenlosen Soldaten, die in den Wäldern umherstreiften, und die Armee, die sich auf den vor ihnen liegenden Feldern sammelte, bis zu dem schimmernden Mosaik verschiedener Magieformen, das die königliche Stadt bildete. Es gab keinen Ausweg aus dem Wald, außer dem, den der falsche Priester freigab.

Averil würde einen Weg finden. Esteban zauderte, verlor den Faden des Zaubers, der sie alle schützte. Mathildes Gewebe war noch nicht stark genug, um ihn zu ersetzen.

Eines von beiden würde zerreißen. Wenn das geschah, wusste Averil, wohin sie gehen würden. Die beiden wollten Macht. Wenn sie diese nicht durch eigene Machenschaften erlangen konnten, würden sie sich wieder dem Hexenmeister zuwenden, der kurz davor stand, alles für sich zu gewinnen.

Sie stärkte sie aus dem Brunnen, der die Kraft der Erde enthielt. Die Kraft war so stark, dass sie fast aus ihren Werken geschleudert worden wären, aber Averil war darauf vorbereitet. Einen Moment lang sonnte sie sich in ihrem Erstaunen und ihrer plötzlichen Ehrfurcht, mahnte sich jedoch zur Vernunft. Ein stundenlanger Ritt lag noch vor ihnen, und je näher sie dem Waldrand kamen, desto schwieriger würde er werden.

Der Pfad, über den die Magie sie führte, war schnurgerade. Die Pfade der wilden Magie waren immer so – was paradox anmutete, da diese Magie ansonsten weder geordnet noch gradlinig war. Während sie dem Pfad folgte, fühlte sie, dass der Wald, der ihn säumte, sich nicht immer in der Welt befand, die sie kannte. Auch das war vertraut, wenn auch nicht gerade beruhigend.

Mauern aus Verwirrung erhoben sich und stürzten ein. Kriegszauber brachen donnernd zusammen. Die Erde hob sich; ein großes schwarzes Ungetüm wand sich schwankend daraus empor und verströmte so viel Hitze, dass der Schnee in seiner Umgebung schmolz.

Averils Herz setzte aus, worüber der Talisman mit der Schläferin in seinem Inneren ruhte. Dies war keine große Schlange der alten Welt, obwohl es eine enge Verwandtschaft zwischen beiden gab: Es war ein Drache aus dem Meer, ein Meeresdrache, der durch das trockene Land schwamm. Tief in ihren Knochen, wo die Magie war, wusste sie, dass er gezwungen worden war, eine Aufgabe zu erfüllen, die ihm nicht behagte. Jetzt war er endlich frei und kehrte zurück ins Meer.

Er war nicht das erste Untier, mit dem sie Bekanntschaft gemacht hatte, das mit einem derartigen Bann belegt worden war. Gereint hatte den anderen Drachen befreit. In diesem Fall bedurfte es keiner Rettung, aber sie schenkte der riesigen Bestie eine kühle Woge von Kraft, einen Vorgeschmack auf ihr heimatliches Element.

Das Untier beugte sich herab. Seine Augen waren so unbeständig wie Wasser, erst blau, dann grün, dann grau wie Regen. Sie hatte solche Augen in den Glasfenstern der Inselkapelle gesehen, in ihren Träumen und im Glas innerhalb von Lys: Augen, die sie verfolgten und sie mit ihrer tiefen und uralten Weisheit beschämten. Da war nichts Böses, das es sie denken machen wollte. Da war nichts als Furcht und unermessliche Verständnislosigkeit.

Das Maul des Drachen öffnete sich. Etwas fiel heraus in ihre Hand. Es war erschreckend kühl, rund und glatt und schimmernd: eine dunkle Perle.

Averils Finger schlossen sich darum. Der Drache verbeugte

sich, hauchte seinen heißen metallischen Atem auf sie und tauchte hinab in die Erde.

Ihr Pferd zitterte am ganzen Körper und ließ sie aus ihrer Trance aufschrecken, dann schnaubte es und trottete weiter. Averil ließ das Geschenk des Drachen in ihre Tasche gleiten. Wozu es diente, wusste sie nicht, aber sie brachte es nicht über sich, es fortzuwerfen.

Sie blickte über die Schulter. Die beiden anderen schienen wie im Traum dahinzureiten. Hatten sie den Verwandten der Schlange überhaupt gesehen und bemerkt, was er ihr gegeben hatte?

Das Geschenk war real. Sie vergewisserte sich davon, indem sie über die glatte Rundung unter dem weichen Leder ihrer Tasche strich.

Sie hob das Kinn und sicherte ihren Sitz im Sattel. Das Zaubergewebe im Wald wurde stärker. Sie musste ihre Kräfte aufsparen, aber weder Esteban noch Mathilde konnten noch viel länger mithalten. Sie gab ihnen so viel Kraft, wie sie vermochte, und betete, dass es genügen würde.

Der Pfad führte weiter durch schneebedeckte Bäume und dann abwärts in eine ausgedehnte Senke. Die Bäume hier waren anders, niedriger und ausladender. Averil erkannte ein paar Apfel- und Birnbäume. Hinter ihnen befand sich eine steinerne Ruine, wahrscheinlich die Überreste des Bauernhauses, zu dem der Obstgarten einst gehört hatte.

Das war anders als alles, was sie bislang im Wald gesehen hatten, aber es war kaum so sonderbar wie der Meeresdrache, der sich aus dem Erdreich erhoben hatte. An den Bäumen hingen noch rote und goldene Früchte. Averil fasste den spontanen, möglicherweise unvernünftigen Entschluss, den Pfad zu verlassen. Die anderen brauchten eine Rast, und die Ruinen würden ihnen Schutz bieten. Spuren führten in den Obstgarten: Abdrücke von Hufeisen. Averils Haut spannte sich zwischen den Schulterblättern an, sie verspürte jedoch nicht den

Drang, sich umzudrehen und davonzulaufen. Die Erde barg nichts Bedrohliches. In der Luft lag keine Gefahr.

Was auch immer hier war, wollte ihr nichts Böses. Sie war sich unsicher, ob sie es wagen konnte, dieser Gewissheit zu vertrauen, aber nicht genug, um stehen zu bleiben und den Rückzug anzutreten. Die Macht, die sie weitergezogen hatte, war stärker als je zuvor. Sie war zu einer Art singender Vorfreude angeschwollen, die Wunder verhieß. Voller Erwartung drängte sie weiter, wachsam, aber ohne Angst.

Kapitel 24

Gereint erwachte aus einem Traum von Drachen, Schlangenzähnen und schwarzen Perlen. Er hatte nicht lange geschlafen. Es war immer noch hell, und keiner seiner Kameraden hatte sich geregt.

Er stand auf und streckte sich. Mauritius nahm keine Notiz von ihm: Er konzentrierte sich auf die Visionen, die im Feuer tanzten. Lutèce stand unter Belagerung, Prydains Königin lag im Sterben und schwarz gekleidete Männer hielten ein Ding in die Höhe, das aussah wie ein geschwungener, gläserner Dolch.

Gereint schwankte, als hätte er einen Schlag erhalten. Gamelin hatte den Zahn der Schlange in seinen Besitz gebracht.

Wusste er Bescheid? War ihm klar, was Averil bei sich trug?

Bei den alten toten Göttern – natürlich wusste er es. Wie könnte er es nicht wissen? Er hatte jeden ihrer Schritte überwacht. Das einzige Wunder war, dass er so lange gebraucht hatte, um es herauszufinden.

Gereint hatte nie die Neigung besessen zu verzweifeln. Er hatte nicht vor, jetzt damit anzufangen.

Vielleicht gab es keine Hoffnung, diesen Krieg jemals zu

gewinnen. Es spielte keine Rolle. Er würde kämpfen, bis nichts mehr übrig war, für das man kämpfen konnte.

Durch diesen festen Entschluss gestärkt, zog er sich den Umhang enger um die Schultern und trat aus der Ruine heraus. Er bewegte sich mit Vorsicht, all seine Sinne waren geschärft. Magie brodelte unter ihm in der Erde: wilde Magie, eine Magie, die von keinem Magier berührt wurde, weder von einem menschlichen noch von einem anderen.

Er hatte die kurze Vision eines Meeresdrachens, der sonderbarerweise durch die Erde schwamm, dann verschwand das Bild, und es blieb nichts als blendendes Licht und eine reine, gesegnete Präsenz übrig.

Ein Teil von ihm warnte ihn, dass es sich um eine Falle handeln könnte. Er beachtete die Warnung nicht. Sie war hier, ritt aus dem Obstgarten heraus, und in seinen Augen sah es so aus, als ob der Schnee auf den Ästen sich in eine duftende Blütenwolke verwandelt hätte.

Noch nicht, dachte er verschwommen, ohne recht zu wissen, was er damit meinte. Er blinzelte angestrengt. Es war wieder Winter, der Nachmittag dämmerte dem Abend entgegen, aber Averil war noch da, kam weiter auf ihn zugeritten.

Einen schwindeligen Moment lang sah er durch ihre Augen: erblickte den zertrampelten Schnee, die Ruine, die massige Gestalt davor, eingehüllt in einen dunklen Umhang, reglos wie eine steinerne Statue.

Dann war er wieder er selbst – vollkommen er selbst, ihm war so schwindelig, als hätte er ein Fass Wein getrunken. Sie strömte in seinen Körper und seinen Geist und erfüllte ihn wie eine Flutwelle aus Licht.

Es war die natürlichste Sache der Welt, vorzutreten und die Zügel zu halten, während sie absaß. Es war auch vollkommen natürlich, wenn auch keineswegs angemessen, ihre Hände zu ergreifen und sich an ihrem Gesicht sattzusehen.

Mit einem Seufzer, der fast wie ein leiser Fluch klang, zog

sie seinen Kopf herunter und küsste ihn, bis ihm fast die Sinne schwanden. Als sie ihn losließ, war sein Geist klarer als jemals zuvor.

Das hier war richtig. Es war so, wie es sein sollte.

Mit dieser Klarheit im Kopf sah er schließlich, wer hinter ihr stand. Er konnte sich an die Frau erinnern, jedoch ohne Freude. Den Mann erkannte er, weil Averil ihn kannte.

Auch sie erlebte den Schock des Wiedererkennens, als Mauritius und Darienne aus der Ruine traten, mit Ademar im Gefolge, der sich gähnend den Schlaf aus den Augen rieb. Es folgte ein Moment vollkommener Stille und argwöhnischer Blicke, die alles andere als freundlich waren.

Ein großer Teil der Magie bestand aus dem Formen und Ordnen von Symbolen. Der Name wurde zum Gegenstand oder ein Bild des Gegenstands erzeugte die Wirklichkeit. Gereint spürte es an diesem Ort deutlich, dass die Zeit und die Geschicke der Welt fast zu einem Nichts geworden waren: die Schlangenmagier, die Magierinnen und Magier der Insel und der Rose, und zwischen ihnen Gereint und Averil, die etwas vollkommen Neues darstellten.

Als er das Muster erkannte, überkam ihn ein unerwartetes, tiefes Gefühl von Richtigkeit. Die Scherben der Welt glitten zusammen, verbunden durch eine magische Matrix.

Alles war eins. Es gab keine Orden und Divisionen. Es gab nur noch Magie.

Niemand anders, nicht einmal Averil, schien dieses Gefühl von Einheit zu teilen, von Ordnung und Balance. Sie sahen einander feindselig an.

Gereint war nicht gerade glücklich über die Anwesenheit der Verräterin und des Morescaners, doch Averils Anblick schenkte ihm eine derart tiefe Freude, dass der Rest an Bedeutung verlor.

Er schüttelte sich und besann sich auf die Wirklichkeit. Um sie herum fiel die Welt in Stücke. Wie massiv und unverrückbar sie hier auch scheinen mochte, andernorts ging sie in Schutt und Asche. Sie waren hier, um sie zu retten, wenn sie konnten – wenn es überhaupt jemand konnte.

Gereint schien es vollkommen natürlich und unvermeidlich, dass aus diesem Gefühl der Richtigkeit und Stabilität heraus plötzlich Peredur wie aus dem Nichts hervortrat. Gereint konnte nicht sagen, dass er über den Anblick des Wesens, das ihn gezeugt hatte, erfreut war, aber er spürte eine gewisse Erleichterung. Sie brauchten jede Hilfe, die sie bekommen konnten.

Nicht alle Anwesenden dachten so. Die Luft knisterte förmlich vor Feindseligkeit; Gereint spürte sie auf der Haut wie einen Hagelschauer oder wie durch Sturm aufgewirbelten Sand.

Zu seiner Überraschung kam nichts von dieser Feindseligkeit aus Averils Richtung. Sie warf Peredur einen fast wehmütigen Blick zu. Er war viel stärker ein Teil von all diesem als sie alle. Natürlich war er hier, wo sie sich alle versammelt hatten, um gegen das Ende der Welt zu kämpfen.

Der Ritter und der Novize und Herzogin Darienne zeigten offensichtliche Freude, ihn zu sehen. Der Stachel des Hasses war fast verschwunden, fast unterdrückt, aber Gereints Augen erkannten seine Quelle: die verräterische Gräfin mit dem wunderschönen Gesicht und dem schwarzen Herzen.

Peredur ließ seinen Blick über die Gruppe schweifen. Nie zuvor hatte Gereint ihn so ernst gesehen. »Lutèce ist gefallen«, sagte Peredur. »Die Ritter haben sich in die Kathedrale mit den Verbündeten zurückgezogen, die ihnen noch geblieben sind.«

»Und dennoch konntet Ihr Euch frei bewegen«, sagte Mathilde.

Er würdigte ihren Kommentar keiner Antwort. Schließlich sagte Averil: »Lasst ihn in Ruhe. Wir brauchen ihn; er ist hier. Edler Herr, Messire, wie auch immer Ihr genannt werden wollt, bringt Ihr uns irgendeinen Hoffnungsschimmer mit?«

»Ich habe danach gesucht, Hoheit«, sagte Peredur. »Alle Wege werden abgeriegelt oder sind schon versperrt. Die wenigen Möglichkeiten, die uns bleiben, schwinden schnell dahin. Es liegt jetzt alles in Eurer Hand, Hoheit. Wir sind nur hier, um Euch zu helfen.«

Wenn Averil schreiend und weinend zusammengebrochen wäre, hätte Gereint ihr kaum Vorwürfe machen können. Er spürte den Impuls dazu in ihrem Inneren, aber sie bezwang ihn. Sie nahm die Schultern zurück, schluckte hörbar und sagte: »Nun gut. Einige von uns haben bereits Nahrung und Ruhe genossen. Wir anderen brauchen so viel von beidem, wie wir bekommen können. Dafür werden wir sorgen. Dann werden wir uns dem stellen, was uns erwartet.«

Peredur verbeugte sich, dem Rest fehlte der Wille oder der Mut zu widersprechen. Ihre Begleiter waren bereits abgesessen, und auch ihre Pferde hatten nichts dagegen, ein bisschen zu grasen.

Averil war froh, ihren Magen zu füllen und die Augen für eine Weile zu schließen. Sie war noch viel froher, dies zu tun, während Gereint in ihrer Nähe war. Er konnte sie genauso wenig aus den Augen lassen wie sie ihn.

Keiner von beiden scherte sich mehr darum, dass die anderen es merkten. Sie sah, wie Esteban sie beobachtete, sah, wie seine Augen sich zu Schlitzen verengten und wie er die Lippen zusammenpresste. In der Welt des Hofes, der Politik und der zivilisierten Reden hätte sie wegen seiner Eifersucht Ärger befürchtet.

Doch hier stand zu viel auf dem Spiel für belanglose Rivalitäten. Averil konnte nur hoffen, dass Esteban Manns genug war, dies zu erkennen. Fürs Erste blieb er friedlich und behielt Mathilde im Auge.

Mathildes Abneigung gegen Peredur war weniger erklärlich und weitaus beunruhigender. Peredur schien dies gar nicht wahrzunehmen. Er saß am Feuer und redete leise mit Mauritius – tröstete ihn wegen des Verlustes der Stadt und der Gefahr, die seinen Rosenbrüdern drohte.

Niemand versuchte, Averil zu trösten. Sie zog die Knie fest an die Brust, legte den Kopf darauf und kniff die Augen zusammen. Ein paar Tränen quollen hervor, aber sie ignorierte sie. Sie war müde, sie war verängstigt, sie war am Ende ihrer Weisheit, und keiner dieser großen Magier bot ihr Rat an. Sie hatten ihr die gesamte Verantwortung übertragen.

Sie waren Dummköpfe. Ihre Torheit hatte Lys in die Knie gezwungen, und keiner von ihnen hatte genug Verstand, die Verfolgung der hoffnungslosen Sache aufzugeben, nur weil ihr Blut sie zur Königin machte.

Abrupt sprang sie auf. Sechs feuerbeschienene Gesichter starrten sie an. Während der kurzen Zeit des Nachdenkens war es Nacht geworden. Sie wandte ihren Gefährten den Rücken zu und floh in die Dunkelheit.

Esteban und noch ein, zwei andere erhoben sich, um ihr zu folgen, aber Gereint hielt sie mit einem kaum hörbaren Wort zurück. Sie spürte Estebans Schreck und seinen Respekt, der gemischt war mit Verachtung für den gemeinen Bengel, der es wagte, mit dem Wappen der Rose zu protzen.

Unwillkürlich begannen ihre Mundwinkel zu zucken. Gereint war ein großer Tölpel von einem Jungen, das stimmte, und obendrein auch noch ein Bauer, aber es spielte nicht die geringste Rolle.

Er blieb nah genug bei ihr, um sie zu schützen, aber nicht so nah, dass sie sich bedrängt gefühlt hätte. Sie bedrängte ihn ihrerseits und schlüpfte in seine Arme. Sie schlossen sich um ihren Körper; sein Atem seufzte in ihrem Ohr.

Er hielt sie ohne Lust und Leidenschaft, obwohl sie spürte, dass er dafür einen Preis zahlte. Genau wie sie; auch ihr Körper war jung. Aber sie brauchte ihn hier in diesem Moment, während sie sich dem stellen musste, auf das sie sich beide seit Beginn dieses langen Tanzes zubewegt hatten.

»Glaubst du«, fragte sie, »dass ich tatsächlich Melusine bin? Dass eine Seele sterben und den Körper verlassen und wieder zurückkehren kann?«

»Ich weiß es nicht«, antwortete er, »aber ich wette, mein –, dass Peredur es weiß.«

»Dein Vater«, sagte sie, und er erstarrte. »Ja, ich weiß, was du bist. Ich glaube nicht, dass es sonst noch jemand weiß.«

»Ich habe keine Ahnung mehr, was irgendjemand wissen könnte«, sagte Gereint und klang plötzlich wieder wie der Junge, der er eigentlich noch war. »Es ändert nichts. Ich bin immer noch an die Rose gebunden, und Ihr werdet immer noch Königin sein, wenn es noch ein Königreich zu regieren gibt.«

Sie nickte an seiner Brust und presste ihn plötzlich an sich. Seine Rippen knackten, doch er protestierte nicht. Ein wenig schuldbewusst lockerte sie ihren Griff. »Es spielt keine Rolle, nicht wahr? Im Grunde ist es einerlei. Wir sind, was wir sind. Wir tun, was wir tun müssen.«

Er hauchte einen Kuss auf ihren Scheitel. Sie blinzelte gegen eine neue Welle von Tränen an. Das Gefängnis der Schlange brannte zwischen ihren Körpern.

Er schien es nicht zu spüren. Sie hatte das Gefühl, als würde ihre Haut Blasen bekommen, nicht durch Hitze, sondern durch übernatürliche Kälte.

Es war das Schwerste, das sie je getan hatte, ihn loszulassen, zurückzutreten und mit ruhiger Stimme zu sagen: »Ich muss ein bisschen allein sein. Kannst du mir das gewähren? Nur für eine kleine Weile?«

Das gefiel ihm ganz und gar nicht. Aber er erhörte ihre Bitte und trat zurück. »Nur für einen Moment«, sagte er.

Sie hielt den Atem an, als er zögerte, doch nach einem letzten langen Blick zog er sich in die Ruine zurück. Sie hörte das leise Gemurmel seiner Stimme, auf das Peredur eine ebenso leise Antwort murmelte.

Keiner von beiden würde sie lange in Ruhe lassen. Das war nicht unbedingt ein Nachteil: Sie musste schnell handeln, bevor sie den Mut verlor. Sie war nicht einmal sicher, ob das Werk Erfolg haben würde; sie hatte keine Wahl, als es zu versuchen.

Es war an der Zeit: Sie fühlte sich vollständig, sie war so stark, wie sie je sein würde. Wenn sie Glück hatte, würde sie den Feind überraschen.

Sie zog das Amulett unter ihrem Hemd hervor. Es hing seltsam schwer an seiner Kette, oder vielleicht lag das an ihrem Widerwillen. Sie biss die Zähne zusammen und zwang sich, das hübsche, tödliche Ding in die Hände zu nehmen und anzuhauchen.

Es mochte bestimmte Worte geben, aber alles, was sie hatte, war die Öffnung ihres Willens und der Bereiche ihrer Magie, gegen die sie ihr Leben lang angekämpft hatte und die jetzt ihre einzige Hoffnung darstellten. *Komm*, sagte sie zu der wilden Magie. *Komm und nimm mich mit.*

Sie hielt den Atem an. Es konnte einen Augenblick dauern, es konnte eine Stunde dauern. Es konnte sein, dass gar nichts passierte.

Obwohl sie vorbereitet war, nahm ihr das Brausen in der Luft den Atem. Ihre Finger schlossen sich krampfhaft um das Gefängnis der Schlange. Der Sturm wirbelte sie hinauf.

Erschrockene Stimmen riefen nach ihr. Irgendjemand erwischte ihren Fuß und hielt sie fest.

Gereint. Sie hätte sich von seinem Griff befreien sollen, aber es hatte sie all ihre Kraft gekostet, die wilde Magie heraufzubeschwören.

Er ließ sie los, sie stieg durch den Wirbelsturm auf, wurde eins mit ihm, wie mit allem, das mit Magie zu tun hatte. Eines

Tages, dachte sie flüchtig, würde ihm jemand die Grenzen seiner Fähigkeiten aufzeigen.

Vielleicht heute. Aber fürs Erste hielt er sie wieder in den Armen, und sie stieß ihn nicht weg, wie es die Vernunft gebot. Sie umklammerte ihn genauso fest, wie er sie umfing – und mit ebenso viel Zorn. Wie sehr sie ihn auch mochte, sie hätte ihn umbringen können.

Der Wirbelwind heulte um sie herum. Die Wälder und schneebedeckten Felder und der verfallene Hof mit dem winzigen Feuer waren verschwunden, genauso wie ihre Verbündeten, die Magier, auf deren Hilfe Averil gehofft hatte, als es noch Hoffnung gab.

Sie schloss die Augen und zwang sich zur Ruhe. Der Sturm der Magie schien sich bereitwilliger zu beruhigen als ihr Herz. Das Heulen wurde schwächer. Sie trieb wie eine Feder dahin, weich und schwerelos schwebte sie hinab auf den festen Erdboden.

Kapitel 25

Averil öffnete die Augen. Sie erwartete, den Hexenmeister zu sehen in der Höhle unter dem königlichen Jagdschloss, wo das Bildnis der Schlange schlief und wo die alte Magie noch stark zu spüren war. Stattdessen stand sie unter einem wolkenverhangenen Nachthimmel ohne Mond oder Sterne. Körper atmeten neben ihr. Hinter ihnen erhoben sich steinerne Mauern.

Keine Seelen belebten diese Körper. Sie waren um sie herum, aber sie ließen einen Weg frei, der zu einer dunklen Tür führte. Eine Fackel leuchtete darin.

Sie erschauerte. Sie war der Gefangenschaft dieses Wesens entkommen, hatte ihre Magie und ihr Herz wiedergefunden und all die Macht heraufbeschworen, zu der sie geboren war. Nun musste sie erneut seine Höhle aufsuchen, weil sie keine andere Hoffnung sah.

Gereint war an ihrer Seite. Das änderte alles. Sie nahm die Hände von dem Amulett, sodass es frei und offen um ihren Hals hing. Dann straffte sie die Schultern und marschierte los.

Der Durchgang wurde von trübem Fackellicht beleuchtet. Als Averil sein Ende erreicht hatte und eine Treppe hinaufging, überkam sie eine Vorahnung, die mit jeder Stufe mehr und mehr zur Gewissheit wurde.

Oben angekommen öffnete sie eine weitere Tür, die in einen ihr vertrauten Gang führte. Es hätte irgendein Korridor in irgendeinem Schloss oder Herrenhaus in irgendeinem Königreich sein können, aber Anzahl und Form der Türen, die von ihm abgingen, und die geschnitzten Deckenbalken konnten nur zu einem einzigen Ort gehören.

Sie war in den Palast von Lutèce gebracht worden, in den Durchgang, der in die große Halle führte.

Sie verlangsamte ihre Schritte. Dies war eine ausgeklügelte, erbarmungslose Falle. Sie ging aus freien Stücken hinein, aber es gab keinen Grund, sich noch törichter zu verhalten.

Sie sammelte alle Magie, die ihr zur Verfügung stand – eine gewaltige, singende Flutwelle, jetzt, da Gereint wieder hinter ihr stand.

Sie zwang sich äußerlich und innerlich zur Ruhe, dann trat sie in die Halle ein.

Sie hatte sich vor Erwartungen gehütet. Wenn sie eine Grube voller Schlangen und eine Armee von seelenlosen Soldaten vorgefunden hätte, wäre sie ihnen mit Gleichmut begegnet.

Da waren Soldaten, die Wache standen. Sie sah keine Schlangen, aber es gab jede Menge Höflinge und Hofdamen – der gesamte Hof schien versammelt zu sein, in voller glitzernder Montur.

Einige Gesichter erkannte sie wieder. Andere stammten offensichtlich aus anderen Königreichen: dunkle, adlernasige Morescaner, große, blonde Gothaer, kleine, drahtige Romagner. Die Versammlung war genauso groß wie zu Clodovecs Zeiten, aber etwas fehlte dem Ganzen.

Es gab kein Lachen. Es gab Musik, aber niemand tanzte. Wenn gesprochen wurde, dann mit gedämpften Stimmen; die Gespräche verstummten ganz, als die Musik verklang und Averil ins Licht trat.

Die Anwesenden waren Gefangene wie sie selbst. Mochten sie auch unterschiedliche Ansichten über die Zukunft der Welt haben, hier waren sie nicht frei. Die Wachen mit ihren leeren Augen versperrten jeden Fluchtweg – ein Anblick, den Averil nur allzu gut kannte. Sie hatten Essen und Trinken und Amüsement, wenn sie es wünschten, doch sie waren der Gnade dessen ausgeliefert, der auf der Empore stand.

Er hielt sich ein wenig abseits vom goldenen Glanz des Throns, von Wachen geschützt, die noch größer waren als Gereint. Die Art, wie er dastand, sagte mehr als tausend Worte. Er brauchte keinen verzierten Sessel, um überall zu regieren, wo es ihm gefiel.

In dem Moment durchschaute Averil ihn, vielleicht gründlicher, als ihm lieb war. Er war alt, älter als die Götter, und wenn menschliches Blut in seinen Adern floss, so hatte er sich vor langer Zeit davon distanziert. Er hatte der Schlange in ihren Tagen gedient; als sie fiel, war er durch die Schatten geschlichen, hatte seinen Groll in sich hineingefressen, bis er einen königlichen Narren fand, den er korrumpieren und zu seinem Untertan machen konnte.

Gegenüber menschlichen Wesen empfand er nichts als Verachtung und einen nagenden Zorn, dass sie so lange geherrscht hatten, ohne sich um ihn und alles, was ihm heilig war, zu scheren. Ihre Magie hatte ihn zahllose Jahre lang ferngehalten und seine Pläne durchkreuzt, bis sie unter dem Gewicht ihrer eigenen Selbstgefälligkeit zusammenbrach.

Rache war kalt, kalt wie eine Schlange. Dennoch brauchte er die Menschheit noch, und sei es nur, um die große Bestie zu füttern, die er erheben wollte.

Er war ein erbitterter und verdrehter Geselle. Er hatte die Maske eines menschlichen Gesichts fallen lassen; er betrachtete sie aus gelben Schlitzaugen in einem grauen haarlosen Schädel, sein Körper wirkte schmal und unnatürlich geschmeidig unter seiner langen, schwarzen Robe. Die Macht, die von ihm ausstrahlte, ließ Averils Haut heiß werden und prickeln.

Gereint machte Anstalten, sich zwischen ihnen aufzubauen. Averil bekam sein Handgelenk zu fassen. Er erstarrte. Sie zwang ihn, ruhig zu bleiben und Geduld zu bewahren.

Zumindest war er still. Als Averil durch die Halle schritt, folgte er ihr, ragte bedrohlich hinter ihr auf, sagte jedoch kein Wort.

Der Hexenmeister nahm keine Notiz von ihm. Gamelins gesamte verkrüppelte Seele war auf das Ding konzentriert, das sie um den Hals trug. Sie hatte fast schon erwartet, dass es sich verändern und eine neue, unerwartete Form annehmen würde, aber es war das, was es immer gewesen war: ein hübsches Schmuckstück aus glänzender Emaille.

Am liebsten hätte sie es sich vom Hals gerissen und Gamelin ins Gesicht geschleudert. Der Drang dazu war fast unwiderstehlich.

Sie erfüllte hier einen Zweck. Wenn sie zögerte, würde sie alles verlieren, auf das sie spekuliert hatte.

Sie hob das Kinn. Unter all den Lämmern hier, denen die Schlachtbank drohte, war sie die Königin. Der Hexenmeister hatte den Schlüssel, der schimmernd in seiner Hand lag, aber sie besaß die Macht.

Ohne das, was sie hatte, war der Schlüssel nutzlos. Und er konnte es weder berühren noch befehligen. Seine ganze Hoffnung war sie, mit ihrem schlichten sterblichen Wesen.

Averil erklomm die Empore. Er atmete kaum, sein gelber Blick konzentrierte sich auf das Amulett. Seine Finger umklammerten den Zahn der Schlange.

Vor dem Thron hielt sie inne und schaute hinab in die Halle. Ein Gedanke trieb vorbei. Dieser Zahn war so lang wie ihr Unterarm. Das Maul, in dem er gewachsen war, musste fast so groß gewesen sein wie die Empore, auf der sie stand. Die Schlange selbst …

Der Legende und den Schriften nach war sie größer als ein Drache und so gewaltig wie ein Gebirge. Diese Halle bot höchstens Raum für einen winzigen Teil von ihr.

Gamelin musste das wissen. Er hatte der Schlange gedient. Wenn er vorhatte, sie hier zu befreien, dann musste er in Kauf nehmen, dass sie den gesamten Palast verschlucken würde.

Sie würde die Stadt Lutèce verschlingen und danach das ganze Land Lys. Sie würde alles verschlingen.

Nicht wenn Averil tat, was sie vorhatte zu tun.

Sie setzte sich auf den Thron. Ein Seufzer erfasste die Halle. In der äußersten Ecke bewegte sich jemand. Jemand anders begann, heitere Nichtigkeiten zu murmeln. Auf einer Laute wurden ein paar Töne angestimmt, die sich zu einem lebhaften Tanz steigerten.

Ein Höfling trat auf eine der Damen zu; sein Bruder verbeugte sich vor ihrer Gefährtin. Im nächsten Moment war die Halle voll von glitzernden, wirbelnden Gestalten, erfüllt von Licht und Gelächter.

Das Lachen hatte einen verzweifelten Unterton. Averil fühlte sich geschmeichelt und gleichzeitig traurig. Geschmeichelt, da ihre Anwesenheit sie so glücklich machte; traurig, da sie alle sterben sollten.

Gereint stand reglos direkt unter der Empore. Obwohl es in

der Halle sehr warm war, hatte er seinen Umhang nicht abgelegt. Er war darauf bedacht, kein Urteil abzugeben.

Averil ließ sich in die Bereiche ihres Ichs gleiten, die zu ihm gehörten. Er wollte nicht tun, worum sie ihn bat. *Ich kann Euch nicht wieder verlassen. Am allerwenigsten in dieser schrecklichen Situation.*

Sie hielt ihn fest. Geistig würden sie nie wieder getrennt sein.

Er war sich dessen nicht so sicher, aber er konnte hier kaum etwas tun, außer in die Falle zu gehen, wenn sie versagte.

Er schlüpfte zwischen den herumwirbelnden Tänzern davon. Es sah aus, als würde er mit ihren Schatten verschmelzen.

Fast zu spät verscheuchte Averil die Erinnerung an ihn aus ihrem Geist. Gamelin beobachtete sie noch immer, fixierte sie wie eine Schlange ihre Beute.

Er wartete auf etwas – ein Wort, einen Moment. Averil tat ihr Bestes, ihm keines von beiden zu gewähren. Sie saß so reglos da wie eine Statue, während der Hof sie ehrte und ihrem Fänger die Stirn bot, indem er die Nacht durchtanzte.

Kapitel 26

Goronwy hatte sich abermals unsichtbar gemacht. Sobald er den Zahn der Schlange abgegeben hatte, wurde er angewiesen, sich dem Gefolge des Meisters anzuschließen. Der Meister hatte keine Zeit für ihn. Das Ende stand bevor, und all sein Denken und seine Magie konzentrierten sich darauf.

Als die junge Königin erschien und direkt in die Falle des Meisters marschierte, befand sich Goronwy unter den Höflingen und beobachtete sie. Niemand sah ihn, und auch sie nahm ihn nicht wahr.

Er hatte sie früher schon gesehen in Begleitung dieses ungeschlachten Kerls, der noch bedrohlicher wirkte als Dylan Fawrs junger Riese. Sie waren ihm beide in Prydain auf die Schliche gekommen, als er dem Meister einen Gefallen erwies, indem er ihm verriet, was die Königin und ihre Verbündeten vorhatten. Sie hatten ihn als Spion bezeichnet und versucht, ihm Schwierigkeiten zu machen, aber seine Tante hatte ihnen nicht glauben wollen.

Königin Eiluned war eine Närrin gewesen, was für Goronwy ein Glück war. Mittlerweile war sie tot oder dem Tode nah, und er war hier und tat, was er am besten konnte: spionieren.

Er verspürte keine Bitterkeit bei diesem Gedanken. Wenn das hier vorbei war, würde er König werden, und wenn er spionierte, so würde es nur seinem persönlichen Zeitvertreib dienen. Bis dahin spionierte er, um sein Leben zu retten und um so viel Macht wie möglich zu erlangen.

Als er diese edle Dame in Prydain getroffen hatte, hatte er nicht genau hingeschaut. Er hatte nur die Gefahr für sein Leben und seine Geheimnisse gesehen. An diesem Abend in Lys hatte er genug Zeit, um festzustellen, dass sie wunderschön war.

Es war keine höfische Schönheit. Ihr Gesicht war nicht angemalt, ihr Gewand war von unbekümmerter Schlichtheit. Sie hatte es offensichtlich beim Reiten getragen. Ihr helles Haar war zu einem einfachen Zopf geflochten; ein paar widerspenstige Löckchen lugten daraus hervor.

Er hatte noch nie eine Frau gesehen, die sich nicht darum kümmerte, ob sie hübsch oder hässlich war. Es war faszinierend. Es führte dazu, dass er sie genauso begehrte wie den Thron.

Wenn er König war und sie Königin, wäre es dann nicht angemessen, wenn er sie ehelichte?

Er kostete den Gedanken aus, während er seinen Blick unablässig durch die Halle wandern ließ. Schließlich nahm er den

Mann ins Visier, der Averil zur Empore gefolgt war. Er hielt sich unter seinem Umhang versteckt, aber Goronwy wusste, wer sich darunter verbarg. Er gehörte zur Rose.

Als er sich plötzlich umdrehte und mit der Menge verschmolz, spürte Goronwy ein Kribbeln im Nacken. Ein Spion wusste, wann er einen anderen Spion vor sich hatte.

Dieser war recht geschickt, wenn auch nicht so geschickt wie Goronwy. Seine Spur war zwar vage, aber Goronwy konnte ihr folgen.

Der Knappe war sich seiner Unsichtbarkeit gewiss: Er steuerte sein Ziel auf direktem Wege an, ohne Umwege oder Ablenkungsmanöver. Er durchschritt den Gang, der von der Halle wegführte, dann stieg er eine Treppe hinab.

Der Durchgang, zu dem die Treppe führte, wurde nicht durch Fackeln erleuchtet, denn er strahlte sein eigenes Licht aus – ein silbriger Schimmer, der über ihm schwebte. Gestalten waren darin, unmenschlich und substanzlos. Sie waren kaum auszumachen; Goronwy hätte denken können, seine Fantasie würde ihm einen Streich spielen, hätte er nicht schon in Prydain Bekanntschaft mit ihresgleichen gemacht.

Das war keine Magie der Rose. Der treue Wachhund der jungen Königin war erfüllt von etwas Älterem und Stärkerem und Wilderem.

Plötzlich kam Goronwy ein anderer großer, blonder, grauäugiger Magier in den Sinn, der in Prydain wohl bekannt war. War es möglich …?

Alles war möglich, wie Goronwy nur allzu gut wusste. Er verstärkte seine Schutzzauber, ohne stehen zu bleiben oder sich zu verraten. Der Gang des Knappen wirkte nicht eilig, trotzdem hatte Goronwy Mühe, ihm zu folgen.

Goronwy hasste diese großen, weit ausschreitenden, hochmütigen Männer. Er ließ diesen Hass in seine Magie einfließen, die ihn mit Erkenntnis belohnte: Dies war ein tiefer, geheimer Weg, der aus dem Palast zur Küste der Insel führte.

Er endete in der Krypta der Kathedrale der Heiligen Mutter. Könige lagen hier begraben und einige Ritter, aber keine Paladine, soweit Goronwy wusste. Auch keine Priesterinnen, weder Verräterinnen noch andere.

Der Knappe schenkte den Grabstätten, an denen er vorbeischritt, keine Beachtung. Er stieg die Wendeltreppe hinauf, zwei oder drei Stufen auf einmal nehmend.

Fast hätte er seinen Schatten hier verloren. Goronwys kurze Beine wurden müde; seine Lunge brannte.

Er war zu weit gekommen, um aufzugeben. Er nahm alle Kraft zusammen und schleppte sich die Treppe hinauf.

Der höhlenartige Innenraum der Kathedrale war zu einem bewaffneten Feldlager geworden. Anstelle von Zelten gab es Vorhänge, mit denen die Seitenschiffe abgeschirmt wurden. Kompanien von Männern sammelten sich im Hauptschiff. Nur der Hochaltar blieb frei und heilig.

Ein magisches Netzwerk hielt alles zusammen. Teile davon waren in das Glas der Fenster, Lampen und Reliquien gewoben. Einige Fäden banden die Bodenplatten, Wände und Säulen. Der größte Teil der Magie wohnte in den Seelen und Herzen der Männer. Es waren nicht nur Ritter der Rose, sondern auch Ritter und Adlige aus Lys mit ihren treuen Vasallen.

Es waren mehr Männer hier, als Gereint erwartet oder zu hoffen gewagt hatte. In der Kapelle der Priesterinnen befanden sich einige Frauen der Insel, die damit beschäftigt waren, die Magie zu wirken, die sie alle zusammenhielt.

Dort fand Gereint auch den Landvogt Bernardin vor, mit der Hand voll von Rittern, die in Lys überlebt hatte, sowie dem ein oder anderen Herzog. Sie standen einem Kreis von Frauen gegenüber, an deren Gesichter sich Gereint allzu gut erinnerte.

Darienne war nicht unter ihnen, und Peredur, Mauritius

und Ademar waren nicht bei den Rittern. Gereint nahm dies mit Erschrecken zur Kenntnis; sein Herz krampfte sich zusammen. Er hatte erwartet, dass Peredur sie an diesen Ort bringen würde, zusammen mit der Verrätergräfin.

Was er tun musste, konnte er allerdings auch ohne sie tun. Mochte Gott geben, dass sie im Wald sicherer waren als hier.

Er verbeugte sich vor Bernardin und den anderen Rittern. Mit einem Seitenblick schloss er den Rest ein – sogar die Damen. Die Älteste von ihnen wirkte amüsiert.

Bernardin verschwendete keine Zeit mit höfischen Nichtigkeiten. »Die anderen?«, fragte er.

»Im Goldenen Wald«, erwiderte Gereint, »mit dem Magier der Königin von Prydain.«

»Aber du bist nicht dort geblieben«, stellte Bernardin fest.

»Ich bin mit der Königin in die Stadt gekommen«, sagte Gereint. »Sie ist im Palast. Sie bittet Euch, ihr zu vertrauen und zu tun, worum sie Euch ersucht.«

Der Landvogt zog die Brauen hoch. »Was erbittet unsere Lehnsherrin von uns?«

»Wenn es so weit ist«, antwortete Gereint, »werdet Ihr es wissen. Ruht Euch heute Nacht gut aus, aber haltet Euch bereit. In der Morgendämmerung geht es los.«

Die Umstehenden schnappten hörbar nach Luft, und Gereint spürte ihren Widerstand. Bernardin neigte den Kopf. »Wir werden bereit sein.«

Mehr brauchte Averil nicht. Ihr Seufzer der Erleichterung entwich durch Gereints Kehle.

Gereint war nicht so überzeugt wie sie. Er konnte die Gesichter der anderen sehen, von denen nur wenige Zuversicht ausdrückten.

Die älteste der Damen fing seinen Blick auf. Sie regte sich nicht und änderte auch nicht ihren Gesichtsausdruck, aber sie ließ ihn ihre innere Kraft spüren, die sie in den Dienst der Königin von Lys stellen würde.

Würde das auch noch der Fall sein, wenn sie erfuhr, was Averil vorhatte? Würde dann irgendjemand aus diesem Kreise bereit sein, für sie zu kämpfen?

Gereint hatte keine andere Wahl, als auf ihren Beistand zu vertrauen. Er sehnte sich verzweifelt danach, zu Averil zurückzukehren und sie zu beschützen, doch er hatte seine Befehle. In dieser entscheidenden Nacht blieb ihm keine Wahl, als ihnen zu gehorchen.

Seine Rüstung war fertig. Der Waffenschmied hatte sie in der Kapelle der Paladine für ihn bereitgelegt. Sie passte gut und bot noch ein wenig Platz zum Wachsen, wie Gereint es gewünscht hatte.

Magie war darin gewirkt wie in allen Rüstungen der Rose, aber in diesem Fall war sie stärker als sonst. Starke Zauber hatten sie geschaffen, und starke Schutzzauber umgaben ihn, wenn er sie trug.

Die Zauber schärften auch seine Sinne. Ein gewisses Unbehagen hatte ihn vom Palast aus verfolgt. Jetzt steigerte es sich zu einem Kribbeln im Hinterkopf. Gereint wirbelte herum und stürzte los.

Der Schatten kratzte und trat fluchend um sich. Gereint schüttelte ihn, damit er aufhörte, wobei er ihm fast das Genick gebrochen hätte.

Es war ein Kind – ein Junge, dunkel und drahtig und klein. Auf den zweiten Blick war er nicht so jung, wie er schien. Er war älter als Ademar und ein bisschen jünger als Gereint, alt genug, um über ein beachtliches Maß an Magie zu verfügen und ein gewisses Geschick, sie zu nutzen.

Gereint kannte dieses Gesicht. Es stammte aus Prydain, wo es mit schmollender Miene im Gefolge der Königin gewesen war. Wie es hierhergelangt war, konnte man nur ahnen …

Der Gestank nach Schlangenmagie war stark, ebenso stark wie der Geruch nach Verrat. Wenn Königin Eiluned tot war, dann hatte sie das ihm zu verdanken – ihrem eigenen Fleisch und Blut.

Knappen und Novizen der Rose traten näher. Gereint war versucht, den Jungen ihnen zu überlassen, aber diese Schlange war zu glitschig, um sie jemand anderem anzuvertrauen. »Ich denke«, sagte er, »dass Ihr nicht hierhergehört. Ich wäre ein Narr, Euch zu Eurem Meister zurückzuschicken. Ihr habt Euch nach Kräften bemüht, Eure Lehnsherrin zu töten. Anscheinend kann man nirgendwo auf dieser Welt vor Euch sicher sein.«

Der Junge hätte etwas erwidern können – Gereint hielt seinen Hals nicht besonders fest umklammert. Er blinzelte, riss die Augen auf und zitterte so heftig, dass Gereint ihn fast fallen gelassen hätte.

Das war schlau von ihm. Gereint fesselte seine schmalen Handgelenke mit einer magischen Schnur und überließ es ihm, stehen zu bleiben oder umzufallen.

Er beliebte, aufrecht stehen zu bleiben, wobei er ein wenig schwankte. Sein Blick war Gift und Galle.

»Die Kleinsten haben das tödlichste Gift«, sagte einer der Knappen. Er hatte sein Schwert geschärft und ließ das Licht daran herunterlaufen, bis es wie Blut von der Spitze tropfte.

Gereint schüttelte nicht ohne Bedauern den Kopf. »Das hier ist königliches Blut aus Prydain, mag es auch noch so jämmerlich verwässert sein. Am besten wir verfrachten ihn dahin, wo er keinen Schaden anrichten kann.«

Er hatte sie alle aus der Fassung gebracht, vor allem den Jungen aus Prydain. Sein Vorgehen war wahrscheinlich nicht besonders klug, doch es blieb nicht mehr viel Zeit und Gereint verlor langsam die Geduld.

Trotz der übermächtigen Präsenz der Orden an diesem Ort, trotz all der Werke, die darauf ausgerichtet waren, der wilden Magie und der Schlangenmagie den Garaus zu machen, war die Erde unter ihren Füßen angefüllt mit reiner, ungefesselter

Magie. Gereint hatte sie auf dem Platz vor der Kathedrale gespürt, als er zum ersten Mal nach Lutèce gekommen war. Sie war jetzt stärker, erhob sich als Antwort auf die Mächte, die sich über ihr sammelten.

Kein Wildvolkwesen konnte durch die Steinplatten des Fußbodens aufsteigen. Aber Gereint konnte ein sterbliches Wesen hinab in ihre wartenden Hände schicken. Wohin sie ihn brachten, spielte kaum eine Rolle, wenn sie nur dafür sorgten, dass er am Leben und halbwegs bei Gesundheit blieb und darauf achteten, dass er nicht entkam.

Wer weiß? Vielleicht würde er ja etwas lernen. Er mochte vielleicht sogar zu einem ehrlichen Mann werden.

Der Junge wurde zunehmend dreister, während die Stille sich ausdehnte, und glaubte, Schwäche zu erkennen.

Das machte es leichter. Gereint stemmte ihn mit einer größeren Kraft als der seiner Hände hoch und schleuderte ihn hinab in die Erde.

Kapitel 27

Der Morgen dämmerte klar wie Eis. Averil beobachtete den heller werdenden Himmel durch das Fenster eines hohen Gemachs im Palast. Es war ein Zimmer, das für Gäste bestimmt war; sie würde weder in den Gemächern des Königs noch in denen der Königin schlafen, bis sie diese Schlacht gewonnen hatte.

Die Dienerinnen, die sie zu Bett gebracht hatten, waren zu ihrer Überraschung nicht seelenlos. Sie kannten sie von ihrem vorigen Aufenthalt im Palast; ihre Wiedersehensfreude wirkte aufrichtig. Um ihretwillen gab sie eine Weile vor zu schlafen, aber sie war zu rastlos, um die Täuschung die ganze Nacht durchzuhalten.

Es mussten keinerlei Vorbereitungen getroffen werden, sie musste nur versuchen, nicht darüber nachzudenken, was sie am nächsten Morgen tun würde. Sie entdeckte eine Bibliothek, die sich im selben Turm wie die Gästezimmer befand. Aus dem umfassenden Angebot wählte sie einen Band mit alten kurzweiligen Gedichten, mit denen sie sich eine Weile ablenken konnte. Ein paar Stunden später half nicht einmal das. Sie rollte sich in einer mit Kissen ausgelegten Fensternische zusammen und wartete auf das Ende der Nacht.

Gereint spürte das Aufgehen der Sonne in seinen Knochen. Alle um ihn herum waren auf den Beinen, aßen und tranken, wenn sie etwas herunterbekamen.

Wer wollte, lauschte der Messe auf dem Hochaltar, die von einem ehrwürdigen Ritter gesungen wurde. Er erfüllte das vertraute Ritual mit Schönheit und Macht und vereinte die Seelen der Zuhörer. Das Werk lief wie eine Flutwelle durch die Kathedrale; sie erfasste jeden Mann und jede Frau innerhalb dieser Mauern. Sie strömte über Gereint wie ein kühles Feuer, verschmolz mit der Magie in seiner Rüstung und wurde zu einem Teil seines Schildes.

Andere Werke nahmen unter den Rittern und Priesterinnen Gestalt an. Jeder Magier, der die Kunstfertigkeit oder das Können besaß, beschwor Macht herauf und formte sie entweder zu einer Waffe oder einem Verteidigungsmittel.

Gereints Werk würde kommen, wenn die Zeit reif war. Er betete nicht viel; er war sich nicht sicher, ob er sich als Diener des Guten Gottes und seines Sohnes bezeichnen würde. Dennoch kniete er eine Weile vor dem Altar der Paladine nieder.

Dort war es still. Die wenigen Männer, die noch in der Kapelle weilten, waren in ihre eigenen Gebete oder Vorbereitungen vertieft. Das einzige Geräusch war das leise Klirren von Metall, als ein ergrauter Ritter sich von einem jungen Knappen beim Anlegen seiner Rüstung helfen ließ.

Es war eine seltsame Vorstellung, diese Kapelle als Grabstätte seiner Ahnen zu betrachten. In der halbkreisförmigen Außenwand befanden sich zwölf hohe Fenster; das zur äußersten Rechten war Peredurs Fenster. Er stand dort als junger Mann, fast noch als Knabe, in silbriger Rüstung, das blonde Haar leuchtete von den Strahlen der aufgehenden Sonne. Anstelle eines Schwertes trug er das Kriegsbanner des Jungen Gottes: ein langer Wimpel, der aussah wie ein Feuerschweif.

Gereint hatte kein Banner, das er hochhalten konnte, es sei denn, man würde seine Magie als solches bezeichnen. Er verließ das Fenster seines Vaters und wandte sich dem ersten zu, das sich ganz links befand. Dort war Longinus, Gebieter und Befehlshaber.

Oft wurde er als Mann in den mittleren Jahren dargestellt, mit Bart und graumeliertem Haar, aber hier war er in jungen Jahren abgebildet. Er war groß, breitschultrig und stark; er erhob seinen Speer gegen die Mächte des Himmels und zu seinen Füßen spielten zwei kleine Kinder.

Gereint wurde von einem plötzlichen Schwindel überkommen. Einen Moment lang hatte er den Speer in seiner Hand gespürt, den Lärm der Schlacht gehört und die unendliche Trauer in seinem Herzen gefühlt um die Geliebte, die er verloren hatte.

Ob dies nun Magie oder eine Erinnerung war, Gereint hatte jetzt keine Zeit für solche Gedanken. Die Kompanien hatten begonnen, sich in Reih und Glied im Kirchenschiff aufzustellen. Gereint musste zu seiner eigenen Truppe, deren Befehlshaber Bernardin war. Er gebot seinem Geist zu schweigen und verwies seine Magie in ihre Schranken.

Kurz bevor er sich erhob, begann das Singen. Die Frauen der Insel hatten in ihrer Kapelle einen heiligen Gesang angestimmt. Ihre Stimmen hallten durch das Kirchenschiff, lieblich und übernatürlich. Vom Hochaltar ertönten tiefe Stimmen. Die Ritter hatten eine Antwort angestimmt.

Seit Menschengedenken hatten Rose und Insel kein gemeinsames Werk mehr geschaffen.

Gereint hielt kurz inne, um das Wunder auf sich wirken zu lassen, dann schnallte er sein Schwert um und schulterte sein Schild.

Die Dienerinnen brachten ein einfaches Frühstück aus Brot und gewässertem Wein. Während Averil es herunterwürgte, holten sie prunkvolle höfische Kleider herbei und standen bereit, um sie zu baden und anzukleiden.

Das Bad nahm sie. Gewänder und Juwelen lehnte sie ab. Ihre Reitkleider waren inzwischen sauber und ausgebessert.

Das einzige Schmuckstück, das sie bereit war zu tragen, war das, von dessen Existenz sie am liebsten nie erfahren hätte. Es hing schwer und brennend kalt auf ihrer Brust; sie konnte es durch Wolle und Leinen ihrer Gewänder spüren.

Als sie fertig war, wartete sie nicht darauf, dass Gamelins leeräugige Sklaven sie abholten. Sie machte sich allein auf den Weg, um ihm gegenüberzutreten.

Sie ging an den beiden seelenlosen Soldaten vorbei, die während der Nacht die Tür bewacht hatten. Sie standen da wie steinerne Statuen und machten keinerlei Anstalten, ihr zu folgen – das hatte sie nicht erwartet. Hoch erhobenen Hauptes und mit geradem Rücken ging sie weiter. All ihre Verteidigungsmittel waren geschärft und einsatzbereit.

Zu dieser frühen Stunde, kurz nach Sonnenaufgang, war der Palast ungewöhnlich still. Sie fragte sich unwillkürlich, ob der Hof eine Möglichkeit zur Flucht gefunden hatte oder ob der Hexenmeister, Gott bewahre, weitere Seelen geraubt hatte, um seine Macht zu stärken. Sie hatte während der Nacht nichts davon gespürt, aber sie hatte sich darauf konzentriert, ihre Kräfte zu bündeln, um für den Morgen gewappnet zu sein.

Sie schritt die leeren Gänge entlang. Sie hatte die Halle ansteuern wollen, doch kurz davor mochte sie sie nicht betreten. Der Hexenmeister hatte sich an einem anderen Ort postiert.

Er hatte eine Spur für sie hinterlassen, der sie folgen konnte. Dies war keine Jagd mehr, kein Fluchtversuch, und das wussten sie beide.

Das Palasttor stand offen. Die Wachen blickten starr geradeaus. Wieder regte sich niemand, als Averil an ihnen vorbeiging.

Sobald sie das Tor durchschritten hatte, schlug es zu. Der Knall fuhr ihr durch Mark und Bein.

Sie konnte immer noch davonlaufen, durch die stille Stadt unter dem grauen, tiefhängenden Himmel. Sie konnte alles hinter sich lassen, Tod, Untergang und Verdammnis, und sich selbst retten – zumindest für eine Weile. Wenn sie das Gefängnis der Schlange fortschleuderte, mochte diese Weile recht lang werden.

Sie konnte es nicht tun. Sie war nicht dazu erzogen. Sie war dazu erzogen, eine Närrin zu sein, ob heilig oder unheilig, gesegnet oder verdammt. In diesem Moment war sie sich nicht sicher, was von beiden sie war.

Sie richtete den Blick auf die Türme, die sich jenseits des Palastes erhoben. Die Kathedrale der Heiligen Mutter war ein Inbild ruhevoller Erhabenheit und täuschte über den Tumult hinweg, der sich in ihrem Inneren und um sie herum abspielte.

Die Armee des Hexenmeisters säumte den Vorplatz und die Straßen, die zur Kathedrale führten – jede einzelne, bis auf jene, die direkt vom Palast herführte. Reihen von Soldaten versperrten die Tore der Kathedrale, verbarrikadierten sie mit Muskelkraft und geschliffenem Stahl.

Aber der Vorplatz selbst war leer. In seinem Zentrum wartete eine einzige einsame Gestalt.

Er wirkte unverwundbar. Macht umhüllte ihn wie ein Umhang. Der Stab, auf den er sich stützte, war eine machtvolle

Zauberwaffe. Schlangen wanden sich darum, waren ständig in Bewegung.

Er hatte nicht daran gezweifelt, dass Averil zu ihm kommen würde. Als sie die Schlangen an seinem Stab deutlich sehen konnte, hielt sie inne. Die Reihen bewaffneter Männer hatten sich hinter ihr geschlossen.

Averil war vollkommen ruhig. Genauso musste Melusine sich gefühlt haben, als sie vor derselben schrecklichen Wahl gestanden hatte. Sie war nicht so weit gegangen, wie Averil gehen wollte, aber durch sie konnten ihre Verbündeten die Welt retten.

Hier war kein Junger Gott, keine Priesterinnen, keine Paladine. Nur Averil und dieses uralte Wesen, das seinen Meister einst fallen sah.

Averil fragte sich nicht länger, ob sie die schlimmste Wahl von allen getroffen hatte, jene, die Melusine und ihre Kameraden nicht treffen mochten. Als Gamelin den Zahn der Schlange hervorholte, umschloss sie das Amulett mit den Händen.

Es brannte eiskalt auf ihrer Haut. Sie biss die Zähne zusammen, um den Schmerz zu unterdrücken.

Manchmal hatte sie geglaubt zu spüren, wie das Wesen darin schlief und seinen langen Traum träumte. Dieser Traum ging nun zu Ende. Der Zahn, der vom Körper der Schlange stammte, rief nach ihm wie nach seinesgleichen: eine der ältesten und einfachsten Formen der Magie.

Die Wolken über ihnen hatten angefangen zu wirbeln, zuerst nur langsam und kaum merklich. Als sich die Macht in der Erde unter ihren Füßen erhob, wurde die Bewegung schneller.

Die winterliche Kälte kämpfte gegen die Sonne an. Erde und Himmel führten Krieg miteinander. Aus dem Inneren der Kathedrale war eine Trompete zu hören.

Die großen Bronzetore schwangen auf. Blendendes Licht

flammte aus hundert gläsernen Fenstern und ließ die Männer des Hexenmeisters auseinanderstieben.

Die schwarze Armee rückte den Rittern und ihren Verbündeten auf den Leib. Dunkle Klingen hoben sich und stürzten nieder. Glänzende Stahlklingen boten ihnen Paroli, aber es waren wenige, so schrecklich wenige.

Gamelin lächelte. Dies waren keine Götter oder Paladine. Sie waren sterbliche Männer, sie waren zwar Magier, doch sie hatten keine Macht, das Begonnene aufzuhalten. Sie waren dem Untergang geweiht.

Averil ließ seine Verachtung an sich abprallen. Je mehr seiner Sklaven den Tod fanden, desto weniger Kraft blieb ihm. Aber es waren so viele.

Sie riss sich aus ihren Gedanken. Gamelin hatte den Zahn der Schlange erhoben.

Das Amulett begann, sich zu regen. Fast zu spät festigte sie ihren Griff, sowohl geistig als auch körperlich.

Der Hexenmeister bewegte die Lippen. Die Worte, die er sprach, entstammten keiner menschlichen Sprache, sondern waren eine Abfolge von Zischlauten. Die Zunge, die sie formte, schnellte zwischen langen, spitzen Zähnen hin und her.

Der Zauber war stark. Er benebelte Averils Sinne und stahl ihr den Willen.

Sie ließ Wurzeln in die Erde sinken. Magie wogte in ihr auf. Es war wilde Magie, verbotene Magie, jene Magie, die zu meiden man sie ihr Leben lang angehalten hatte.

Und doch war es die einzige Magie, der sie jetzt noch vertrauen konnte. Sie warf ihre letzten Ängste über Bord, öffnete sich und schloss die wilde Magie in ihre Arme.

Die Mauern des Schlangengefängnisses bekamen Risse. Der Gesang des Hexenmeisters schwoll an und erfüllte die ganze Welt.

Er erwartete, dass sie kämpfen würde: Darauf baute er seine Zauber auf. Sie nährten sich an ihrem Widerstand.

Averil ließ davon ab, ließ ihn fallen. Als er von seiner eigenen Kraft überwältigt ins Wanken geriet, ergriff sie die Zügel des Zaubers.

Einen endlosen Moment lang hatte sie die Macht, ihn aufzuhalten, ihn wegzureißen. Sie musste nicht tun, was sie beschlossen hatte.

Der Moment verstrich. Sie schleuderte ihr gesamtes Wesen in den Zauber. Es war spitz wie eine Waffe, scharf wie ein Schwert. Wenn alle Götter und der ganze Himmel es gestatteten, würde dieses Schwert eine Macht zerstören, die älter war als die Götter.

Die Mauern bröckelten und stürzten ein. Das uralte Werk zerbrach. Die Schlange erwachte.

Kapitel 28

Die Welt hielt den Atem an. Erde und Himmel waren erstarrt. Selbst die wilde Magie regte sich nicht.

Die Ritter und ihre Verbündeten hielten die Stellung auf ein paar mühsam erkämpften Klaftern vor der Kathedrale. Sie standen auf den Körpern von seelenlosen und jetzt auch leblosen Männern.

Irgendwie fand Gereint sich an der Spitze wieder. Die anderen folgten ihm, vielleicht weil er groß genug war, um sich durch die Reihen der Feinde zu drängen.

Sicher lag es nicht daran, dass sie seine Geschicklichkeit mit dem Schwert bewunderten. Er konnte sich einen Weg durch die Linien schlagen, was eine große Verbesserung seiner früheren Fähigkeiten darstellte, aber er war froh, seine Brüder hinter sich zu wissen.

Als der Zauber brach, war er fast so fassungslos wie die Übrigen. Anscheinend war keinem von ihnen in den Sinn gekommen, dass Averil diejenige sein könnte, die ihn auflösen würde. Sie waren auf Gamelins Sieg gefasst, nicht auf das, was ein Verrat zu sein schien.

Gereint war darauf gefasst gewesen. Aber als es geschah, wurde ihm klar, dass er es nicht geglaubt hatte. Nicht in seinem Herzen.

Sie hatte ihre Gründe. Die meisten davon waren verrückt und schlicht und einfach hoffnungslos. Doch in Wahrheit, so musste er zugeben, gab es keine andere Möglichkeit.

Er erhob sein Schild und seine Stimme. Ihr Klang überraschte ihn. Sie dröhnte in der Erde; sie hallte durch die Luft, tief wie eine Trommel und klar wie ein Trompetenstoß.

Sie bekam das Netz aus Verstand und Geist zu fassen, das die Brüder der Rose miteinander verband. Sie umschloss all ihre Magie, ihre Kunstfertigkeit und ihr Können, ihre Seelen und ihre Körper. Schild fügte sich an Schild. Magie fügte sich an Magie. Ein Mann, ein Magier könnte niemals Widerstand leisten gegen diese Macht, die sich erhob. Eine Armee von ihnen, alle miteinander verbunden unter einem einzigen Willen … das war etwas anderes.

Der Hexenmeister hatte die Macht darin gesehen. Aber er hatte den Männern ihre Seelen geraubt, und so jeglichen Willen gebrochen, den sie gehabt haben mochten. Der Bund der Rose war niemals so lenkbar gewesen, aber Mann für Mann war er stärker. Um ein Vielfaches stärker.

Mehr als die Rose war darin verwoben. Die Frauen der Insel waren hinter den Rittern herausgetreten. Sie trugen Rüstungen und waren bewaffnet wie sie. Während die Schilde der Rose schwarz und mit einer silbernen Rose verziert waren, bestanden ihre aus glänzendem Silber und trugen keinerlei Symbol oder Verzierung.

Sie schlossen sich mit den Schilden der Rose zusammen. Sie brachten die gesamte Macht der Insel mit sich, gespeist aus den tiefen Brunnen von Erde, Meer und Himmel.

Darauf schloss sich ihnen noch eine dritte Macht an. Wie ein Feuergeist war er aus der Luft gekommen: mit strahlender Rüstung und glänzendem Schild, der Letzte der Paladine. Zwei Priesterinnen folgten ihm. Ein Ritter und ein Novize schlossen sich ihnen an.

Peredur trat an Gereints Seite. Zwischen ihnen gab es zwar noch vieles zu klären, doch Gereint begrüßte ihn mit tief empfundener Freude.

Sein goldenes Schild schloss sich mit Gereints schwarzsilbernem zusammen. Er bot seine Macht dar – Gereint konnte sich ihrer bedienen oder sie ablehnen, sie nutzen oder verwerfen, wie es ihm beliebte.

»Wie es *Euch* beliebt, Vater«, sagte Gereint.

Peredur neigte den Kopf. »Ich werde mich nach deinem Willen richten, Sohn und Bruder. Vor langer Zeit folgte ich dir, jetzt werde ich dir erneut folgen. Mein Wille ist dein Wille. Gib mir Befehle, ich werde gehorchen.«

»Dann bleibt bei mir«, sagte Gereint. »Kämpft an meiner Seite. Betet, wenn es einen Gott gibt, zu dem man beten kann.«

»Es gibt einen«, sagte Peredur.

Sein Blick wanderte nach oben. Er meinte nicht das Ungetüm, das sich aus der Erde erhob, daran glaubte Gereint keine Sekunde, obwohl er sich gut vorstellen konnte, warum man ein solches Wesen anbeten würde.

Es ähnelte doch mehr einem Drachen als einer sterblichen Schlange: ein großer Eisdrache – der Größte von allen. Er war wunderschön – nach allem, was Gereint gehört und gesehen hatte, hatte er das nicht erwartet. Seine Schuppen glitzerten rot und golden, blau und grün im kalten grauen Licht. Sein Auge war so riesig wie das Rosenfenster in der Kathedrale der Heiligen Mutter, tief golden, unsagbar alt, scharfsichtig und weise.

Sein Kopf schwankte über den Türmen der Kathedrale. Ein großer Teil seines Körpers befand sich noch immer in der Erde. Seine gespaltene Zunge schnellte hin und her und schmeckte zum ersten Mal seit zweitausend Jahren wieder lebendige Luft.

Eine wirbelnde Wolke aus Wildvolkwesen tanzte über ihm. Während Gereint hochschaute, strömten immer mehr von ihnen aus allen Teilen des Himmels herbei.

Sie wurden angezogen wie Motten vom Licht. So erging es der gesamten Magie auf der Welt, welche Form oder welchen Charakter sie auch haben mochte. Gereint konnte den mächtigen Sog in sich selbst spüren.

Tief unten summte ein Insekt, piesackte die Schlange mit magischen Pfeilen. Zwischen den kurzen heftigen Schmerzschauern bot es Erleichterung für den Hunger der Schlange und ihren langen Durst.

Er war klug, dieser Zauberer. Er erinnerte Gereint an einen Schlangenbeschwörer auf dem Jahrmarkt, der die Kreatur mit einer Mischung aus Schmerz und Behagen zu zähmen versucht.

Und er war stark. Er zog Kraft aus einer Unmenge von Seelen und aus jahrelang angesammelter und auf diesen Moment ausgerichteter Magie. Er warf ein Netz über die Schlange, zog es straff über ihren gewundenen Körper und unterwarf sie seinem Willen.

Averils hoher, schriller Schrei traf Gereint wie ein eisiger Wasserstrahl. All die Macht, die sie gesammelt hatte, all die Magie, die sich im Brunnen der Welt befand, loderte wie ein feuriges Schwert in ihrer Hand auf. Sie erhob es, um den Kopf der Schlange vom Körper abzuschlagen und sie für alle Zeiten zu zerstören.

Aber sie zögerte. Sie schaute in diese riesigen goldenen Augen und sah nichts uraltes Böses, sah weder das Verschlingen von Seelen noch jenes verheerende Übel für alles, was auf der Erde lebte und umherging. Sie erblickte ein gequältes lebendiges Wesen.

Diese Qual war die Gefahr, nicht das Wesen selbst. Das Wirken des Hexenmeisters nagte an den Wurzeln aller Dinge. Es zerstörte alle Magie bis auf seine eigene. Es ernährte sich von unsterblichen Seelen.

Der Hunger der Schlange war von schlichterer Natur. Sie brauchte Fleisch wie jedes Raubtier. Sie bewegte sich auf die Armeen zu, die sich um den Platz drängten.

Der Hexenmeister peitschte sie ohne Gnade zurück. Sie zischte vor Schmerz.

Gereint war trotz allem ein Kind seiner Zeit: Er schreckte vor den Gedanken zurück, die seinen Kopf erfüllten – sie waren so ketzerisch, dass es verdammenswert war, sie überhaupt zu denken. Seltsamerweise war Averil, die weder die wilde Magie noch den Dämon Peredur kaum ertragen konnte, in der Lage, die Schlange anzuschauen, ohne etwas Böses in ihr zu sehen.

Wenn sie gelernt hatte, die wilde Magie zu akzeptieren, dann konnte Gereint auch lernen, die Schlange so zu sehen, wie Averil sie sah.

Abermals rief Averil die wilde Magie zu sich. Sie zehrte von Gereints Kraft, die direkt aus der Erde kam. Mit ihrer ganzen Gewalt drosch sie nicht auf die Schlange ein, sondern auf den Hexenmeister.

Der spürte den Schlag kaum. Seine Armeen machten ihn zu stark.

Gereint rief seine eigene Armee auf, mochte sie auch noch so klein sein. Jedem Mann und jeder Frau war es hoch anzurechnen, dass sie Schrecken und Furcht abschüttelten und bereitwillig an seine Seite traten.

Sie stürmten die Reihen der Sklaven des Hexenmeisters und mähten sie mit ihrer Schildmauer nieder.

»Hoheit!«

Averil wäre fast aus ihrem Werk geschreckt. Prinz Esteban

war aus dem Nichts aufgetaucht. Er glänzte in seiner schwarzen Rüstung und seinem purpurroten Umhang: wunderschön und tödlich und mit einem Lächeln auf den Lippen, als würde er keinerlei Sorgen haben.

»Hoheit«, sagte er, »Ihr könnt dies nicht allein tun.«

»Ich bin nicht allein«, erwiderte sie. Bedauerlicherweise konnte sie keine Kraft entbehren, um ihn abzuwehren.

Er streckte die Hand aus. Bevor sie ihn abschütteln konnte, hatte er seine Finger mit ihren verwoben. »Lasst mich Euch helfen, Hoheit. Lasst mich Euer wahrer Gefährte sein – in Geist und Magie. Wir werden die Erhabene gemeinsam bezwingen.«

Er war stark, das musste sie ihm zugestehen. Er verfügte über Zauber, die denen von Gamelin gleichkamen. Als sie kurz innehielt, schickte er einen aus, der sich um ihr Werk wand und ihm nicht nur Kraft, sondern auch Wissen verlieh.

Die Schlange taumelte. Gamelins Werk geriet ins Wanken.

Esteban schoss wie ein brennender Pfeil an der Schlange und am Werk des Hexenmeisters vorbei und traf den Meister selbst. Die Schutzzauber des Hexenmeisters nahmen seine Macht in sich auf und zogen daraus Kraft. Gamelin lachte – ein schroffes, freudloses Geräusch.

Esteban lächelte. Er ließ Magie auf die Verteidigungsmittel strömen, überflutete und ertränkte sie.

Als sie zusammenbrachen, drosch Averil auf den Hexenmeister ein. Estebans Kraft schlug mit aller Härte zu. Sie folgte seinen Angriffen mit weiteren Schlägen – ohne Rücksicht auf Verluste.

Das Wildvolk fiel über Gamelin her, summend und brummend wie ein wild gewordener Bienenschwarm. Er schnippte sie alle beiseite.

Wegen der Ablenkung hatte der Hexenmeister das Werk sich selbst überlassen. Die Schlange schüttelte die Fesseln ab, und bevor er sich regen konnte, bevor er seine Konzentration wiederfand, schoss der riesige Kopf abwärts.

Gamelin erlebte einen Augenblick der Fassungslosigkeit, bevor jene schimmernden Zähne, die demjenigen in seiner Hand so ähnlich waren, an der Stelle zuschnappten, wo er gestanden hatte.

Die Schlange fuhr hoch. Ihr langer Hals pulsierte, als sie ihren ersten Fleischbrocken seit zweitausend Jahren verschlang.

Sie verschluckte die Magie des Hexenmeisters zusammen mit seinem Körper – und damit auch die Zauber, die Averil und Esteban ihm entgegengeschleudert hatten. Nach so langer Zeit war das wenig genug, doch es durchströmte die Schlange und erfüllte sie mit neuer Kraft.

Die Schlange schwoll an, streckte sich und dehnte sich aus, bis sie die Kathedrale überragte. Während sie wuchs, vergrößerte sich auch ihr Hunger. Sie brauchte Fleisch – und Magie.

Sie schnappte nach den Wildvolkschwärmen. Die meisten waren flink genug zu entkommen. Einige wenige folgten dem Hexenmeister in den Schlangenmagen.

Averil zog Magie aus dem unterirdischen Brunnen. Währenddessen wob sie Schutzzauber, um die neu gewonnene Magie vor der Schlange abzuschirmen, damit diese sie nicht verschlingen konnte.

Die Schlange schwankte innerhalb der Beschränkungen, die Gamelin ihr auferlegt hatte und die von Averils Werk gestärkt und gesichert worden waren. Ihre Augen waren auf die Armeen gerichtet, die an den Rändern des Platzes kämpften. Ihre Zunge schnellte hin und her; sie zischte. Ihr Zorn schwoll an, sie war hungrig, sie musste fressen.

Warte, beschwor Averil sie.

Die Schlange wollte nicht warten, denn sie brauchte Nahrung.

Bald, sagte Averil.

Ihr gesamter Geist konzentrierte sich auf diesen stummen Kampf, ihr Wille richtete sich gegen den Willen einer Macht, die größer war als die der Götter. Sie ernährte sich von Göttern. Götter und Magie waren ihre Lieblingsspeise.

Die Paladine des Jungen Gottes hatten die Schlange nicht aus Gnade leben lassen. Sie hatten nicht die Macht besessen, sie zu töten. Selbst wenn sie …

Averil war einem derart unermesslichen, machtvollen Wissen nahegekommen, dass es ihre Auffassungsgabe überstieg. Aber die Sterblichen um sie herum schienen ahnungslos.

Keiner der Sklaven des Hexenmeisters hatte Willen oder Kraft eingebüßt. Geringere Zauberer führten sie, Verbündete und Diener, deren einzige Hoffnung darin bestand, die Schlacht zu gewinnen.

Zahlenmäßig waren sie im Vorteil. Es gab Hunderte und Tausende von seelenlosen Soldaten, und nur der Gute Gott wusste, wie viele Anführer, jeder darauf eingeschworen, den Plan des Meisters in die Tat umzusetzen. Averil spürte die Macht der Zauber in der Luft, die sie atmete, ein Gestank nach kaltem Tod und heißem Eisen.

Der Schildwall der Ritter drängte weiter. Wo er herzog, starben die Seelenlosen. Aber es gab noch unzählige von ihnen, und sie kannten weder Schmerz noch Furcht. Sie ließen Pfeile auf die wandelnde Festung niederprasseln. Trotz der starken Verteidigung konnte ab und zu eine Pfeilspitze die Schildmauer durchdringen; dann fiel einer der Männer oder brach schwer verletzt zusammen.

Averil hatte keine Waffe außer der Schlange. Aber wenn sie die entfesselte, würde sie sich mit Menschen und Magie nähren und noch größer und stärker werden. Averil konnte sie kaum noch in Zaum halten. Sobald sie die Armeen des Feindes verschlungen hatte, konnten weder sterbliche noch unsterbliche Mächte darauf hoffen, sie je wieder zu bezwingen.

»Hoheit«, sagte Esteban, indem er sie in seine Arme zog, »verbindet Eure Magie mit der meinen. Schnell.«

Averil senkte den Blick vom Himmel, wo der riesige Kopf

hin und her schwankte. Estebans Lächeln wirkte ausnahmsweise angespannt. Er wollte die Macht, natürlich, er hatte sie immer gewollt, doch seine Verzweiflung war aufrichtig.

»Lasst sie los.«

Averil hatte Gereints Kommen gespürt. Er hatte den Schildwall verlassen, in ihrem Herzen hinterließ er einen Feuerschweif wie ein Komet am nächtlichen Himmel.

Ihre Augen sahen einen Krieger der Rose in silberner Rüstung, bewaffnet mit einem Schwert und einem lodernden magischen Feuer. Seine tiefblaue Cotte wurde hinter ihm aufgebauscht, als er lief – leichtfüßig trotz des schweren Stahls.

Esteban errichtete Mauern gegen ihn. Er durchdrang sie, als ob sie gar nicht existierten.

Selbst jetzt, da das Ende aller Dinge bevorstand, amüsierte sich Averil einen kurzen Moment lang über Estebans Schreck. Niemand hätte jemals diese besondere Gabe vermutet.

Gereint blieb vor ihnen stehen. Seine Schwertspitze war nur eine Hand breit vom Hals des Prinzen entfernt. »Lasst sie los«, sagte er noch einmal.

»Ich denke, das werde ich nicht tun«, entgegnete Esteban. Averil zischte beide böse an und wand sich hin und her, aber Estebans Griff war zu stark. Sie lehnte sich gegen ihn, als würde sie aufgeben. Er festigte seine Umarmung, wie sie es gehofft hatte.

Sie drehte sich in seinen Armen, schien sich zu unterwerfen und seiner Kraft zu beugen. Dann ließ sie ihr Knie hochschnellen.

Es traf auf seine Hand, die in einem stählernen Handschuh steckte. Er schleuderte sie von sich. Wenn er gedacht hatte, er könnte sie mit einem Dolch an der Kehle in Schach halten, musste sie ihn leider enttäuschen, denn sie konnte sich befreien.

Er nahm es kaum wahr. Genauso wenig wie Gereint. Wutschnaubend standen sie sich gegenüber.

»Ihr, Messire«, sagte Esteban, »seid eine Schande für Euren Orden. Allein deine Anwesenheit stellt eine Entehrung dar. Hast du etwa zu träumen gewagt, dass dein Bauernblut sich mit dem Blut der Paladine mischen könnte?«

»Er ist kein –«, begann Averil, aber sie hörten sie nicht.

»Sie will Euch nicht«, sagte Gereint. Mochte es Zufall oder Absicht sein, doch sein Tonfall klang breiter und bäuerlicher als je zuvor. »Sie wird Euch niemals erhören.«

»Unter Leuten, die in der Erde graben«, sagte Esteban, »mag das so sein. Wir Kinder der Paladine sind praktischer veranlagt. Trotzige Gegenwehr ist die Zuflucht der Machtlosen. Wir sind zu klug, um mit unserer Bestimmung zu hadern. Und sie«, erklärte der Prinz von Moresca, »ist dazu bestimmt, unter ihresgleichen zu heiraten.«

»Die Bestimmung ist nicht mehr das, was sie einmal war«, sagte Gereint mit einem Seitenblick auf die Kreatur, die über allem aufragte.

»Dann würdest du um sie kämpfen?«, fragte Esteban.

Averil hätte ihn am liebsten geohrfeigt. Und Gereint, dieser unverbesserliche Narr, tippte sich ans Kinn und sagte: »Bis zum Ende der Welt.«

Die Schlange zischte. Sie hatte den Geschmack ihres Zorns auf der Zunge. Um ein Haar hätte sie sich befreit.

Da ihre beiden allzu ergebenen Verbündeten offensichtlich den Verstand verloren hatten, blieb Averil niemand, der ihr beim Aufrechterhalten ihres Werkes helfen konnte. Sie konnte nicht einmal sprechen; das leiseste Wort, die kleinste Ablenkung und das gigantische Untier würde sie überwältigen.

Wenn sie das hier überlebten, würde Averil die beiden erwürgen. Sie bekamen nichts von ihrem Zorn mit, denn schon umkreisten sie einander.

Ihr tödlicher Tanz hatte begonnen.

Kapitel 29

Averils Zorn versengte Gereints Knochen. Er hatte selbst mehr als genug Zweifel, doch er hatte auch einen Plan. Er war nicht besonders großartig, und er ließ sein mangelndes Geschick mit dem Schwert außer Acht.

Der Kern des Plans war etwas, das er gesehen hatte, und sie nicht, wie er mit ziemlicher Sicherheit wusste. Die Schlange hatte den Hexenmeister verschlungen, und das war eine großartige, gute Sache. Aber die Macht, von denen die Armeen regiert wurden, versteckte sich hinter einem hübschen Gesicht mit höfischen Manieren.

Er war ein guter Lügner, dieser Magier aus Moresca. Wenn Gereint nicht die Gabe besessen hätte, jede Maske zu durchschauen, hätte er dem Mann vielleicht geglaubt, als er erklärte, dass er auf Averils Seite übergewechselt wäre.

Dabei war er auf keiner Seite außer seiner eigenen. Er fand Gefallen an Averil, wie ein Mann Gefallen an einer edlen Stute findet, wegen ihrer Schönheit, ihrer Abstammungslinie und wegen der Ehre, die sie ihm einbringen könnte.

Er hatte nicht vor, sie mit irgendjemandem zu teilen, weder mit Freund noch Liebhaber, Verbündetem oder Diener. Sie würde über die Schlange herrschen, und er würde über sie herrschen.

Es war ein gerissener Plan. Ein Höfling mochte ihn sogar als elegant bezeichnen. Gereint, der Bauernsohn, hatte eine weitaus derbere Bezeichnung dafür.

Er erhob seine Stimme, bis sie über den Platz hallte. »Dann also Einzelkampf, Messire. Ihr und ich, Klinge gegen Klinge, bis auf den Tod. Der Gewinner bekommt alles: Krieg und Sieg, Königin und Schlange. Werdet Ihr den Eid mit mir schwören?«

Gereint hielt den Atem an. Er hatte alles auf Herkunft und

Erziehung des Mannes gesetzt: dass er durch seine Natur außer Stande war, eine solche Herausforderung abzulehnen.

Prinz Esteban zielte direkt auf die Schwachstelle in Gereints Logik. »Ich soll mich auf ein Ehrenduell mit einem Gemeinen einlassen? Soll ich mich derartig erniedrigen?«

Gereint schnappte hörbar nach Luft. »Ich bin ein Knappe der Rose, Messire. Nur die Söhne der Paladine dürfen diesem Orden beitreten. Wer war denn Euer Urahn? War es nicht Santiago der Gesegnete? Hat er nicht eine Dorfhexe zur Frau genommen?«

Prinz Esteban richtete sich auf. Er war fast genauso groß wie Gereint, jedoch längst nicht so kräftig gebaut. »Mein Vater ist ein König und meine Mutter eine Königin. Wessen Bastard bist du? Sicherlich nicht Clodovecs.«

Gereint erhob sein Schwert. »Sicher nicht. Kommt, Messire. Oder habt Ihr Angst, dass Ihr verliert?«

»Du schwingst das Schwert wie eine Hacke«, sagte Esteban.

»Dann lehrt mich, es richtig zu führen«, entgegnete Gereint.

Dieser Herausforderung konnte selbst dieser starke und kluge Magier nicht widerstehen. Er sprang in einem derart schnellen und plötzlichen Wirbel aus blitzendem Stahl auf Gereint los, dass dieser entsetzt zurückwich.

Das Ablenkungsmanöver hatte Erfolg: Um den ganzen Platz herum gerieten die Soldaten des Hexenmeisters ins Wanken. Aber es musste anhalten, und Gereint war schrecklich im Nachteil. Er hatte die Kraft, den niederprasselnden Schlägen standzuhalten, doch weder die Schnelligkeit noch das Geschick, sie zu parieren.

Ohne Rüstung wäre er längst in Stücke geschnitten. Mit ihr spürte er die Wucht der gewaltigen Hiebe. Sein Schild nahm ihnen die Stoßkraft, aber die Klinge des Prinzen zielte hartnäckig auf seinen Kopf, versetzte seinem Helm eine Kerbe und

Beule nach der anderen, bis seine Ohren klingelten und er nicht mehr klar sehen konnte.

Er hatte jeden Versuch aufgegeben zurückzuschlagen. Er konnte nur noch darauf hoffen, Zeit für die Männer der Rose zu gewinnen und für die Magier, die an ihrer Seite kämpften, um die Armee des Feindes niederzuschlagen. Er musste keine Schwäche vortäuschen, um Schritt für Schritt zurückzufallen, fort von der drohend aufragenden Schlange.

Eine Präsenz drängte sich in sein Bewusstsein. Sie nahm nur langsam Gestalt an, damit er nicht abgelenkt wurde und den Tod fand. Sie erfüllte seinen Körper, durchströmte seine Arme und Beine. Sein Rückzug verlangsamte sich; sein Klingenschlag wurde schneller. Die Kunst, die ihm so schwierig erschienen war, erwies sich plötzlich als eine wunderschöne Sache von tiefer Logik.

Er spürte einen Wärmeschwall, der ihn an Peredurs Lächeln erinnerte. Die Empörung, die ihn angesichts eines solchen Übergriffs überkommen mochte, behielt er sich für später auf. In diesem Augenblick rettete er sein Leben und damit seinen törichten, waghalsigen Plan.

Der Morescaner verlor an Boden. Seine Schnelligkeit war dieselbe geblieben, aber Gereint konnte jetzt mithalten und verfügte über größere Kraft. Er trieb Prinz Esteban immer weiter zurück, so kühl und gnadenlos wie die Macht in seinem Inneren. Sein Arm wurde nicht schwächer oder müder. Auf jeden Hieb war er vorbereitet, parierte ihn, drosch auf seinen Gegner ein, wie dieser zuvor auf ihn eingedroschen hatte.

Der Schildwall der Rose hatte eine Bresche in die Reihen der Seelenlosen geschlagen. Pfeile hagelten auf ihn nieder. Aus dem Inneren des Schildwalls schoss ein mächtiger Blitz empor. Die Pfeile zerfielen in einen Aschenregen.

Dennoch blieb die Zahl der Feinde unermesslich. Sie schienen aus dem Erdboden aufzusteigen, drängten von allen Seiten herbei, und ließen den Schildwall schließlich ins Stocken geraten. Die Magier in seinem Inneren schlugen immer wieder zu, aber ihre Macht war nicht unbegrenzt.

Jetzt. Der Gedanke kam Gereint, Peredur und Averil gleichzeitig in den Sinn. Gereint nahm noch einmal alle Kraft und Geschicklichkeit zusammen, wehrte einen weiteren Angriff ab und schlug den Morescaner nieder.

Gereint stand schwankend über dem schlaffen Körper. Peredurs Präsenz zog sich genauso sanft zurück, wie sie gekommen war. Seine Schwertspitze sank auf das Pflaster; Blut klebte daran, leuchtend rot und von schrecklicher Schönheit.

Er hatte schon einmal mit Magie getötet, hatte unter den Männern des Königs ein großes Gemetzel angerichtet – eine Todsünde, für die er eines Tages bezahlen würde. Doch noch nie hatte er ein Leben mit geschliffenem Stahl ausgelöscht, in direktem Kampf, Auge in Auge.

Als das Leben aus jenen klugen, dunklen Augen wich, verlangsamten sich die Wogen der seelenlosen Soldaten. Zuerst waren es nur Einzelne, dann ganze Kompanien, die den Willen verloren voranzumarschieren und ziellos umherirrten.

Zu viele kämpften noch. Geringere Magier führten sie, obwohl sie ihren einheitlichen Willen verloren hatten. Der eine große Angriff verwandelte sich in einzelne Scharmützel.

Kompanien marschierten aufeinander los – aus Zufall oder mit Absicht. Sie schienen die Schlange vergessen zu haben, selbst als sie in ihrem Schatten aufeinanderprallten.

Averils Wille und Macht hielten die Schlange noch in Schach, aber ihr Hunger hatte sich ins Unermessliche gesteigert.

Gereint ließ sein Schwert fallen. Das Duell hatte ihn über den halben Platz getrieben. Die riesige Fläche war leer gewesen; jetzt schwärmten Scharen von Männern darauf herum.

Gereint umrundete einen Trupp von kämpfenden Soldaten. Keiner von ihnen traute sich in Averils Nähe oder in die der Schlange. Sie hatte derart mächtige Schutzzauber errichtet, dass die Seelenlosen, die dagegenstolperten, tot umfielen, während Gereint sie ungehindert passieren konnte.

Sie streckte die Hände nach ihm aus mit einer Sehnsucht, die dem Hunger der Schlange gleichkam. Wo sie stand, war der Brunnen der Magie am tiefsten. Er schnappte nach Luft, als er die gewaltige Kraft spürte. Sie durchströmte seinen Körper und erfasste auch Averil.

Es war reine Magie, wilde Magie, uneingeschränkt durch Regeln oder Ordnung, und dennoch war jegliche Ordnung darin enthalten. Gereint öffnete die Augen und sah die Welt in ihrer Gesamtheit mit all ihren verschiedenen Formen von Magie.

Das war die Sehkraft der Schlange und ihr Wissen und ihr größter Hunger. Ihre Natur war es, eine Verschlingerin der Welten zu sein.

War sie das? Musste es so sein? Sie war aus Magie geboren, war davon erfüllt. Sowohl Götter als auch Sterbliche hatten zu allen Zeiten versucht, sie zu beherrschen. Von ihrer Natur aus war sie nicht böse. Wie die Magie selbst war sie das, wozu ihre Machthaber sie benutzten.

Was wäre wenn, dachte Gereint oder Averil oder vielleicht beide zusammen. Was wäre wenn …

Die Schlange hatte sich im Brunnen der Magie verwurzelt. Wenn Averil und Gereint sie vernichteten, falls das überhaupt möglich war, würde die Magie dieser Welt sterben. Wenn sie die Kreatur in Ruhe ließen oder sie befreiten, würde sie fressen und fressen, bis sie gesättigt wäre. Sie konnten sie wieder einsperren; die Magierinnen der Insel und die Magier der Rose drängten darauf, da sie keine andere Möglichkeit sahen.

Sie waren so blind wie eh und je, dachte Gereint ohne Verachtung.

Er blickte in Averils Augen, in denen sich der Himmel spiegelte sowie die Scharen von Wildvolkwesen, die ihn bevölkerten. Sie waren luftige Kreaturen, hatten kaum mehr Substanz als die Wolken, die sie verscheucht hatten, doch auf ihre Art waren sie weise. Sie gingen dorthin, wo die Magie war, und alle Magie befand sich hier.

Die Wildvolkwesen hatten keine Furcht vor der Schlange, obwohl sie versuchte, sie zu fressen. Einige sprangen sogar auf ihr Maul und lachten, als sei es der größte Spaß der Welt, verschlungen zu werden.

Plötzlich beugte sich die Schlange nach unten und fraß eine lange Schneise zwischen den Reihen der Kämpfenden. Sie starben stumm, ohne Kampf; fast als wären sie erleichtert.

Averils Schreck veranlasste den riesigen Kopf, sich ihr zuzuwenden. Er wuchs, während er sich bewegte, und war inzwischen so breit wie der Platz. Auch der Körper schwoll an und drängte Gereint zurück. Er zerrte Averil mit sich; sie folgte, ohne Widerstand zu leisten, abermals konzentrierte sie sich ganz auf die Schlange.

»Lasst sie frei«, sagte Gereint.

Sie wandte sich zu ihm um. »Bist du verrückt?«

»Tut es einfach«, sagte er. »Hört auf Euer Herz. Dieses Wesen hätte niemals in Fesseln gelegt werden dürfen, weder von dem Willen eines Menschen noch von irgendeiner Macht.«

Sie schüttelte den Kopf. »Das können wir nicht. Wir werden alles zerstören.«

»Werden wir nicht.«

Sie öffnete den Mund, aber kein Wort kam heraus. Ihre Hände lagen kalt in den seinen. Von all den Dingen, die sie an diesem schrecklichen Tag getan hatte, war dies das Schwerste.

»Dann werde ich es tun«, sagte er.

Als er seine Macht sammelte, unterbrach sie ihn. »Wir beide«, sagte sie, »wir müssen es zusammen tun.«

Er nickte. Sie zitterte am ganzen Körper, doch ihr Geist war fest entschlossen.

Sie besaß das ausgebildete Wissen und Können, Gereint hatte die Kraft, die bis in das Herz der Erde reichte.

Er gab ihr alles davon. Sie schwankte, er stützte sie. Die Schlange ragte hoch über ihnen auf. Ihr Zorn wuchs.

Er war das Schwert, Averil die Hand, die es führte. Sie war der Geist, er das Herz. Sie waren eine Macht, eine Seele. Ein Körper.

Gereint hatte lange genug in Averils Körper gelebt und sie in seinem, dass der Übergang von einem zum anderen kein Schock war.

Sie kannten ihre Unterschiede sehr gut: wie sie gingen, wie sie sich bewegten, wo ihre Kleidungsstücke anlagen und wo sie lose herabhingen und welche Körperteile am empfindlichsten auf Berührungen reagierten.

Und dennoch hatten sie sich in ihren gemeinsamen Tagen strenge Regeln auferlegt. Sie mochten sich berühren, sie mochten sich küssen, aber sie gingen niemals weiter. Sie durften nicht.

Sie glaubten wirklich, dass sie es geschafft hatten; sie konnten im selben Haus wohnen, in derselben Truppe reiten, Seite an Seite arbeiten und kaum daran denken, wonach ihre Körper sich sehnten. Es war sowohl Disziplin als auch ein Opfer. Sie waren so stolz, als wären sie heilige Eremiten.

Im Schatten der Schlange, als Gereints und Averils Macht anschwoll, schwand ihre viel gepriesene Disziplin zu einer nutzlosen Torheit. Wenn sie das leugneten, würden sie ihre Magie ungeheuer schwächen.

Dies war der Kern ihrer Macht. Dies, was sie hatten, diese Einheit, die sie bildeten, war so alt wie die Welt. Es war die erste Schöpfung der Mutter und ihre allerliebste.

Averil zog etwas zwischen ihnen hervor, es war rund und hatte einen dunklen Schimmer: das Dankgeschenk des Drachen für ihr Mitgefühl, die schwarze Perle. Sie wuchs, wie die Schlange gewachsen war, bis sie sie beide verschluckte und die Schlange verschluckte und zu dem Brunnen im Herzen der Welt wurde.

Der Platz war verschwunden, die Armeen, die Kathedrale – alles war fort. Averil und Gereint standen auf den Windungen des Schlangenkörpers, auf einem wogenden Pflaster aus glänzenden Schuppen. Der Himmel war eine dunkle Perle; sämtliche Magie war darin enthalten.

Mit der sterblichen Welt war auch Gereints Rüstung verschwunden, genau wie jedes gewebte oder von Hand gearbeitete Kleidungsstück, das einem von ihnen gehört hatte.

Averil schwankte auf ihn zu und er auf sie. Sein Herz hämmerte, aber nicht stärker als ihres.

Über ihnen atmete die Schlange. Sie war ebenso in dem Zauber gefangen wie sie. Ihr Hunger und ihr Zorn waren seltsam entfernt.

Wärme umschloss sie alle. Sie begann in Gereints Lendenwirbelsäule, strömte aufwärts und nach außen, eine Magie so stark und rein, dass sie seine Seele reinfegte.

Es war alles eins. Gereint, Averil, die Schlange, die mannigfaltigen Welten und alles, was auf ihnen existierte – so viele Gesichter, so viele Gestalten, doch das Herz von allen war dasselbe.

Averils Körper passte perfekt in seinen. Ihr Geist und ihre Magie erfüllten ihn, bis keiner mehr sagen konnte, wo einer von ihnen endete oder der andere begann.

Der Atem der Schlange ging langsamer. Ihr Zorn schwand dahin. Ihr Hunger verschmolz mit dem ihren, und als sie gesättigt waren, war auch die Schlange gesättigt. Das Licht des Ganzen, jene strahlende Helligkeit, schimmerte um sie herum. Ein Teil davon war geformt und in Glas eingefasst; der andere Teil war reines Licht, frei von den Zwängen der Welt floss es in alles, was war.

Gereint öffnete die Augen, die erfüllt waren von Averils Gesicht. Das Rot und Gold ihres Haars, ihre grünen Augen, mit einem Hauch von Blau – sie hatte große Macht in sich aufgenommen, die dadurch auch in ihn gelangte. Dennoch war sie überall um sie herum, in der Luft, die sie atmeten, in dem Licht, das auf sie schien: unfassbar groß und alt und weise.

Die Schlange hatte die Welt verschluckt, und die Welt war heil – endlich ein Ganzes und frei und all ihre Magie war erneuert worden.

Kapitel 30

Die Sonne stand am höchsten Punkt, den sie in der dunklen Jahreszeit erreichte. Ihre Wärme erfüllte die Gesichter der kampfmüden Ritter und Priesterinnen, der Adligen und Waffenknechte und der einfachen Leute, die aus ihren Verstecken hervorgekrochen kamen.

Männer in schwarzen Rüstungen irrten umher. Ihre Augen waren lebendig; sie dachten ihre eigenen Gedanken, und ihre Seelen waren wieder in ihren Körpern. Sie hatten keinerlei Erinnerung an den Krieg oder an die Rolle, die sie in ihm gespielt hatten.

Aber wer oder was sie auch sein mochten, alle schauten voller Staunen umher. Wildvolkwesen waren allgegenwärtig, tanzten in der Luft, wanderten über die Erde, hockten auf Dächern und Türmen.

Die Luft war voller Schatten und aufblitzender Lichter, voll von Flügeln und Augen, von Stimmen, die lachten und sangen.

Gereint hatte seine Rüstung wieder, aber sie war nicht mehr silbern. Sie schimmerte mit roten, grünen, blauen und goldenen Schuppen. Die Rose auf seinem Schild war ebenfalls golden und eine mit Edelsteinen besetzte Schlange wand sich um ihren Stiel.

Er beneidete Averil ein wenig. Sie war so schön und voller Magie wie eh und je. Das Amulett hing noch immer zwischen ihren Brüsten; es war jetzt leer, aber irgendwie hatte es seine Macht und sein Geheimnis bewahrt.

Er hatte es ihr aus Liebe und Sehnsucht geschenkt, und es trug die Erinnerung daran in sich. Als er es berührte, brannte sein Finger, selbst durch den Handschuh.

Er zog beide Handschuhe aus und nahm den Helm ab. Plötzlich fragte er sich, ob er die Perle und die Magie und alles andere nur geträumt hatte. Averil erwiderte seinen Blick. Er keuchte auf, als hätte er einen Schlag in die Magengrube erhalten. Sie errötete leicht, aber dann lächelte sie. Vor den Augen der Welt küsste sie ihn lang und innig.

Es gab Wunder über Wunder, doch die Welt war zum großen Teil noch dieselbe. Das Königreich Lys hatte einen langen Heilungsweg vor sich. Die Orden und die Kirche taten es den guten Bürgern von Lutèce gleich und kehrten zurück; sie schauten sich voller Staunen um, waren jedoch entschlossen, sich ihren Platz in dieser neuen Welt zu erobern.

Die wilde Magie schreckte sie ab, aber sie war nicht mehr schwach und scheu wie zuvor. Sie war überall und in allen Dingen, und sie wollte bleiben.

Averil hatte einen ungeheuren Berg von Arbeit vor sich. Wenn sie innegehalten und darüber nachgedacht hätte, wäre sie verzweifelt, deshalb gönnte sie sich keine Pause.

Sie hatte gefürchtet, dass die Rose und die Insel sich gegen sie wenden würden – für das, was sie getan hatte, aber als sie den Rittern und Priesterinnen nach dem Ende der Schlacht gegenübertrat, verbeugten sich alle vor ihr ohne Ausnahme, selbst die bleiche und kleinlaute Mathilde.

Zu seiner großen Verwunderung verneigten sie sich auch vor Gereint und vor Peredur, bis er ihnen gebot, damit aufzuhören. Doch sie weigerten sich. Sie kannten ihn jetzt, hatten gesehen, was er mitten in der Schlacht getan hatte.

Keiner von den beiden konnte in seine alte geheimnisvolle Rolle zurückkehren. Averil ließ ihnen weder Mitgefühl noch Schonung zuteilwerden. Sie brauchte alle Kraft, die sie bekommen konnte, und der letzte der Paladine und sein mächtiger magischer Sohn hatten mehr als genug davon.

»Ihr seid eine hartherzige, kalte, grausame Frau«, sagte Gereint zu ihr.

Er war nicht böse auf sie. In seinen Worten schwang Bewunderung mit. Sie gestattete sich, froh darüber zu sein.

Es waren ein paar Tage vergangen, seit die Schlange die Welt verschlungen und dann erneuert hatte. Am kommenden Tag würde Averil in der Kathedrale der Heiligen Mutter gekrönt werden – die Krönung war ein wenig übereilt, aber es ging nicht anders. Sie brauchte jenen goldenen Reif und die sterblichen und magischen Mächte, die damit einhergingen, um dieses schwer verwundete Königreich zu heilen.

An diesem Abend hatte sie ausnahmsweise einen Augenblick für sich allein. Gereint hatte sich zu seinen Rosenbrüdern zurückgezogen, doch sie ließ ihn zum Palast rufen. Es hatte sie fast ein wenig überrascht, als er bei ihr auftauchte.

Er hätte sich weigern können. Sie hatte ihm keinerlei Zwang auferlegt. Zerzaust und erschöpft von all seinen Aufgaben und Pflichten, die fast ebenso zahlreich waren wie die ihren, stand er vor ihr.

So würde es immer sein. Schließlich war sie die Königin, und er würde bald zum Ritter geschlagen werden.

Und mit der Erneuerung der Welt hatte sich noch etwas anderes verändert. »Ich habe mit deinen Oberen gesprochen«, sagte sie, »und mit gewissen Herren, die auf die Einhaltung der Gesetze achten. Eines dieser Gesetze wird bald geändert werden. Ich mag eine hartherzige, kalte Frau sein, Messire, aber ich brauche Euch jetzt und für alle Zeiten. Wir werden nie wieder getrennt sein.«

»Das werden wir nicht, Herrin«, sagte er. »Nicht im Geiste.«

»Noch im Körper«, sagte sie, »nur wenn Notwendigkeit und Pflicht es erfordern. Wenn ich morgen vor meinem Königreich stehe, werdet Ihr an meiner Seite stehen, Messire. Ich werde gleichzeitig meine Krone und meinen Gemahl nehmen und das weiterführen, was ich begonnen habe.«

Sie hatte irgendeine Reaktion erwartet – hatte auf Freude gehofft oder sich für einen Proteststurm gewappnet. Doch er blieb so lange still, dass sie unwillkürlich Angst bekam. Als sie ihm ins Gesicht schaute, war es so vage und unergründlich wie das seines Vaters.

Schließlich fing er an zu reden, und seine Worte waren keineswegs beruhigend. »Das war keine Frage, nicht wahr, Herrin? Ist es ein Befehl?«

»Muss es einer sein?«

Er breitete die Arme aus. »Ihr seid meine Herrin und meine Königin.«

»Du wirst nichts verlieren«, sagte Averil. »Der Rosenorden wird sich verändern, weil er muss. Der Hof …« Sie schüttelte den Kopf. »Nun, es ist nicht zu verleugnen, wer dein Vater ist; du bist sein Ebenbild. Wenn du dem Ursprung ein paar Dutzend Generationen näher bist als wir, dann macht dich das nur umso stärker. Sie werden dich für eine Sensation halten.«

»Einige tun das schon jetzt«, sagte er grimmig.

»Das schadet nicht«, entgegnete sie. »Es gibt so viel zu tun und zu beseitigen, wir werden kaum bei Hof sein. Die meiste Zeit werden wir –«

Er gebot ihrem Geplapper Einhalt, indem er den Finger auf ihre Lippen legte. Sein Gesicht war wieder sein eigenes, und seine Augen blickten so warmherzig wie gewohnt. »Sie stören mich nicht, Herrin«, sagte er. »Sie brauchen nützliche Aufgaben, und die können wir ihnen geben.«

Sie hörte das *wir*, wie es seine Absicht gewesen war. Ihr Herz schwoll an. Sie verschleierte es mit Zorn. »Du hast es gewusst!«

Er nickte ohne die leiseste Spur von Zerknirschtheit. »Mauritius rief mich zu sich, bevor du es tatest. Er wollte mir eine Wahl geben.«

»Weil er dachte, ich würde dir keine lassen?«

»Weil er nicht glaubte, dass ich dich zurückweisen könnte, einerlei wie viel Freiheit du mir lassen würdest.«

»Wollte er, dass du mich zurückweist?«

Gereint zog die Schultern hoch. »Er sagte, er würde dich nicht abweisen, wenn er an meiner Stelle wäre, aber ich müsste selbst entscheiden.«

»Und, hast du dich entschieden?«

Er schaute sie an und sah alles von ihr, was es zu sehen gab, auf jede Weise und in allen Welten. Niemand anders konnte das oder würde es jemals können.

Er sprach die Worte nicht aus. Es spielte keine Rolle. Es würde genug Worte geben, morgen und an allen darauffolgenden Tagen, und Aufgaben, die sie Seite an Seite lösen würden, ein Herz und ein Geist, obwohl sie nicht immer einer Meinung sein mochten.

Der Gedanke brachte sie zum Lachen, noch während sie sich küssten. Er wich zurück, weder überrascht noch erzürnt; er schaute sie einfach zu gerne an.

Sie musste lernen, nicht zu erröten, wenn er das tat. Aber sie bekam ihre Rache: Er wurde noch röter als sie und plapperte verlegen herum, als sie sagte, er sei schön.

»Ich bin nicht –«

»Doch, das bist du«, sagte sie, »und ich bin hartherzig und kalt und gnadenlos, und wir müssen die Welt zusammenflicken.«

»Wir beide«, sagte er mit einem Hauch von Erstaunen.

»Wir beide zusammen«, stimmte sie zu, »jetzt und für alle Zeiten, wie wir es immer waren.«

– Ende –

GOLDMANN

Einen Überblick über unser lieferbares Programm sowie weitere Informationen zu unseren Titeln und Autoren finden Sie im Internet unter:

www.goldmann-verlag.de

Monat für Monat interessante und fesselnde Taschenbuch-Bestseller

Literatur deutschsprachiger und internationaler Autoren

∞

Unterhaltung, Kriminalromane, Thriller, Historische Romane und Fantasy-Literatur

∞

Klassiker mit Anmerkungen, Anthologien und Lesebücher

∞

Aktuelle Sachbücher und Ratgeber

∞

Bücher zu Politik, Gesellschaft, Naturwissenschaft und Umwelt

∞

Alles aus den Bereichen Esoterik, ganzheitliches Heilen und Psychologie

Die ganze Welt des Taschenbuchs

Goldmann Verlag • Neumarkter Straße 28 • 81673 München

GOLDMANN